何家好媳婦

1

不歸客 著

風文創 900

目錄

序文

不歸客

我在幼時有過幾年和父母分隔兩地的時光，那時的我還只有三、四歲，只知道父親在遙遠的南方當兵，母親隨軍一同去了。那個城市有大海、有沙灘，有一年四季隨處可見的稀罕水果。而我，跟隨爺爺及奶奶留守在一座小小的鄉村。

可我的世界除了不能時刻與父母依偎，也是充滿了彩色生機的。家裡養了頭大黃牛，每年春耕時分，爺爺牽著牛下田，我就坐在牛背上，神氣地眺望著遠方繚繞著薄霧的田野。

春天油菜花開遍，個頭不高的我走在兩塊田地間的蜿蜒小路，頭頂滿是沁人心脾的花香，蜜蜂、蝴蝶飛舞在花間。經常走著走著，便有一種不知身在何處的迷惘。

遠處的壩坡上種了成片的桃樹、杏樹，粉色的花開得彷佛雲霞一般，遠遠看去，那抹粉色溫柔得像是夢境。爺爺和奶奶在田裡忙，我就坐在一個矮矮的小板凳上，拿一根樹枝翻找著土地裡的各種蟲子，偶爾採下一朵紫地丁把玩著。

到了瓜果豐收的季節，每日農忙完回家時，奶奶隨手提著的割草框裡總藏著點水果。有時是一顆甜甜的香瓜，有時是一粒汁液飽滿的桃子。這些偶爾的甜蜜，是我最開心的時刻。

秋天萬物豐收，大人們忙著收割，我和一幫小夥伴便在地頭翻找蛐蛐和螞蚱。揪一根狗尾巴草，捉到肥大的螞蚱便穿在草梗上，運氣好的話，不一會兒便能兩隻手提得滿滿當當。央求大人幫我們在空地上生起一堆小小的火堆，把螞蚱扔進去烤熟，揪去翅膀和腿，扔進嘴巴，滿嘴肉香。現在想起來只覺得噁心，可幼時的我們，總覺得螞蚱是那麼香。

我的生日也在秋天，趕上那年父親有假，他提前買票回來，要坐上兩天的火車，然後轉小巴，三天的路程趕回來，給我送一個十二吋的蛋糕。那是我吃過最好吃的蛋糕，貧窮的鄉村，哪裡見過那麼好看的蛋糕？上面有用紅色和粉色奶油做出來的花朵，還有又軟又香甜的海綿蛋糕。不知父親是如何在三天擠擠挨挨的遙遠路途中完好無損地帶回來的，我只記得每一口我都吃得很珍惜。爺爺和奶奶只分別嚐了一口，剩下的藏進了櫃子裡，每天給我切一塊，可是那時家裡沒有冰箱，不到四日，蛋糕便發酸了。奶奶皺著眉頭可惜地嘆氣，不敢把變質的蛋糕給我吃，但又捨不得扔。於是，奶奶和爺爺兩個人，把剩下的蛋糕都吃了。

在我九歲那年，父親轉業，帶著母親回到家鄉附近的一座小城，而我也被父母接回身邊，每年只在寒暑假被送回老家待上一個月。爺爺和奶奶一直守在老家的小鄉村，守著那十幾畝田地及一片桃林，守著我兒時的記憶和甜蜜。

後來爺爺去世，奶奶一人依舊守在老家，不願搬到城市裡來。而我，工作、戀愛、結婚、生子，回去的時間變得寥寥無幾。午夜夢迴的時刻，偶爾會夢到那片油菜花田，還帶著馥郁的花香，醒來之後心底冰涼。這世上沒有什麼能夠永遠留存，除了文字。

於是，我開始嘗試著拿起筆，從短篇開始，再到這一本《何家好媳婦》。這個故事並不完美，還留有許多遺憾，但大概還算是個圓滿的結局，我也甚是滿意。

願我所有的讀者們都能體會到生活的美好，在一朵花、一片葉、一段回憶裡找到微笑和光亮！

第一章

黃四娘說來也是命苦，她爹本是楊城一個屢試不第的窮秀才，家裡供養他這一個讀書人，捉襟見肘的。四娘上面有三個姊姊，到她十歲的時候，她娘李氏老蚌生珠，再次懷胎，千盼萬盼的終於生出了一個弟弟。這一年，她爹在弟弟還未出生之前進京趕考，等弟弟呱呱墜地一個月後，一同趕考的書生回鄉告知黃家眾人，她爹黃有才中了進士了，正在準備春闈，說不得這次就取得功名做官去了！

李氏一聽喜得不行，直道她這五兒真真是黃家的福星降世，如今兒子有了，丈夫又中了進士，自己馬上也能混得個官夫人做做！又看那同鄉帶來的書信中，丈夫說自己已經找到了門路，說不定明年春闈過後就要去哪裡做官，讓她趕緊帶著幾個兒女入京去找他會合。

李氏盤點家中家產，卻又犯了愁。從嫁過來後為了供養丈夫考取功名，家裡一貧如洗，自己的嫁妝也已經變賣一空。家裡四個女兒，最大的已經十五，春上剛剛送出門子，黃有才進京趕考的費用還是大娘的聘禮。二娘和三娘是一對雙生子，今年將將十二，虧得有她們倆前前後後打理家事，雖窮但日子也過得清清爽爽。楊城裡許多人家都知黃家二娘和三娘這對雙生姊妹花能幹又漂亮，不少人打聽她倆的親事。黃有才即將做官，這下兩閨女的親事就能更上一層了。

只有黃四娘一個面黃肌瘦的小丫頭，因又是個女兒，李氏心中十分不喜，自生下來便沒有餵過幾次奶。若不是大娘不忍心，日日熬了濃濃的米粥一點點地餵大，黃四娘能不能活下來也未可知。

自家中大娘出了門子，二娘、三娘又忙著洗衣、刺繡的賺錢貼補家用，雖兩姊妹也看顧著四娘，但自從李氏懷上五兒這胎之後，懷相不好，整日嘔酸乏力，家事一點也不能幹，二娘和三娘便整日忙得像個陀螺，也沒有多餘的精力來管四娘。

四娘也不哭鬧，平時知道娘親不喜自己，爹也不大管，便儘量不在爹娘眼皮子底下晃悠。聽說隔壁花丫頭的哥哥病了，家裡急用錢，花丫頭便被她娘給賣了。四娘生怕自己哪天戳了她娘的眼，也被提腳賣給牙婆，因此整日小心翼翼，話都不多說兩句。

李氏坐在堂屋想了半日後，抱著五兒欲往大女婿家去，臨出門，一把扯過四娘道：「跟娘一起去妳大姊家走一趟，妳大姊最是疼妳不過，妳姊倆也是許久不見，娘帶妳去串串門！」

黃大娘嫁的是個賣酒的人家，一間不大的門臉，後院三、四間房子，丈夫便是這家唯一的兒子，姓張，叫張伯懷。

自嫁進門，黃大娘辛勤能幹又溫柔可人，家中婆婆吳氏雖不滿聘禮五十兩銀子都被親家截走，只給了黃大娘兩台看著面子好看的陪嫁，但看黃大娘每日幹活從不偷懶，又把自己兒子伺候得舒舒坦坦，倒也並沒有給大娘多少臉色看。再者，張家就張伯懷一根獨苗，自己還等著抱大孫子，故而對黃大娘並不苛刻。平日裡黃大娘偶爾貼補一下娘家，只要不過分，她便也不怎麼敲打。

「親家，可在忙？」李氏還未進門便扯出長長的調子喊了一聲。

吳氏正在挑選釀酒用的高粱，趁著日頭好，把壞掉的高粱挑出來餵雞用。聽到李氏的聲音，撇了一下嘴角。她知李氏每次上門都是要來打秋風的，不知這次又要出什麼么蛾子。

「親家身體一向可好？我這剛出月子，許久不見，怪想得慌的，這便來看看。」李氏抱著沈甸甸的大兒子，逕自扯了一把凳子坐下。

屋裡正在縫補的黃大娘聽到自己親娘的聲音，趕緊出屋，看到自己貼肉養大的四娘怯生生地跟在李氏身後，黃黃的幾縷頭髮歪歪地用灰布條紮了個揪兒，想是紮得不太緊，許多頭髮散亂了下來，黃大娘便朝四娘招招手。

四娘一溜小跑到大娘身邊，她知道家裡這個大姊最疼她，待她最好。

大娘重新幫四娘綁緊了頭髮，一邊問：「這次娘怎麼有時間帶四娘過來了？家裡可好？爹那邊可有音訊了？」

李氏剛想找個由頭顯擺，剛好大女兒把話頭遞了過來，便忙不迭地說：「咱家自從妳弟弟出生後，可是轉了運了！妳爹的同鄉剛剛帶了信回來，說妳爹中了進士，正準備春闈呢！這不，讓我帶著妳妹妹幾個進京去找他，咱家這可是熬出來了！」

「當真？」大娘又驚又喜，自己打出生起、祖母還健在的時候，就知道一家人省吃儉用是為了讓爹爹考取功名，這麼多年來家裡過得緊巴巴，沒想到，這一朝爹就要做官了！

「可不是，這還能有假？妳爹的信在這兒呢，不信妳看看！」李氏把丈夫寫的信遞給大女兒，轉頭就朝吳氏顯擺。「親家啊，我這眼看就要熬出頭了！老話說的好，萬般皆下品，唯有讀書高！看我這大女兒，一轉眼馬上就成官家小姐了，到時候我家那口子授了官，再提攜提攜我這大女婿，你們家的好日子就要來了！」

吳氏也從嘴角擠出個笑來。「恭喜親家了，無論親家做不做官，大娘嫁到我家來，只要和我家伯懷齊心過日子，讓我早日抱上大孫子，我這日子就圓滿了，倒沒有想得那麼長遠。」吳氏心中明鏡似的，這李氏上門來，絕不是為了顯擺這麼簡單。

「看親家說的，都是一家人，這麼說可不就見外了？」李氏暗恨這吳氏不上道，既然聽見她家老爺中了進士，怎麼不主動拿些好處出來？也好讓她不用張口借錢啊！從楊城到京城路上也得半個月，出門在外哪裡不需要花錢？自己家裡一貧如洗，那幾個銅板還不夠用到府城的，不從親家這裡摳點，自己如何帶著幾個孩子趕到京城？

李氏咬咬牙，還是得開口。「親家，我這一去不知何時再回來，一則放心不下我這大女兒，二則這一路上我帶著幾個孩子，吃食住宿的也需花費，親家看能不能借我十兩銀子？不白借，待我在京城安頓好就遣人回來還妳！」

吳氏一聽，原來是在這兒等著我呢！老婆子便知道妳沒安什麼好心，可不是又來借我的銀子！「親家，要說大娘的親爹中了進士，這是天大的好事，我心裡也高興著呢！但妳也知道，我家這一個小小酒坊，每日賺些錢也剛夠餬口。再有，這大娘的聘禮，我家借了許多親戚才湊夠五十兩，這幾個月來，我家那口子與伯懷起早貪黑的幹活，可不是想著趕緊把這窟窿填上嗎？小門小戶的，一想起來借了別人這些錢沒還，就心裡虧得慌呢！」

吳氏這是拿話臊李氏呢！平白無故的，又不是那等大富之家，一張口就是十兩銀子。雖說親家中了進士，可京城那是個什麼地界？聽著好聽，但物價可不比這楊城小地方，聽說連家裡的用水都得買。黃有才就算中了進士又如何？這錢借了就跟打水漂一般，到時候那黃有才就是授了官，自己也不能再張口要他還錢。好處在哪兒還沒見到，這錢說什麼也不能借！

李氏一張臉紅了又青，憋得像個蛤蟆。「親家這麼說可是怕我們不還？我也不是那麼厚臉皮的人，既然親家說沒有，那我就不在這兒惹眼了。我家大娘好歹嫁與妳家，本還想以後讓親家沾一沾光，如今這樣，以後可千萬不要求到我家門上來！」

「我家本分營生，不過做個商人買賣，不敢沾妳那大老爺的光！妳也休要跟我撂狠話，沒見過借錢還借得這麼理直氣壯的！要錢沒有，親家還是另想辦法吧！」吳氏畢竟是嫁給丈夫做了多年買賣，嘴裡跟吐刀子一般又狠又利，直扎得李氏回不上話來。

李氏眼看這錢是借不到了，不禁狠狠瞪了一眼站在一旁、縮得像隻鵪鶉一樣的黃大娘。「我把妳養這麼大，要妳何用？連幫襯一下娘家都不成，沒用的東西！」說罷，抱著兒子，一把又將黃四娘扯了個跟頭。「還不走，留在這兒現眼嗎？個死丫頭，生來沒有一點用處，全是賠錢貨！」

黃四娘受不住那力道，往前一撲，狠狠磕在院裡的青石板上，只覺得自己嘴巴火辣辣的疼，用手一抹，一把血，想是嘴巴磕破了。

四娘自己站起來，連哭都沒有哭一聲，轉頭看了一眼黃大娘後，又衝吳氏行了個禮，然後帶著一臉血糊，跟著李氏急匆匆的走了。

黃大娘捂住嘴，眼淚一顆一顆砸在青石板上，又不敢大聲哭出來，害怕惹了婆婆的眼。

前頭的張伯懷和他爹張老漢一直在酒窖裡忙，沒聽到後院的爭吵，剛想進去跟親家打個招呼，就看到李氏氣呼呼的抱著兒子、罵著閨女，從自家院子出來。正想開口便見到一直低著頭的四娘前襟上全是鮮紅的血，一滴滴的血還在從嘴巴上滴下來！

張伯懷駭了一跳。「四娘這是如何了？要不要緊？姊夫帶妳去醫館瞧一瞧！」

黃大娘性子好，長得也清秀，溫溫柔柔的一個人，嫁過來後從來沒有與張伯懷紅過臉，兩人恩恩愛愛，情分不錯。張伯懷知道這個四小姨子是自家娘子一手帶大的，這個年紀的小姑娘都嬌嬌弱弱的，也不愛說話，自來每次見到都很省心，因此張伯懷待黃四娘就像自家孩子一樣，如今看到四娘這樣，心裡也是不住的心疼。

「去什麼醫館？小丫頭片子，哪就那麼金貴了？如今去京城的路費還沒有著落，親家母那裡哭窮，一點銀子都不願借我，女婿倒是有錢能帶我家丫頭片子去醫館？怕不是嘴上說的好聽，心裡藏著奸呢！」李氏一張嘴懟得張伯懷無力還嘴。

但張伯懷的親娘吳氏可不是省油的燈，聽見兒子無故被罵，立即像一隻護崽的老母雞般衝了出來。「李氏，我原想給妳留點面子的！妳自己氣不過，扯了四娘一把，結果小小的丫頭一頭栽到青石板上磕了個滿臉花，妳還是不是親娘？連自己的閨女都不憐惜就罷了，我兒好心好意想帶四娘去醫館包紮，妳卻還說難聽話，攤上妳這般糟心爛肺的娘，四娘真是苦命啊！」

街坊鄰居路過的聽到吵鬧聲都漸漸圍過來，不住地指指點點。「這黃家四娘真是可憐見的，爹不疼、娘不愛，整日在家一句話也不敢說，就這樣李氏還看她不順眼，這有了帶把的兒子，更是嫌四娘礙事了！作孽啊，好好的一個小姑娘，瞧這滿嘴的血！」

李氏不敢再在街上吵鬧，自覺馬上就是官夫人了，跟這一群短視的賤民有什麼好拉扯的？等自家老爺授了官，到時倒要看看這幫骨頭軟的如何討好自己！

「四娘，既沒有摔死就隨我回家去！一群鼠目寸光的無知小民，等我家飛黃騰達後休想再貼上來！」

黃四娘一邊跟著李氏往家走，一邊用袖子不斷捂著嘴巴。十歲的姑娘已經知道羞恥，自家親娘借錢不成把怨氣都撒到自己和大姊婆家身上，須知人家也沒有那個義務必須幫襯妳，更何況十兩銀子足夠一家人兩個月的吃喝嚼用，哪是說借就這麼好借的？

自家大姊嫁給姊夫之後，日子雖過得衣食無憂，卻也不是什麼大富之家。進門半年，仍未有身孕，腳跟還未站穩，李氏這麼一鬧，大姊還不知會受到婆婆怎麼搓磨呢。

李氏回到家後怒氣沖沖，二娘與三娘見親娘一副咬牙切齒的模樣也不敢問，二娘接過五兒哄著睡覺去了，三娘扭頭躲去灶間做午飯，四娘怕再往槍口上撞，自覺地往灶間與三娘燒火去。

三娘早就瞅見四娘腫起的嘴和衣襟上的一片血污，已經乾了，在粗布麻衣上留下一片暗褐色的印子。她嘆了口氣，從灶下取了一把草木灰，幫四娘敷在傷口上。

窮人家沒有銀錢買傷藥的時候便用草木灰，粗粗的一糊，過幾日就好了。

「四娘，上衣快脫下放水盆裡打水泡著，時間久了不洗就洗不掉了。妳也別難受，定是娘心裡不好受，過些日子咱們去京城見到爹就好了。」三娘邊揉麵邊絮叨著，寬四娘的心。

四娘依舊是一副木木的表情，她打從心底覺得，李氏還沒消停。畢竟去京城的路費十兩銀子還沒著落，李氏還在不停算計著從哪裡弄來銀子。

即便是去了京城，見到自己的親爹，又能怎樣？自己從來也沒有在親爹、親娘那裡尋得一點慰藉，若是沒有大姊，自己剛生下來沒幾個月估計就被餓死了。家裡女兒多，黃大娘因是頭一個孩子，是享受過初為人父母時的那份喜悅和關愛的；二娘和三娘是少見的雙生姊妹，也被稀罕了一段時日；只有自己，生下來見又是個丫頭，爹一眼未瞧便甩手去了書房，李氏更是破口大罵「怎又是個賠錢貨」！

小小的黃四娘一邊燒火，一邊在心裡默默流淚。如今有了五兒弟弟，娘只嫌自己是個吃乾飯費糧食的，成日除了對弟弟還有一點笑模樣，每當看到自己，眼裡都是冷嗖嗖的嫌棄目光。

秋日的中午還是暖和的，黃四娘剛把自己那件血污的上衣搓完擰乾搭在晾衣服的麻繩上，就聽見有把尖細的嗓音在自家大門口響起——

「可是黃有才進士家？聽說你們家老爺已經是進士了，過不了多久授了官，李娘子也算是誥命夫人了，快讓我看看誥命夫人長什麼模樣？」

李氏從屋裡探出頭來，看到來人，臉上露出一個笑模樣。「原來是王嬸嬸！哪陣風把妳颳來了？快快進來，我與妳泡杯熱茶吃！」

近些天好不容易有個會說話的來巴結自己，李氏心裡樂開了花。還是這個王家嬸嬸走過的路多，聽說連府城那些大戶人家也是經常去得的，必定是個有見識的人。這不，知道自己相公馬上就要當官了，趕緊的便過來蹭蹭熱灶！

四娘認得這個婆子，楊城有名的王牙婆，隔壁的花丫頭便是被這王牙婆買走的。聽說王牙婆平日裡走家串戶的做些買賣，哪家有待出門子的姑娘、哪家有過不下去想急用錢的，她都能拉個線。因她手裡賣出的姑娘都臉靚條順，不少都被遠遠地賣去了那髒地界兒。

四娘心裡一個哆嗦。娘莫不是要賣了我?!

四娘悄悄地溜到堂屋的牆角下，想聽聽王牙婆和李氏說了些什麼，奈何王牙婆壓低了聲音，除了一、兩句偶爾漏出來的尖尖的笑聲外，什麼都聽不真切。

一頓飯功夫後，李氏起身把王牙婆往外送。

王牙婆看見牆角下站著的瘦小的黃四娘，露出一個笑。「四娘眼看也是大姑娘了，可憐見的，妳娘也不給妳裁件鮮亮衣裳，虧了這小娘子的好面貌！」一邊說，一邊用手指勾起四娘尖尖的下巴頦兒，以打量貨物一般的眼神打量四娘。

四娘雖整日吃不飽，但卻生了副伶伶俐俐的好相貌。一雙上挑的鳳眼，眼尾有一顆小紅痣，懸膽似的瓊鼻，只除了營養不足所以生了一頭乾枯發黃的頭髮。雖說嘴上有傷，還糊了一把黑乎乎的草木灰，但假使好好調理調理，等這丫頭長開，骨肉勻停的，也是個小美人兒。王牙婆覺得四娘這樣的相貌送到府城裡，至少能賣得個百十兩銀子，那李氏正急著用錢，隨意許她二十兩，她便有五分意動，待後日再過來兩趟，不怕她不答應。

四娘心裡一片冰涼，好似三九天掉進了冰窟窿，小腿肚不住的打顫。不行，假若被李氏賣給了王牙婆，那自己這輩子都會陷入那爛泥地，再也不能翻身！得想個法子，絕了李氏的念頭。

四娘在家裡待不住，火急火燎地跑去街上，她得盡快！娘急著進京找爹，急著去享受一把成為官夫人的快感，把自己賣出去是早晚的事！

可是能找誰呢？大姊婆家剛被李氏大鬧了一場，大娘的婆婆心裡不好受，是決計不會拿這個錢出來的。而別人非親非故，又怎會拿出十兩銀子給李氏用？

四娘胡亂走著，一抬頭看走到了銅錢胡同，胡同口一個胖小子正在嗚嗚的哭。這胖小子四娘認識，小時候經常一起玩的一個小同伴，與四娘同歲，名叫何思道。因這兩年漸漸大了，知道男女有別，便不經常在一起玩耍了。

何思道上面還有個哥哥叫何思遠，比何思道大了七歲。小時候黃四娘跟何思道一起玩時見過他那大哥叫他回家吃飯，何思道因玩得瘋了不肯回去，何思遠一隻手拎起何思道便走了，就像拎隻小雞仔一般。一幫小夥伴都覺得何思遠好不威風，高大的個子，粗布衣裳下的肌肉若隱若現，一張曬得黑黑的臉龐面無表情，像尊廟裡的金剛。

前兩年大越朝與突厥打仗，聽說何思遠被朝廷徵兵徵走了。當時何思道還一臉無所謂地說「我大哥從小練武，他師傅都說我大哥是不可多得的良才，就我大哥這一身武藝，到了戰場定殺敵無數，說不定掙個大將軍回來，還能給我娶個公主嫂嫂也不一定呢」。

四娘走過去踢踢何思道的腳，問：「這是怎麼了？難不成是隔壁六猴兒又搶了你的點心？值得你哭成這樣？」

隔壁的六猴兒也是曾一起玩的小夥伴，家裡沒有何思道家境富裕，便經常眼饞白白胖胖的何思道荷包裡裝的點心糖果，時不時仗著自己瘦小，身手敏捷地從何思道那裡搶走點心。何思道白長了一身肉，每次都被六猴兒得手，自己氣得直哭。

「我大哥沒了……」何思道一邊用袖子擦自己的鼻涕、眼淚，一邊抽抽嗒嗒。

「怎會？你大哥今春不還傳信回來，說立了戰功，等年下大軍班師回朝他定會歸家來的？」黃四娘連聲詢問。這消息當時是從縣衙的何師爺那裡傳過來的，因何家大伯跟何師爺是堂兄弟的關係，所以消息要便利一些，當時好多人都道何家要出個少年將軍了，何家兩口子也是喜得不行，只等大兒子榮耀歸家後給說上一門媳婦兒，一家人親親熱熱的過日子。

「就是何師爺傳來的消息，說我大哥他一月前追擊敵寇，上了青峰山，抱著一個突厥的什麼王跳了崖，同、同歸於盡了，連屍骨都未留下，說是估摸著被狼叼走了……」何思道哭得直哽，兩隻眼睛腫得像桃兒一般。

黃四娘心裡唏噓，何思遠那般英武的人才，竟落得個屍骨未存的下場，不知道何家大伯與大伯娘該傷心成怎麼樣了。

四娘還一點點大的時候，大姊忙起來沒時間顧她時，她便經常與何思道一起玩耍，即便家裡沒怎麼給吃過飽飯，餓得走路都搖搖晃晃的，一陣風就要把她颳跑，但四娘知廉恥，從不像別家的孩子或哄或騙或搶地從何思道這裡要過食物，何家伯父與伯娘憐她懂事，常常趁別人不注意時塞給四娘一個饅頭或一個雞子，接濟過不少。何家這樣好的兩口子，中年喪子，白髮人送黑髮人，心裡不知何等淒涼。

黃四娘正在安慰哭得快要抽過去的何思道，見何家大伯從家裡往外送何師爺。何家大伯看起來像是一下子老了十歲，腰都不怎麼能挺得起來。

突逢喪子之痛，像是一把錘子砸在脊梁骨上，痛徹心腑。

「思遠已去，還有思道承歡膝下，大哥要打起精神，撫養思道長大，待思道娶了妻室開枝散葉，你與嫂嫂也能心安了。」何師爺勸慰何大伯。

「聽聞此事，我心裡真是錐心之痛，你大嫂也幾次哭暈過去。她說思遠年紀輕輕，還未成家，本該年底歸家後給他娶一房妻子，和和樂樂地過日子，誰知突遭此大劫。等我老倆口百年以後，誰還能記得我家大兒？只怕連墳上一抔土都無人添……」何大伯字字血淚，哽不成聲。

「嫂嫂心裡可是有什麼打算？若小弟能幫忙，大哥直說便是。」何思遠也曾親親熱熱地叫過他叔叔，連後來給何思遠找的師傅也是他幫忙引薦的，對這個姪子的情分甚深。

「你嫂嫂想找個姑娘來家裡跟思遠成個家，只想每年清明有個未亡人能給思遠上墳掃墓。我們也不是那等苛刻人家，說是媳婦，但會當成閨女來看待，只要她能安分守住我家大兒媳的身分，我家願出銀子補償予姑娘的娘家，只求能找個穩妥踏實的。」

何家大伯知道這事有點難辦，誰家好好的姑娘願意送來給一個已經故去的男人守一輩子？連個面都沒見過，更何況一輩子不能再嫁，只能抱著個牌位過日子。

但他那老妻哭得死去活來，說是對不起死去的大兒，本來入伍之前家裡已經準備給思遠說親了。他家條件不錯，楊城外有兩百多畝地，吃喝不愁，更兼妻子娘家陪嫁兩個鋪面，雖不大，但每年租金也有個二、三百兩，家裡日子向來好過，相看了幾家姑娘，只等思遠點頭。誰知道，朝廷徵兵就把個好好的兒子徵走了，如今屍骨都沒有一副。妻子提出要給思遠找個未亡人，這一心願若不能滿足，也實在對不起她生養何思遠這麼些年。

黃四娘靜靜聽了半晌，心裡打鼓似的，她突然有個大膽的想法。她不想被親娘賣到那髒地界去，若是賣進去了，自己這輩子也就毀了！不如就進了何家的門，清清靜靜地守著未亡人這個身分，有個家，有磚瓦遮身，也好趁此機會與自己那個家脫離關係！反正自家親娘只想要銀子，把自己賣給誰不是賣？

咬牙打定主意，四娘捏著拳頭，走到何大伯與何師爺身邊，撲通一聲跪下了。

何家一門在楊城也是人口眾多，大大小小姻親遍布楊城。何家大伯名叫何旺，今年三十有五的年紀，本本分分的人家，娶妻王氏，性子溫柔爽利。兩人婚後恩愛和美，先後生育了何思遠與何思道兩個兒子。

大兒生下來見風似的長，小牛犢一般的體格，大氣又爽朗，最是踏實懂事。因隔了七年才有了個小兒子，小兒相貌長得像王氏，又打小是個愛撒嬌、萬事不過心的性子，所以一家人都寵著。反正家裡衣食無憂，大兒又是個有擔當、能操心的人，就讓小兒喜喜樂樂過一輩子便罷。誰知到了如今，像天塌了一般。

黃四娘因自小跟自家的何思道在一起玩耍，所以何旺兩口子深知四娘的爹娘是個什麼樣的人。黃有才是個酸儒生，張口閉口「之乎者也」，兩耳不聞窗外事；李氏是個尖酸刻薄的性子，上面一溜生的全是丫頭片子，從來都是大的帶小的，一個拉扯一個帶大的，她全然不管不問，全當天生地養，自個兒就能長大似的。

黃家大娘子出嫁時，張口就要五十兩銀子的聘禮，也不顧女兒嫁出去後，婆家會不會給好臉子；二娘和三娘因正能幹，長得也算漂亮，李氏還想從這兩個女兒身上再撈一把婚嫁銀子，所以平日也並不怎麼打罵；只有這四娘，野草似的，叫黃大娘看護著，自己又機伶懂眼色，倒也長到了十歲。

只是如今李氏急用銀子，終於把主意打到四娘身上，竟然打算把個好好的閨女賣給王牙婆，可憐見的四娘走投無路，正好聽見何家大兒這事，跪在地上哭求何旺和何師爺兩人把自己從李氏手裡買回來，她願意替何思遠守著，把何家兩口子當成親爹娘待。

黃四娘也算是何旺從小看著長大的，小娘子從小便很有自尊心，並不因為爹娘不管就去做偷雞摸狗的事情。即便有時餓得狠了，何旺妻子王氏看不下去，塞些吃食給她，她也推過幾推，實在推不過去才收下。因常受到自家接濟，在外便經常看顧著自家那懵懂單純的小兒子，何思道受到別家孩子欺負時，黃四娘只要遇到，便會狠狠罵回去，是個知恩圖報的好孩子。要說黃四娘這孩子來給自己大兒子守著，何家兩口子是願意的，只是她那娘李氏有些難纏，何況她爹黃有才聽說中了進士，此事還得何師爺去從中周旋。

何師爺看大哥何旺對黃四娘頗滿意，便捋了把自己山羊似的鬍子說：「罷了，此事並不難辦，我心中已有計較。由我出面，我去黃家走一趟，總能幫你把此事敲定。」

四娘看此事已經大致成了，自己不用再被賣到煙花之地，不禁長出一口氣，彷彿終於掙開了喉嚨上緊緊扼住的一隻大手，雙腿一軟，瞬時便暈厥過去。

何師爺畢竟在官場上混了這些年，張口就對李氏說：「熄了妳那賣閨女的心，妳家黃有才說是中了進士，妳這邊把那四娘賣進煙花柳巷，傳出去黃有才若遭人彈劾，自家親爹娘把女兒賣出做妓，別說做官了，連功名也都能給妳擼了去！」

李氏並無見識，嚇得直嚎。「這可如何是好？沒有銀子，我如何帶著女兒和我兒子進京？莫不是要討飯去！」

何師爺見李氏一句話就給唬住了，又不慌不忙地對李氏說：「我這裡倒有個法子解了妳這難題。我家大姪子便是何旺家大兒何思遠，他為國捐軀身死的消息剛傳來，我大嫂想給我那大姪子找個媳婦，每逢過年過節好給我那苦命的姪子燒個紙、上個墳，平日就當閨女養著的。妳若願意，我這裡的婚書妳來簽了。」

「不知何家願出多少銀子？可知我這一趟進京需要不少盤纏，銀子少了我可不願意。」李氏並不管四娘是去守寡還是為奴為婢，只要銀子到手，管那礙眼的丫頭去哪裡！

何師爺心裡鄙夷之極，但面上也並不表露。「二十五兩銀子。妳要不願，我這就上別處去再尋。」

「願意願意！婚書在哪裡？我這就摁手印！」李氏一聽，竟比王牙婆出的價還高出五兩銀子，哪裡不願意？只怕何家反悔了，到手的銀子飛了，她要到哪裡再找去！

何師爺半唬半嚇地讓李氏簽了婚書、摁了手印，自此黃四娘便是何家的人了，脫離了李氏這個沒心肝的親娘。

黃四娘醒來的時候，已躺在何家的西屋，軟軟的床鋪，寬大的床幔是自己從沒有見過的好料子。

堂屋傳來何思道的娘王氏軟軟帶點沙啞的嗓音——

「如此說來，事情已經辦成，那婚書李氏也已經簽了？」

「娘子放心吧，此事二弟已經談好了，給了李氏二十五兩銀子。怕她之後再來鬧，趕忙帶她去衙門簽了婚書，四娘從此以後就是我何家人了。」

「四娘也是可憐，都是十歲的大姑娘了，瘦得一把骨頭。老爺不知道，輕飄飄的，我從地上把她一抱起來就知這丫頭平日過的是什麼日子。那李氏哪堪為人母？自己的親骨肉，不聞不問，非打即罵，這麼稀罕人的孩子，她竟還想給賣到煙花之地，簡直不是人！」王氏說起來就是兩眼淚，自己生了兩個兒子，看見別家嬌嬌的閨女也是眼饞，四娘長得好看又乖得不行，這是心疼著呢！

黃四娘躺在床上，兩隻眼睛盛著兩大泡眼淚，撲簌簌地落到枕頭上。四娘並不知何師爺是如何與李氏談的，何家竟是簽了婚書，並不是把自己買斷，自己也不是何家的奴婢，仍然是堂堂正正的良民，這比她預想的要好了太多。

李氏拿到二十五兩銀子，第二天便張羅著雇上馬車，收拾細軟，喜孜孜地要帶著親親兒子與兩個閨女往京城奔赴好日子去了。

三娘畢竟心軟，藉口要去跟大姊道個別，偷偷告訴大姊一聲，說四娘被自家親娘賣給何家守寡去了。

黃大娘一聽自己親手帶大、像女兒一樣的妹妹被賣了，才十歲的人兒要一輩子給那何家守寡，一輩子再不能嫁人，頓時哭了個天昏地暗。

黃大娘的婆婆看兒媳婦哭成這樣，嘴一撇，道：「妳也莫哭了，依我看，四娘雖入了何家守寡，卻也比妳親娘帶她走要好。萬一她在半途被妳娘不知道賣去哪裡，那才真是命苦，到時候想找都找不到。何家兩口子都是好人，不會搓磨妳那四娘，且都在一個地方，妳想見也方便不是？快快收了妳那眼淚，趕緊給我兒做飯去！幹了一天活，晚上打二兩酒給伯懷解解乏。妳早日給我張家生個一兒半女，也好讓我有個孩子能瞅著，我張家有後才是妳的正事。」吳氏是個刀子嘴豆腐心的，雖也恨那李氏毫無慈母之心，但畢竟黃大娘並無忤逆自家，並不多牽連。

何家雖是小富之家，但何家兩口子從不鋪張，因人口不多，家中瑣事皆是王氏在打理。

十月已經是秋日，晨起有微微的涼意，院子裡一棵大楊樹，風一颳便撲簌簌地落葉子，黃四娘拎了把快要比她個子還高的掃帚，吭哧吭哧地掃院子。乾枯的落葉掃做一堆，攏在一起後，抱到廚下做點火的引子去。

王氏與何旺起床的時候，四娘已經把院子打掃乾淨，廚下的火也點燃起來了，鍋裡留著幾個饅頭，並燒著半鍋熱水給王氏他們洗漱用。

「娘和爹起來啦？我去把熱水倒出來，給爹娘熱熱地洗個臉！」四娘的聲音又清脆、又好聽，頭髮隨意紮了個團，挽在腦後，額頭上亮晶晶的汗珠子在清早的晨光裡微微閃爍。

王氏心裡嘆口氣，一個不過才十歲的小姑娘，自從到了何家，每日早早起床，家裡活計只要能幹的從不讓王氏沾手，勤勤懇懇，嘴巴也甜。之前在黃家或許是被搓磨得狠了，身子還是瘦伶伶的，從前也沒有在她臉上見到過這麼歡快的表情。這幾日在何家吃得飽又睡得好，臉上稍稍有了點肉，那乾枯的頭髮再養養或許也就變黑亮了。

「四娘怎的又起這麼早？思道個臭小子還在床上睡呢，這麼大個人了，還跟個長不大的孩子似的！」何旺笑罵了小兒子一句，接過四娘端來的熱水洗漱，又讓王氏叫小兒起床。

早飯王氏炒了個酸辣白菜並乾豆角燒臘肉，四娘幫著燒火。

並非四娘不願意炒菜，是怕自己放多了油鹽，惹王氏不喜。

曬乾的紅辣椒與拍過的蒜瓣放進油裡爆香，鍋鏟劃拉幾下，把切好的白菜放入鍋中，加醋翻炒。一股辣辣的氣息和著醋的酸香鑽進四娘鼻中，四娘饞得口水都快下來了。

說來奇怪，在家的時候日日吃不飽，也沒有這麼饞過。到了何家天天吃飽穿暖了，那肚子倒是跟個無底洞似的，每日看王氏做飯，饞蟲都要在肚子裡翻滾。

王氏看著四娘晶亮的小眼神直笑，這才是個孩子呢，正是長身體的時候，在黃家餓得狠了，面黃肌瘦的，肚裡沒有油水。自家沒有養過閨女，這麼個知心懂意的媳婦兒，可是比大大咧咧的臭小子好多了！想了想，又從壁櫥裡拿出一個雞蛋，磕在碗邊，把蛋液打出來，筷子飛速攪拌，從鍋裡舀勺開水澆進去，蛋花翻滾。一碗熱騰騰的雞蛋穗便做好了，再滴兩滴香油在上面，撒一把蔥花，然後遞給四娘。「快喝了它，趁熱！妳這身子瘦的，這兩年不好好養養，虧了身體可不行。」

四娘眨眨眼，並不推拒，接過碗，一邊吹著熱氣，一邊小心翼翼地喝著。嫩滑的雞蛋穗滑進胃裡，無比妥貼。王氏待她的好她知道，如今是一家人，四娘自認自己不是忘恩負義的小人，公婆兩人對自己好，自己一定會加倍還的。那些虛頭巴腦的客氣沒有用，自己好好的養好身體，然後讓何家兩口子覺得自己這個兒媳婦養得不虧。

「娘，今早吃什麼好吃的？」何思道揉著眼睛，從屋裡走進灶房，定睛一看，四娘正坐在廚下燒火，一雙丹鳳眼裡溢滿笑意，定定地瞅著何思道頭頂上亂糟糟的幾撮頭髮。

何思道看著四娘揶揄的眼神，叫了聲「大嫂」，然後跟火燒屁股一樣扭頭跑了。

「這孩子，定是還沒有習慣呢！從小一起長大的玩伴兒，忽然就成了大嫂了。」王氏笑著打趣。

飯做好，四娘幫著端到正堂，一家四口人坐下和和樂樂的用飯。

何思道是個坐不住的，大口地把自己碗裡的粥喝完，掰開兩個饅頭，夾上滿滿的幾塊臘肉，站起來說了聲「我去學堂啦」，便拎起書袋走了。

四娘吃完飯，幫著王氏把碗洗了，又拾掇了家裡的活兒。看王氏坐在廊下繡花，便也搬了把椅子坐在王氏一旁，學著打絡子。

何旺吃完飯便出城去了，說是去城外佃戶那裡看看今年種的地出苗的情況。今秋雨水少，若是地裡乾旱得厲害，就要組織佃戶從河裡挑水來澆了。

王氏瞧四娘學得認真，心裡不由得有幾分歡喜。雖之前沒有學過，但四娘指頭纖長，十分靈巧，一個花樣的絡子看自己打過一遍就能學個七八分。

「四娘，等妳那手再養養，娘就教妳刺繡。如今手上有繭子，學著容易刮花了絲線。」

四娘乖巧地答應了，一抬頭看到天色變得陰沈了起來，彷彿是要下雨的樣子。

「娘，您在家歇著，我去學堂給思道送把傘，不然這中午可要淋著雨回家了。」四娘回屋找了兩把傘，一把自己撐著，一把抱在懷裡，便出了門。

何思道的學堂在城東，跟何家是斜對角的方向，路上四娘順腳拐去了張伯懷家的酒坊。自己去何家也好幾天了，大姊心裡定是念著自己呢！

張家酒坊門口，張伯懷正往一輛驢車上裝酒，城裡的三合齋在酒坊訂了一批酒，今天裝好便要送去。

「姊夫在忙著呢！我姊可在家？」四娘露出個甜甜的笑模樣問道。

「四娘來啦？大娘在家呢，這些天一直惦記著妳！妳在何家可好？」張伯懷扯著袖子擦了擦臉上的汗，打量著四娘。

四娘身上穿了一件王氏之前年輕時候穿過的衣服，因身量不足，王氏給改了改。料子是好料子，四娘也沒有了跟在李氏身後時臉上麻木的表情，看起來彷彿像根春天的柳條一樣，有了生氣。

「我都好呢姊夫！我進去看看大姊。」四娘輕快地小跑進酒坊後院。

天上的雨點已經落得密集了，一顆顆砸在青石板上，跟豆子似的。

黃大娘剛跟婆婆把院子裡曬的一點高粱收進屋，扭頭就看到四娘正站在廊下衝她甜甜的笑。

「呦，我的四娘，快來讓姊姊看看！這些天姊姊可擔心妳了，妳在何家過得咋樣？」

四娘跑到大娘身邊，先跟吳氏問了個好。「吳婆婆好，我要去學堂給小叔子送把傘，路上順便來給我大姊報個平安。我在何家過得可好呢，爹娘待我都跟親閨女似的，吃得飽、穿得暖，大姊看我是不是胖了？莫要擔心我，四娘已經長大了。」

大娘攬過四娘細細打量，果然，臉色好看多了，不再是一副風一吹就要倒的面黃肌瘦的模樣。衣服也穿得夠厚實，腳上也不再是一雙不合腳的鞋。

在黃家時，四娘都是穿幾個姊姊穿小的衣服，有時沒人改就套上了身，晃晃蕩蕩的。鞋子也都是撿姊姊們穿過的，都沒有穿過合腳的鞋，夏天還好，冬日裡鞋子太大，不暖和，四娘腳上常常生滿凍瘡。

「這就好、這就好，我的四娘去了個享福的家裡。只是想起妳這小小年紀就要守寡，大姊心裡不好受啊！娘怎的這麼狠心，把妳就這樣打發了，妳這後半輩子可怎麼好？難道就這樣守著？」黃大娘仍是替自己的妹妹抱屈。四娘生得好模樣，又懂事，大娘未出門子的時候都是跟著大娘睡，晚上有時吃不飽，餓得睡不著，大娘就會攬著四娘，一遍遍地跟她講：我家四娘長得好看，等長大了找個俊的郎君，嫁過去後一定有好日子過！

如今進了何家倒是個好人家，就是一進門便守寡，這輩子也就這樣了。

「大姊莫要擔心，我知足得很呢！妳可知，要不是何家將我要進門，如今我就被娘賣給了王牙婆。」

「哎喲！我就說，妳那髒心爛肺的娘，就沒打好主意！花朵似的女兒，竟然要把她賣給王牙婆？可知那王牙婆是個什麼好東西？慣常地給府城裡的妓院送那良家的好女兒，多少要臉面的家裡吃不起飯，寧願把自己家閨女送去大戶人家為奴為婢，也不願沾染上王牙婆呢！妳娘可是聽見王牙婆許她幾兩銀子就動了心了？我呸！也不知道這賣閨女的銀子花著可舒坦？」吳氏本就看不起李氏那沒有一點骨肉親情的樣子，此時嘴巴更是不留情面，把李氏罵成個爛頭羊。

「多謝吳婆婆念著我，您是個開明心慈的長輩，我家大姊嫁進來可是享福了！」

四娘一張嘴抹了蜜似的甜，說得吳氏心花怒放。

跟大娘說了會話後，四娘也不敢耽擱太久，轉身去給何思道送傘了。

楊城學堂坐落在渭河邊，學堂外院牆邊種了一片綠竹，學堂裡學生念書的聲音隱隱傳出。四娘站在牆邊，側著頭聽了一會兒。

要說四娘也有些機緣，她打生下來腦子裡就混混沌沌的，彷彿記得自己是從別的地方來的，還帶著上一世的記憶。剛出生的時候，她還沒來得及打量這個世界，就感覺到了親娘和親爹對自己的濃濃不喜，整日裡跟著大姊，不敢哭也不敢鬧，乖巧懂事。本就已經是個多餘的女兒，正擔心哪天家裡吃不上飯被提前賣了，因此她更不敢顯露出別的異樣。

她記憶裡的上一輩子，是個男女平等的開明世界，技術工業都要發達很多。也不知造了什麼孽，這輩子生到了這麼一個家裡。前些日子也是仗著兩輩子的膽氣，自薦給何家做兒媳婦，否則這年代的十歲小姑娘，哪裡有膽氣去給自己掙一條路出來？

反正這輩子也不想嫁人，畢竟在這古代，以夫為天，女子在家裡就跟個好看的擺設一樣。正好，自己就在何家好好地守著。待慢慢站住腳，再試著幫何家多想想法子賺點銀子，也算報答了何家的再生之恩。

讓門房把傘給何思道送進去後，四娘撐著傘，沿著渭河慢慢往家走去。雨下得越發大了，路面上一層霧濛濛的水氣。

街面上並沒有什麼行人，冷冷清清的，這場雨下得大家都各自躲進自己家裡。

迎面走來一個挎著包袱、打著黃油紙傘的婆子，看起來有五十多歲的年紀。這麼大的雨，那婆子卻走得不緊不慢，肩舒背挺，步伐像尺量過一般。她長得一副嚴肅的模樣，應是平日裡不怎麼笑，嘴角緊緊抿著，臉上兩道法令紋格外明顯。

那婆子見到黃四娘，站住問道：「小娘子，朝妳打聽個人，可知這楊城有一家姓涂的人家？」

楊城並不大，黃四娘並不認識什麼姓涂的人家，也沒有聽說過，因而衝那婆子搖了搖頭。「婆婆，我不認識，不過也許是我年紀小，沒有聽說過。您去找那些老住戶們再打聽打聽，說不定就有人知道。」

那婆子似是一副很失望的模樣，謝過四娘便走了。

第二章

四娘匆匆趕到家，那雨已經下得瓢潑一樣。

王氏拿了巾子給四娘擦頭髮。「這雨也太大了，妳趕緊去把衣服換了，瞧這裙襬都濕透了，一會兒煮一碗熱熱的薑茶來喝，省得染了風寒。」

四娘自去房裡換衣服，換好出來見王氏站在大門口跟人在說什麼，仔細一看，竟是剛剛在街上遇到的婆子。想是一路走來問到這裡，想再打聽打聽。

「姓涂的人家……十幾年前我剛嫁過來時，記得隔壁人家就是姓涂，後來好像搬走了。」

「我打聽了一天，沒想到夫人竟然知道！我便姓涂，小時家境不好，被賣入大戶人家做丫鬟。輾轉幾十年，跟著主家一直在京城。如今年紀大了，主家開恩放我歸家，我便想著回來找找我那大哥。夫人既知道，可否跟我詳細說說？」

「既是如此，涂娘子進來躲躲雨，喝杯熱茶，我慢慢說與妳聽。」王氏本就熱情，當即把涂婆子往裡讓。

涂婆子並不拘禮，道了聲「打擾」，彎腰行禮時那裙襬紋絲不動。

四娘心裡暗暗咋舌，這涂婆子不像一般人家出身。至少在楊城，四娘還未見過如此端莊大方、禮數周全的婦人。四娘從廚下端出兩杯熱茶。

王氏已經熱情地拉著涂婆子坐下。「說來時間也有些久遠了，當時我剛嫁給我當家的，我記得隔壁的涂大哥還來吃過喜酒呢！涂大哥彷彿身子不大好，平日裡見到也是經常臉色青白，總時不時地咳，每年入冬直到開春，他家郎中就沒斷過。」

涂婆子的臉色有一瞬間的動容，只是立刻便又平靜下來。「不瞞娘子說，我那大哥小時在冬天掉進過渭河，自此落下了病根，每每入冬，便咳嗽不止。因為這病，我爹娘花費了不少銀錢，四處找郎中、名醫。我當時便是為了給大哥買支極貴的人蔘，被爹娘賣給了主家，三十兩銀子，買斷自由。」

王氏下意識地看了在一旁靜默無聲的四娘，四娘回給王氏一個大大的笑容。

四娘知道，王氏是擔心涂婆子的一番話勾起她的心酸，畢竟四娘也是被親娘給賣了。但在她心裡，對所謂的生身父母已經無怨無恨，畢竟生下來便沒有得到過半分關愛，如今幸得來到何家，王氏與何旺把她當親生女兒一般對待，早已彌補了她缺失的親情，因此四娘一點都不難過。

「敢問娘子，我那大哥後來是如何搬走了？可知搬去了哪裡？」

王氏咬咬唇，有些不忍。「大概十年前，涂大哥的身子日漸衰敗，這些年下來，藥材流水一般地吃進去也是無用，終是沒有熬過那年冬天，一病之下去了。」

涂婆子垂下頭，似是發出了一聲無聲的嗟嘆。「那娘子可知我大哥家人何在？」

「涂大哥許是因為身子不好，這麼些年來一直未有一兒半女。涂大哥去世後，涂大嫂便收拾細軟，將這房子典賣給了經紀，聽說是投奔娘家去了。隔壁這宅子，中間倒也有人住，只是現在也搬走了，一直空置到現在。」

外面的雨不知何時已經慢慢停了，廊檐上時不時滴下來幾滴，在青磚上砸出一片水花。

「涂娘子不必太悲傷，畢竟斯人已逝。不知妳如今可有何打算？」王氏輕聲問道。

涂婆子端起茶杯飲了一口。「讓娘子憂心了，我並無事。只是本還想著見一面親人，沒想到我大哥已經去了。罷了，我既然已經回歸故里，便打定主意在此棲身。不知娘子可否把那房產經紀引薦與我？我想把隔壁宅院買下來，也算有個落身之地。」

「這倒不難，我當家的跟那經紀相熟，待他晚上歸家我便告知他。明天中午妳來，定給妳安排妥當。」

「如此多謝娘子了，以後鄰里之間，我一個孤婆子，還請多多關照。」涂婆子起身，莊重地施了一禮，嚇得王氏急忙起身來扶。

晚間何旺回到家裡，直嘆這一場雨下得及時，省去了好多功夫澆地。

王氏把白天涂婆子的事情講給何旺聽，囑咐何旺明天記得幫忙找一找經紀。畢竟涂婆子並無親故在此，一個婦人，有許多不便之處。

何旺聽罷，沈吟半晌，而後對王氏道：「若是有機會，多與那涂婆子交好，即便是處不來，也不要得罪了去。」

王氏嚇了一跳。「怎地？可是那涂姊姊有何不妥？」

「並不是。我多年前跟涂大哥喝酒的時候聽他說過，他妹妹當時賣給的人家出身不凡，並不是普通大戶人家，怕是官身。在官家為奴為婢這麼些年，到老了還能得主家開恩放歸自由身的，定不是一般的身分。聽妳說起那涂娘子的舉止言行，怕是不簡單。不管怎麼說，交好總比交惡強。」

「爹，我也這麼覺得。從看到涂婆婆的第一眼，我就覺得她不一般。」

「喔？我家四娘小小年紀也會看人了？」何旺饒有興趣。

「涂婆婆和我見過的楊城人都不一樣，舉止神情都好像尺子量出來的一般，而且她身上有一種我說不出來的感覺，就是覺得在她面前連大氣都不敢出一樣。」四娘歪了歪頭，咬著筷子尖，慢慢回想今天涂娘子的一舉一動。

「不錯，四娘很是細心。妳小女孩家家的，以後多與涂娘子交往，或許能學到不少東西。」

一家人熱熱鬧鬧地吃完晚飯後，各自洗漱睡去。

四娘躺在和軟的床上，很快進入香甜夢鄉。

清晨的陽光灑進房間，一陣清風吹來陣陣桂花香氣。四娘伸了個懶腰，坐起身來，拂一把昨晚睡得亂糟糟的頭髮。

今日是中秋，昨天說好了今日要和王氏一起打桂花。何家正房台階兩旁種了兩棵桂花樹，每年中秋都開得紛紛揚揚的。王氏每年這個時候習慣收集桂花做桂花蜜，四娘自告奮勇要幫忙。

這些日子在何家養著，頭髮長了不少，瘦小的身子漸漸有了肉，原本蠟黃的皮膚如今也養好了，漸漸顯露出白淨的顏色。

四娘去灶下熟門熟路地添上柴，煮了粥在鍋裡，然後拿起掃帚開始掃院子。

隔壁的涂婆婆已經搬過來七、八天了，整日裡也不怎麼出門，只在安頓好後給何家送過一次糕點，說是自己做的，京城口味，讓何家嚐一嚐，也感謝何旺幫忙，這麼快就把宅子給整頓好。那糕點味道極好，是四娘從沒吃過的味道。

這個時代的京城是什麼樣子呢？是不是像上輩子自己在電視裡看過的那種？金碧輝

煌，紅牆琉璃。不知道這輩子有沒有機會去京城見識一下？

吃完簡單的早飯後，四娘把碗洗了，鍋台擦乾淨，接著從雜物間拿出兩個籃子，趕去給王氏搭把手撿桂花。

今日學堂放假，何思道已經猴兒一樣地竄上了樹，手裡拿著一根長桿，不停地敲著，金黃的桂花簇簇不停地落到樹下鋪著的舊棉布上。

「你個臭小子，快快輕一些！樹杈子都快被你踩斷了，當心摔下來又哭著喊疼！」王氏一邊拿著一把小小的掃帚把落下的桂花掃作一堆，一邊笑著罵。

「我才不會摔下來！前兒我跟學堂裡的李二爬的那棵樹可比咱家這桂花樹高多了，我都沒害怕！」小胖子語氣裡滿是得意。

「什麼?!你又頑皮！爬那麼高的樹去野，我告訴你爹敲斷你的腿！」王氏雙手叉腰，眼睛都瞪圓了。

四娘笑吟吟地扯過王氏。「二弟還小呢，男孩子頑皮一些不是壞事。娘妳歇一會兒，剩下的我來。」

王氏看著四娘索利地收拾著桂花，何思道跟四娘同樣年歲，四娘家事已經做得十分索利，且懂事又貼心，自家這個小兒子何時才能長大一點啊！

何家的桂花樹有些年頭了，開的花又多又密，不多時便拾了滿滿兩筐桂花。打落的桂花過一遍清水漂洗乾淨後，鋪開來晾乾水氣，然後找一個乾淨的罈子，一層桂花一層鹽地放置好。一個時辰後，桂花的水分被鹽給逼出來了，把水倒掉，然後又拿了幾個小巧的罐子，放在蒸籠上，口朝下地蒸一下消毒。桂花和蜂蜜一比一的比例裝進罐子密封，這樣放置幾天後，桂花蜜便成功了，用來沖水喝或是做點心都極好。

王氏拿出兩小罐對何思道說：「你去隔壁，把這兩罐給涂婆婆送去，就說是我新作好的桂花蜜，不值什麼，讓她嚐個鮮。」

何思道露出不大情願的樣子來。「我……我有點怕涂婆婆，她總板著張臉，比我學裡的夫子還嚇人，我一看到她連話都說不出來了，娘讓嫂子去吧。」

王氏忍不住拍了何思道一把。「臭小子！吃啥啥不剩，幹啥啥不行！你要是有你哥一半的機伶踏實，我——」

四娘見王氏又要勾起傷心事，趕忙把罐子接過去。「看娘說的，二弟正是愛玩的年歲，這些人情世故本就該由我去，誰讓娘把我當女兒一般待呢？我這就把桂花蜜給涂婆婆送去，我還想去蹭幾塊涂婆婆的好點心呢，二弟吃不到，回頭可別眼饞！」

何思道感激地給了四娘一個眼神。他知道娘是無心地說出自己比不上大哥省心的話來，但是自己心裡還是不舒服的，不是怨娘，而是一種無力感。十年來，他已經習慣了活在父母的寵愛裡，活在大哥的保護下，如今大哥猛地一去，所有認得的人都告訴他，家裡只剩下他這個頂門立戶的獨苗了，以後要承擔起家裡的事情來。可自己是個懶散性子，萬事不上心，怎麼努力也無法讓爹娘滿意。有些時候看著四娘隨便幾句話就能把爹娘哄得喜笑顏開，他真是羡慕。

四娘敲響了涂婆婆家的大門，開門的是個穿著豆綠色比甲的小丫鬟，聽四娘道明了來意便領著她向後院走去。

涂家的格局跟何家一樣，一進門是一塊照壁，上面刻畫了松鶴延年的圖案。轉過去是前院，一棵極大的海棠樹立在院中間，由於是秋天，樹上只餘稀疏的葉子。樹下擺著一張圓桌和一張躺椅，桌面上還放著一卷打開的書卷。

看四娘眼光掃過去，小丫鬟笑著說：「我家娘子愛坐在這海棠樹下看書，剛覺得有點涼了，去屋內加件衣服。」

穿過月亮門，便來到了後院正廳，涂婆婆正端坐在正堂的太師椅上，看到四娘一點也不驚訝的樣子，只淡淡地道了句。「妳來了？」

四娘過去福了一福。「我娘今早新做的桂花蜜，讓我給婆婆帶兩罐來，不是什麼貴重東西，婆婆莫要推辭。」

涂婆婆點點頭，令丫鬟接過後說道：「一早就聽到妳家那皮小子鬧騰的聲響，猜妳家就在折騰那兩棵桂花樹。妳家那小胖子太能鬧騰，聒噪得我頭疼。」

小丫鬟端來一碗甜香四溢的酥酪，四娘接過，用甜白瓷調羹挖了一口送進口中。醇香的奶味和若有似無的甜香一下子瀰漫了味蕾，四娘愜意地瞇了瞇眼睛。

涂婆婆看她貓兒似的滿足表情覺得好笑，輕咳一聲道：「什麼好東西，值得妳這樣！妳娘就妳這一個女兒，怎地妳這麼瘦，妳家小胖子這麼胖實？難道那好吃的都被妳娘留給妳弟弟了？」

涂婆婆才搬來沒多久，平素又很少與左鄰右舍打交道，一個小丫鬟也是才採買來的，並不是本地人，故而並不知何家的事情。

四娘沈吟了一會兒，便將自己與何家的淵源一一道來。

午後的陽光有一縷輕輕爬上四娘的面頰，映得她眼角那顆小紅痣閃閃爍爍。明明是淒慘的身世，在四娘口中卻並無一絲訴苦與怨憤，像是在講述別人的事情一般。

這個姑娘有點意思啊！涂婆婆心想。

下午四娘去涂婆婆家送桂花蜜去了許久，給四娘的姊姊黃大娘家的中秋節禮，王氏便使喚何思道去送。畢竟算是嫁進了何家，四娘的父母都不在楊城，便把四娘的大姊家當四娘婆家一般走動。

黃大娘的婆婆吳氏雖說是個厲害人，但也知禮。加上王氏送的節禮很豐厚，一籃子瓜果點心，幾尺布料全是深藍青黑，適合張家父子做衣服穿，並肥肥的一條五花肉，還有兩條金黃大鯉魚。

吳氏歡喜地收下節禮，給何思道抓了一把糖果，然後吩咐大娘道：「去把妳爹新釀的葉兒青給搬兩罈子來，讓思道小哥帶回去！還有咱家自己做的酒糟肉，撿那肥肥的，給妳妹子和婆婆、公公嚐嚐鮮！」

黃大娘應了一聲，急忙忙的便去準備回禮。自己嫁進來這麼些日子，親娘從未客氣過，每逢過節總挑剔夫君送過去的節禮，回禮也總是幾把青菜或是一把雞子，婆婆每次瞧見娘家的回禮，都要拉著臉好些日子。還是何家會做人，送的節禮體面又實用，看來四娘在何家的日子過得不錯。苦命的四娘，總算有了個好去處。

這是四娘到何家後的第一個中秋節，王氏做了豐盛的晚餐，一家人坐在院子裡的石桌旁，賞月吃飯。

王氏往四娘碗裡挾了一筷子蒸酒糟肉，問道：「妳與那涂娘子似是頗聊得來的樣子，下午竟留了妳這麼久？」

「許是她覺得我與她命運相似吧，留我用了一碗酥酪，跟我說了會兒話。」四娘一口又一口，吃得香甜。吳婆婆家的酒糟肉做得極好，上好的酒糟香味綜合了豬肉的腥味與肥膩，入口即化，還帶著濃濃的酒香。

王氏看四娘吃得香甜，微微嘆了口氣。「乖孩子，多吃一些，趕緊把身子養好，瞧妳瘦的。」四娘自來到何家後，從未露出自怨自艾的樣子，每日開朗活潑，承歡膝下，可越是這樣越讓人心疼。這樣乖巧懂事又長得好看的小娘子，誰能不喜歡？

「娘，我衣服這個月已經又放了一寸出來呢，妳瞧我身上也長肉了，妳怎麼還嫌我瘦呀？」四娘對著王氏撒嬌。

「妳娘說得對，姑娘家胖一些顯得有福氣，萬萬不能學那些大家小姐，瘦得一陣風就能吹走的樣子。」何旺附和王氏。

「哎喲喲，也不能聽妳爹的，女孩子家的也不能太胖，穿衣打扮不好看。瞅瞅妳爹，胖得那個樣子，要不是妳外公外婆早早給我定了他，我再不能嫁給他的！」王氏揶揄了何旺幾句。

何旺只是憨笑。「夫人說的是，我三生有幸才能娶到夫人，妳看上我是我家祖墳冒了青煙了！」

「呸你個老不羞的！孩子們都在呢，你瞎咧咧個什麼？」王氏面頰飛紅。

「爹，我身材像你，你要不要也提前給我定個媳婦兒？要是我長大了沒姑娘瞧上我該咋辦？」

大口吃肉的何思道神來一句，何旺一口酒噴出來，王氏笑倒在何旺身上，四娘則揉著肚子伏在石桌上笑。

酒足飯飽後，四娘偎著王氏靜靜地看著月亮。

何思道端坐在石凳上背誦一首詩。「小兒不識月，呼作白玉盤。又疑瑤台鏡，飛在青雲端。」

這樣的日子，這樣舒坦又安穩的生活，讓異世而來的黃四娘第一次感受到了踏實。這才是一個家，瑣碎熱鬧，溫情四溢。

何家歡快的笑聲飄過紅牆，飄到隔壁的涂家。

涂家寂靜得彷彿在沈睡一般，左鄰右舍的酒菜香氣隱隱傳來，廊下兩盞燈籠靜靜灑下光芒。

圓桌上一壺酒，兩、三個小菜，一盤又紅又大的開口石榴。小丫鬟執壺倒酒，涂娘子靜靜飲下。這樣熱鬧鮮活的日子，自己多久沒有體會過了？在那吃人不眨眼的地方活了大半輩子，都忘了人世間本該是熱熱鬧鬧，這紅塵的熱呼氣呀，可真讓人舒服。

「豆兒。」涂娘子吩咐一旁的小丫鬟。「妳下去用些吃食吧，我一個人待一會兒。」

叫豆兒的小丫鬟靜靜退下，廚下還給自己留了好些食物呢。涂婆婆雖然看著不苟言笑，臉一板起來挺嚇人的，但從不打罵自己，飲食上也從不苛待。就是婆婆總愛瞅著隔壁何家發呆，定是婆婆一人太寂寞了些。

過完中秋，天氣忽然冷了起來，每日秋雨淅瀝瀝下個不停。

王氏這日在房內整理冬天要穿的衣服，四娘在一旁搭手幫忙。許多王氏年輕時候的衣服保養得極好，又都是好料子，便拿出來改一改給四娘穿。

「如今一天冷似一天，先給妳把夾棉的找出來，妳也學了許久針線，娘幫妳瞅著，妳自己估量著改一改。今年過年，咱們一家四口都要做新棉衣，娘跟妳爹交代了，給妳尋了鮮嫩亮眼的布疋。雖說現在咱們家還在孝裡，但除開紅色，其餘都沒事，到時一定給妳做兩身漂亮的新棉衣。」王氏一邊從樟木箱子裡往外撿拾衣服，一邊絮絮叨叨。

「娘，我長得快呢，妳這些舊時衣服我還穿不過來呢，又都是極好的料子，跟新的也不差什麼，哪裡還需要做新棉衣。」

「妳這孩子，來咱們家這麼些日子了還跟娘客氣。從前家裡沒有女孩兒，也就沒備下什麼女孩兒穿用的東西。雖說妳是來給思遠守寡的，但娘心裡把妳當親閨女一般。四娘長得好看，娘要是有個這樣的親女兒，怎麼疼都來不及呢！妳就乖乖聽娘的話，幾身新衣服又值什麼？」

王氏話說的真心實意，四娘也就不再推辭。「對了娘，這幾日爹都是一大早就出門，夜裡才回，可是有什麼事？」四娘想到這事，便問道。

王氏眉頭輕蹙。「是那些莊稼的事，娘也不太懂。聽妳爹說，之前一直乾旱，擔心澆水的問題，如今卻是雨水太多了些，就沒怎麼見過太陽，怕是地裡的莊稼要澇了。妳爹如今日日和莊頭在田裡挖溝排水，只是這雨要是再繼續下去，今年這一茬莊稼怕是要毀了。」

四娘透過窗子，看著那一陣陣忽大忽小的雨點。今年秋天的雨水是太多了些，楊城的渭河都快淹滿了。這樣的天氣，不會出什麼事情吧？

連續下了個把月的雨似乎絲毫沒有停息的意思，空氣裡全是黏膩的水氣。平日裡熱鬧的大街上一個人影都無，偶爾傳來一、兩聲沈重木門的吱呀聲，是那臨河的住戶在從院子裡往外舀水，大雨下得地勢低的人家院子裡蓄滿了水。

四娘從未見過水勢如此湍急的渭河，黃褐色的渾濁流水嘩啦啦地沖過去，水裡偶爾可以見到一些雞鴨的屍體。四娘不由得打了個寒顫，再這樣下去，怕是要出大事。

「爹娘，我看這天太不好了些，咱們要不要囤點糧？」四娘急匆匆進門，收起濕淋淋的雨傘，都來不及擦一擦被雨水打濕的髮梢，一抬頭，發現涂婆婆竟然也在。

何旺與王氏都是一臉憂心，涂婆婆還是那副冷淡表情，端著茶碗不緊不慢地喝著。

「是要囤糧了，不但要囤糧食，藥材也要囤一些。」何家地裡的莊稼已經不行了，連番的挖溝放水也已無用，這雨不停的下，一天太陽都沒見過，那些莊稼的根苗都已經漚爛。照這個情勢，明年顆粒無收，糧價必定大漲。

今日涂婆子罕見的上門拜訪，也是來提醒王氏，這時節要早做準備。

「明日我便去買糧，趁著糧價漲幅不高，多去幾家糧行。四娘與妳娘去藥館，常用的藥材多備一些，特別是風寒和清熱的藥。」何旺交代完了便急匆匆出門，他還要去找何師爺商量一二，家裡的親戚都要通知到，不管願不願聽的，總歸是盡到了心。

「四娘，妳也去妳大姊家走一趟，告訴妳吳婆婆，千萬要多囤糧，這時節酒就不要釀了，放在酒窖裡也不會壞。」王氏交代四娘。

「哎，我知道了娘。」

「涂姊姊，妳是京城回來的，見識必定多，多謝妳今天來提醒。」王氏誠心實意地說。「咱們早早地把糧食囤夠，熬過了今年想必就好了。」

「洪水倒還罷了，怕只怕，大水之後，必有瘟疫。」涂婆子臉上一片凝重，語氣裡罕見的多了些擔憂。

「瘟疫?!這、這可是大事！若是瘟疫，那得死多少人啊？」王氏驚呼。

四娘心裡一個咯噔。瘟疫！這種年代的瘟疫，那可是太可怕了！沒有消毒水、沒有特效藥，瘟疫，那是可以屠城的疾病！

大雨從八月中一直連續下到十月初，此時的楊城一片蕭瑟。寒冷潮濕的天氣，衣服都沾染了經久不散的霉味兒。

如今的糧價已經翻了十倍有餘，家裡富裕的還好一些，勉強能支撐果腹，至於那些本就貧寒的家裡，早已經斷了糧。

狗尾巷，楊城東北角的一條巷子。這裡算是楊城的貧民窟，在此居住的多是一些家境貧寒、以打零工為生的人家。

胡有根是個打更的，家裡上有老母，下有妻兒，一家五口人擠在一個小小院子的兩間破屋裡。

家裡的妻子、老母平日裡接一些漿洗縫補的活計貼補家用，一兒一女大的五歲，小的兩歲。胡有根俸祿有限，要擱平日裡日子雖過得緊巴但也勉強能果腹，可如今糧食漲出了天價，家裡已經兩天沒有開火了。

胡有根七十歲的老母顫巍巍地把一塊黑乎乎的窩頭塞進兩眼呆滯、餓得已經哭都哭不出聲的小孫女嘴裡。

兩歲的小女孩聞到了食物的味道，大口大口地咀嚼，顧不得粗糲的米糠刮得喉嚨生疼，努力地往下嚥。

一旁五歲的小孫孫懂事地端來一碗渾濁的水，給妹妹餵下去。

胡有根狠狠地抹了一把臉，這是家裡老母從嘴裡節省下來的最後一口糧食了，若是還沒有吃的，這一家五口只能活生生餓死。得想法子，至少要讓孩子吃頓飽飯。

「爹，河裡有魚，咱們去撈魚，煮了湯給祖母和妹妹吃。」五歲的胡大寶平日裡最心疼妹妹，看著妹妹餓得奄奄一息的模樣，心裡難受極了。

此時的渭河哪裡還能撈到魚？河水已經漫上岸堤，四處遍是雞鴨和死去的牲畜屍體，瀰漫著腐爛的氣味。

胡有根腳下一滑，踩到了一隻死去的豬仔。已經膨脹發青的腹部皮肉瞬間炸裂開來，青綠色惡臭的汁液濺了他滿頭滿臉。

真是倒霉！胡有根顧不得許多，用袖子隨意地擦拭幾下。今日還是去表哥家碰碰運氣吧，總要給一兒一女弄點吃的。

胡有根站在表哥家門口等了半晌，好話說盡，才從門裡扔出來幾塊番薯。胡有根抱著番薯，飛快地往家裡跑去，省著吃，至少還能撐兩天。

胡大寶嗅著番薯香甜的氣息，不住地嚥口水，手裡不停歇地往灶裡塞柴火。只有幾個番薯，不捨得一頓吃完，切成塊加水在鍋裡煮，這樣每人還能多喝點熱湯飽肚。

胡有根自從借糧回來，便發熱病倒了。躺在床上，家裡的幾床被子都蓋在身上了還是不停的打寒顫。家裡已經沒錢買藥，連驅寒的薑都買不了，只能一碗一碗地灌著滾燙的熱水。

「他爹，我給你用熱水擦擦身子，看看能不能退熱？」胡有根的妻子掀起被子，擰乾布巾，一把一把仔細地擦著。孩子的爹是家裡的頂梁柱，可千萬不能有事。驀地，胡有根的妻子驚呼出聲。「這……這是什麼?!」

胡有根的脖頸處起了大片紅腫的水皰，已經蔓延到了胸口，一片一片的，看起來極其恐怖。

三天後，胡有根還是沒有熬過去。

緊接著，胡有根的妻子和母親也發起了高熱。

兩個孩子驚恐地抱在一起，縮在屋裡的角落。

五歲的胡大寶不明白，為什麼爹娘還有祖母會生如此可怕的疾病？剛開始是高熱，後來身上開始起皰潰爛，最後猙獰地嘶吼著死在炕上。

一場大規模的瘟疫，悄悄地在偏僻的狗尾巷爆發開來，以不可抵擋之勢蔓延到了整個楊城……

何家一家已經大門緊閉，楊城街道上全是餓得面黃肌瘦的難民，吃光了家裡的糧食，沒有錢再去買貴得離譜的糧，只能一家家不停地敲門，希冀哪家有好心人遞出來一口吃的。

臨近渭河的人家已經被洶湧的洪水淹沒，雨水沖垮了房屋，沖倒了破舊的院牆，許多人無家可歸，開始在大街上找能躲避的地方。

何師爺匆匆在半夜來了一回，告知何旺，近期一定不要出門，楊城的瘟疫已開始爆發，楊城縣令已經寫了摺子上報府城。如果府城明白事態嚴重，便會快馬加鞭往京城報，若是府城企圖壓住此事，那等不到救災的災民便會往外地尋求生路，用不了多久，瘟疫將會大範圍地爆發開來。

何旺告知全家這件事情的時候，四娘驚呆了。真的被涂婆婆說中了，瘟疫，真的開始了！

如今何家已經不敢在白天開火，門外到處都是難民，若是看到哪家的煙囪裡冒出煙霧，便會去那家門前敲門，不停地敲，還會有人企圖爬牆翻進去。幸好何家院牆壘得比較高，沒有幾分功夫的人是翻不進來的。

何旺讓四娘爬上梯子，與一牆之隔的涂婆子喊話，讓看好門戶，若是有事就大聲喊叫。涂婆子家只有兩個女眷，若是夜晚被人翻牆進門，那可就糟了。

丫鬟豆兒已經嚇得瑟瑟發抖。

涂婆子倒是沈得住氣，對四娘說：「放心吧，老婆子還禁得住。倒是妳，四娘，怕不怕？」

四娘搖搖頭。「我不怕的，婆婆，我就待在家裡，哪兒都不去。現如今，哪裡都沒有家裡安全。」

「若是有一天，家裡也不安全了，妳要怎麼辦？」涂婆子似是不經意地問道。

若是真有那麼一天，那就看命吧。活在這個時代，沒有特效藥，沒有先進的醫療資源，消息又閉塞，若是等京城傳來賑災消息，以瘟疫傳染的速度，楊城成為一座死城應該是早晚的事情吧。

是夜，一家人就著一碗熱米湯，嚼著乾硬的麵餅。早已經沒有什麼青菜和肉了，家裡只有耐存放的大米和麵。有東西果腹已經是何旺提前囤糧的好處，如今楊城的糧鋪也已關門，大街上到處都是發著高熱、身上長著皰疹的人，家家關門閉戶。

「爹娘，這樣的日子什麼時候能過去？」瘦了一圈的何思道問。

何旺咬了一口麵餅，使勁地嚼著。「爹也不知。總會過去的，等京城派了治療瘟疫的太醫來，應該就會好了。」

何思道不曾經歷過這樣的事情，他學堂裡的夫子先前好心地收留了一個無家可歸、發著高熱的流浪兒，後來，夫子一家也都染上了瘟疫。曾經溫柔可親的師娘，會在師傅嚴厲責罰他後悄悄地塞給他一塊甜甜的麥芽糖、學子們都喜歡的師娘，最終高熱且全身潰爛，無藥可醫而去。

這一切都讓何思道感到恐懼，人命是如此的脆弱。他偷偷聽過爹娘談話，許多昔日的同窗，都已經死於瘟疫。死亡這個詞，在最親近的大哥離去後，再一次以更殘酷的方式展現在他眼前。

已經多日不見的何師爺，又一次趁夜來到了何家。這一次，跟何旺兩人關在書房談了很久。送走何師爺後，何旺在書房坐了一夜。

京城派來賑災的太醫已經到了府城，再過兩日便會到達楊城。但是何師爺從縣令那裡得到了消息——若是楊城的瘟疫沒有藥物可治，無法控制的時候，那便封城！

也就是說，把一城裡不管是感染的還是沒有感染的人全都關在一起，此地的人不能外出，外面的人也不許進城，等到該死的人都死完了，那麼，瘟疫就算是過去了……

囤的糧食總有吃完的一天，即便是京城送來了賑災糧食，也要出門去領。

楊城的井水都已經變得渾濁，如今一家人喝水都要煮了又煮，四娘還自己做了個東西，拿細紗料子裹了幾塊炭，每次打完水都把「炭包」先放在水桶裡擱置一個時辰。

但若一直沒有對症的藥物，染上瘟疫是遲早的事情。這一城的人，不管如今有沒有染上瘟疫，以後一個都逃不掉！楊城，將會成為真正的死城。

四娘許多年後回憶起離開楊城的事情，仍覺得像是一場噩夢。那個生活了十年的小小城鎮，那個有著一岸碧綠楊柳的清澈渭河，都隨著一場場沒有盡頭的大雨轟然坍塌。

在何師爺離開的翌日，何旺便告知一家人要盡快離開楊城的消息。

王氏一整天都在廚房準備能保存得久的乾糧，麵粉做成乾硬的餅子，大米煮乾烤成鍋巴。他們不知道一路上要走多久，得盡可能地帶一些抗餓的東西。

四娘又一次不小心烤糊了一個餅子之後，王氏看著她，幽幽地嘆了口氣。「四娘，妳是不是放不下妳大姊一家？」

「娘，從生下來後，我爹娘沒有管過我一天，我親娘還曾想過把我餓死。是大姊把我貼肉地帶著，一口一口麵糊米湯地餵大。我……我不能不管她……娘，我知道咱們出城已經是不易，一路上不知道有多難……我去求求爹，就帶上我大姊一家好不好？」四娘一邊說，一邊泣不成聲。

何旺站在灶房門口不知有多久了。「四娘，妳不能現在出門。等到入夜天黑，我給妳一個時辰的時間，若是妳大姊他們一家趕不上，那爹就沒辦法了。妳何叔安排了今夜守城門的人，若是今夜走不了，那就真的走不了了。」

四娘撲通地跪下，給何旺磕了一個響頭。「爹你放心，我一定準時把我大姊一家帶到，一定不給您扯後腿！多謝爹，這輩子您的恩情，四娘一定還！」

楊城的夜特別黑，像一口大黑鍋一樣，沈沈地掛在頭頂。

四娘悄悄打開門，衣角一閃，消失在巷子裡。

臉上蒙著厚厚的棉布做的面巾，四娘是儘量模仿口罩做出來的樣子，打個結繫在腦後。她一步都不敢停歇，黑暗中的每條巷口都像是一頭野獸，危險不知道什麼時候會突然而至。跑得太快，她覺得胸腔都有些生疼了。

吳氏被急速的敲門聲驚醒，還以為是流民在敲門，叫兒子張伯懷拿起棍子，以防他們撞門。

「大姊、大姊夫！快開門，我是四娘！」

張伯懷打開門閂，四娘飛快地閃進去。

來不及寒暄，四娘迅速把何旺聽到的消息和決定告訴張伯懷一家。

吳氏聽完後，一屁股癱坐在地上，張大嘴就開始嚎。「老天爺，這是不給活路了！」

「趕緊閉嘴！四娘冒著危險來送信，難道是來聽妳嚎的！」張老漢一句話吼停了吳氏。

「伯懷，快讓你媳婦收拾東西，撿重要的拿，要快！老婆子，快去帶上這些年的積蓄。乾糧來不及準備了，伯懷去把家裡所有的米麵吃食搬上騾車。我們要快，只有不到一個時辰了！」張老漢一瞬間作出決定。「四娘，多謝妳想著我們，妳放心，我這就快快地收拾好跟妳公婆匯合，我們一定不扯後腿。」張老漢誠心實意地對著四娘行了個禮。

四娘趕緊扶起張老漢。「張伯伯不必謝我，要謝您回頭謝謝我公公，他若不答應，我也沒法子。別說這麼多了，您趕緊忙著收拾吧，晚了就出不了城了！」

楊城出城的城門邊停著輛馬車，王氏在車廂裡坐立不安。已經快到時辰了，四娘若是來不了，那就趕不上了！

何思道站在車轅上，猴兒一樣地往遠方睜大眼睛四處張望著。

一輛騾車打破黑暗的寧靜，向著馬車停留的方向駛來。

「來了來了！爹娘，我嫂子趕來了！」何思道撩起車簾，向裡面喊道。

不待騾車停穩，四娘就急忙忙地跳下車來。她真是怕趕不上，吳氏這個也不捨、那個也不想丟，最後還是張老漢吼了一句「妳還要命不要！」才阻止了吳氏企圖把屋裡東西都打包帶走的舉動。

何旺走到城門口，遞給守城人一封信，還有一包銀子。

守城人看過信、掂了掂銀子，便打開城門放行。這些天，得到消息的達官貴人都已經悄悄地趁夜離開了楊城，畢竟誰願意待在這兒等死？守城人已經見怪不怪。

四娘撩起車窗，看著「楊城」兩個大字越來越遠、越來越模糊，淚水悄悄地砸落在衣襟上。

直至走到看不見楊城的城門了，一行人才停下歇歇。

王氏緊緊抓住四娘和何思道的手，都已經麻木冰涼。就這麼出來了，那個生活了半輩子的家，就這樣沒了。

「娘，水囊裡還有熱水，妳喝點緩緩。咱們已經出城了，至少不會被關在楊城等死，妳說是不是？」四娘儘量地寬慰王氏。

「是啊，咱們出來了……沒事，聽妳爹的，咱們去夷陵。等到了夷陵，咱們想辦法落下腳，一切就都好了。」王氏說給四娘和何思道聽，也是在說給自己聽，彷彿這樣便能寬心一點。

「娘，我還沒去過夷陵，聽說那裡多水，有條很大的河，比渭河還大，我都想不出來還能有多大呢！」四娘故意逗王氏說話轉移注意力。

「那叫滄河，咱們渭河可比不上。夷陵水產河鮮特別多，四娘愛吃魚，咱們到了後讓妳吃個夠。」王氏一邊說著話，一邊慢慢放鬆下來。

「娘，跟妳和爹還有思道在一起，吃什麼我都開心。咱們一家人只要在一起，我就開心。」四娘摟住王氏的胳膊，把頭輕輕靠在王氏肩窩上。

「對啊，娘，咱們一家人去哪裡都在一起。兒子長大了，能保護妳，娘不要擔心！」何思道也挺起了胸膛。他是個男人了，要和爹一起保護家裡的女眷。

王氏一手摟過一個，把兩個孩子緊緊抱在懷裡。

車廂外，張老漢在向何旺道謝。

「多謝何兄弟大恩，若是沒有你，恐怕我一家人都要葬身楊城了。伯懷，快來跟你何叔磕頭，以後定要報答你何叔的恩情！」

張伯懷撩起袍子就要下跪。

何旺趕緊一把扯住張伯懷的手臂。「張大哥不必多禮，是四娘心裡惦記著她大姊，在我們面前哭著苦求，跪下磕頭，這才有你們一家人跟著出城。以後，多多關照四娘也就是了。此地不宜久留，咱們緩緩神就要往前行了。夷陵距楊城一千多里，一路上還不知有什麼情況，咱們加緊趕路是正事。」

這一夜，大家幾乎都沒怎麼合眼。

天邊隱隱透出一絲陰暗的白光，厚厚的烏雲遮蔽著，看起來又有一場大雨將至。

此時距離楊城已經有段距離，來到一個小鎮。此處似乎還沒有被楊城影響，大家看到正常生活來往的人群，都彷彿隔世。

何旺決定在這裡休整一日歇息，買一些東西帶著，明日再趕路，找了家小小的客棧要了四間客房。

店家幫忙把車馬安頓好、餵上糧草，又給幾人端來飯食並洗漱的熱水。

四娘扶著王氏去房裡休息，吳氏也同黃大娘一起進了房間歇息。

何旺和張老漢在房間說話。「張大哥，不瞞你說，這次出來我是要去夷陵。我有個拜過把的兄弟在夷陵，多年前機緣巧合下我曾救過他性命，所以決定此時去投奔。不知張大哥一家可有打算？」

「並無，我們出來得急，想著先逃出來再說。若是何兄弟不嫌棄，我們一家跟著你可好？老漢有釀酒的手藝，到哪裡都能養活一家子，不會拖累何兄弟的。」張老漢說道。

「不要說見外的話，如此，一路上咱們就互相扶持吧。張大哥有著釀酒的好手藝，你釀的葉兒青中秋時我喝過，是好酒，回味悠長，若不是此時正在逃難，我定要和你好好喝一場！」或許是此時已經逃出生天，來到了比較安全的地方，何旺也慢慢放鬆下來。

「這值什麼？待咱們在夷陵安頓下來後，我好好請何兄弟喝酒！」

二人說定之後便各自回房休息，約好下午去街上採購一些東西。路程還遠，不一定每天都能找到客棧，多準備一些東西準沒錯。

第三章

此處小鎮叫春風鎮，是個安靜的小鎮子，民風淳樸。歇息了一上午後，大家的精神都恢復了一些，也有些心思出去逛一逛。

客棧的老闆熱情地告訴他們鎮上熱鬧的街道在哪裡、哪裡有好吃的東西。何旺謝過老闆後，一行人往外走去。

此時並不是逛街的好光景，外面還在淅瀝瀝地下著雨，街上行人並不多。他們找了一家餛飩店坐下，店鋪雖小，但也整潔乾淨，一人點了一碗餛飩並四個小菜。

老闆見他們七、八個人，熱情地引他們坐到一張大桌。

已經過了午飯的飯點，店裡人並不多，角落裡坐了兩桌正在喝酒的客人。

一個穿著藍色長袍的中年男子正在跟對面的朋友閒話。「這鬼天氣，從入了秋就沒有幾日晴，雨下得真是煩人！」

「咱們這裡還好一些，聽說楊城都淹水了，也不知道現在是什麼個情況？」同桌的人喝了口酒，回答道。

「楊城距咱們這裡也就半日的路程，許多來往楊城的客商常在咱們這裡落腳休息，最近也見得少了，看來真是情況嚴重。」

看來楊城瘟疫爆發的消息還沒有傳出來，他們後面的日子必須加緊趕路，若是等消息傳開，各個城鎮必然要盤查路引，到那個時候，若守城的查到他們是從楊城來的，再想進城住客棧休整那就難了。

店家手藝不錯，雞湯打底，撇去上面厚厚的油，湯裡還撒了一小把蝦米皮提鮮。餛飩個大皮薄，咬開裡面是用鮮嫩的小青菜和剁得碎碎的五花肉調和而成。一口餛飩一口湯，吃下肚後整個人都熱呼了起來。

四娘吃完了一整碗的餛飩，連湯都喝了個乾乾淨淨。「娘，咱們去買兩個小炭爐吧，路上也能煮點熱湯水的，若是能摘到新鮮的菌子，咱們煮來吃，一定很鮮美。」

「說得是！咱們路上不一定都能趕上打尖的地方，這天一日冷過一日，有點熱呼的也有力氣趕路。出來時我說要帶上家裡那個平時煮藥的爐子，老頭子硬說占地方，這下還不是要買？」吳氏一邊出聲應和，一邊拿眼去斜睨張老漢。

張老漢笑呵呵的，又恢復了以前老好人的樣子，看不出昨天夜裡跟吳氏發火的那副模樣。

結過帳後，問了店老闆一些要去的店家位置，一行人便去買東西。

此時雨越發大了，風一吹，冷颼颼的雨點打在身上，雨傘也擋不住。

何旺並男人去買些肉乾及乾糧，女人們就去雜貨店買零碎的東西。

四娘和姊姊正在雜貨店裡挑東西，拿了兩個炭爐並幾個瓦罐，王氏和吳氏見老闆這裡還有些乾貨，也準備買一些，路上煮來下飯。

大街上傳來噠噠的馬蹄聲，最終在雜貨店門口停住，一個穿著衙役衣服的男子掀開簾子走了進來。

「大舅在不在？我兄弟從外地回來帶了一批貨，我辦差順便給您送來！」男子說完才看到屋內有好些人，頓時有點愣住。

店主急忙從櫃檯後面走出來。「小三子，外面這麼大的雨，怎麼不等雨停了再來？瞅你，淋得衣服都濕了！」

「這不是從府城傳來急訊，我急著到衙門傳信去了。大舅，明天城門盤查就要嚴了，您最近沒事別出城。」男子壓低聲音跟店主說道。

「這是怎麼說的？是有什麼大事發生嗎？」店主驚疑不定。

那衙役附在店主耳邊說了幾句話。

四娘離得較近，背過身裝作在看一只青花瓷盤，暗暗豎起耳朵偷聽，只聽到「楊城……瘟疫……封城……」幾個斷斷續續的詞，四娘瞬間變了臉色，催著王氏和吳氏趕緊挑完結帳。

王氏雖覺得有些奇怪，但並沒有多問。

走出雜貨鋪還不等出聲詢問，四娘就急匆匆地說：「快去找我爹他們，咱們恐怕今天晚上就得走！」

找到何旺他們，告知剛才四娘從衙役那裡聽到的消息後，何旺加緊把該買的東西買完，往客棧趕回去。

「是要趕緊走了，消息已經傳到了春風鎮，明天出城就要盤查，咱們又得晚上趕路了。」

何旺的一番話，讓所有人才放鬆的心又緊繃了起來。

待眾人裝好東西、退了房，客棧老闆還在挽留。

「外面還下著雨，幾位何不多留些時候，等雨停了再走？這天黑路滑的可不好走啊！」

「多謝店家好意，只是我家中有急事，得馬上上路。」何旺隨口扯了個藉口，一行人急匆匆的又出城而去。

接下來的幾日，一行人都在加緊趕路，路過城池也不敢進去。這個時候楊城鬧瘟疫的消息已經傳開，不知道城門口要不要盤查路引，他們遠遠路過便避開了。

路上幾個男人輪換著趕車，到了飯點便就地拿出炭爐和瓦罐，煮上熱水，把乾餅子泡開，就著肉乾、鹹菜等填飽肚子。

平時最挑嘴的何思道從出來起就沒有再挑過一次嘴，再難吃拉嗓子的餅也努力地嚥下去。這次變故，加快了他的成長，他雖不能幫上什麼忙，也不想再去添亂。有時何旺趕車累了，他也會主動去替換一會兒，讓何旺歇息。

就這樣走了四、五天，已經出了府城，到了另一個省的地界，此處距離楊城已經有五百里。

或許是因為遠離了楊城，一路走來天氣好了許多，也漸漸的不再有陰雨綿綿的情況。此時雖然已經入冬，太陽也不再有溫度，但是看著陽光灑在身上，還是覺得心情一下子就能變得好起來。

看著不遠處熙熙攘攘的城門，大家都渴望能進城去找家客棧，好好洗個熱水澡，再吃頓好的。

「爹娘，不如我先試著進城去，看看守城的盤不盤問？若是你們見我安穩無事地進去了，你們也快跟過來。」四娘跟何旺、王氏商量著。

「妳一個小孩子，還是讓妳爹去吧，穩妥些。」王氏有些擔心。

「不礙事，正因為我是小孩子，不引人注意，我還能探聽探聽消息。」

四娘拎起一個小包袱，整了整衣服，便往城門口走去。

守城門的是兩個四十多歲的中年男子，此座城市不小，每日進出來往的人極多。有進城賣菜的老漢，也有來來往往的客商。

四娘加快步子往前走，到城門口時不經意地裝作絆了一跤，差點摔倒。其中一個守城的扶了她一把，四娘站好後行了一禮，甜甜地道謝。「多謝大叔！」

那中年男子見小姑娘長得伶伶俐俐，一副好相貌，又甜甜地喊自己大叔，面上便和善了幾分。「小丫頭走路小心些，這急急忙忙的幹什麼？」

「哎喲大叔，我跟爹娘、姊姊、弟弟幾個人去城外我外祖父家祝壽，外祖父嫌我們不常去見他，非得多留我們一陣子，都住了小一個月，我快想死城裡的家了，這不是急著回家嗎？家裡養的貓兒也不知道有沒有把我的紅尾金魚給叼吃了？我爹娘他們還在後面慢悠悠地走著呢，都急死我啦！」四娘嬌裡嬌氣地對著後面的何旺他們指了指，神情活靈活現，彷彿真是回家心切。

守城大叔會心一笑，自己家裡也有個年紀差不多大的丫頭，整日裡養得嬌滴滴的，只要對著自己一撒嬌，拉長了嗓子喊「爹爹」，自己便恨不得什麼要求都答應。

「那丫頭可是著急了，快快叫妳爹娘加快步子，這都到家門口了還歇什麼？」

四娘雙手攏成喇叭狀，朝何旺幾人的方向喊：「爹娘、大姊，你們快點呀！我都快累死啦！」

何旺朝張老漢使了個眼色，拉起騾車便急急往城門口走去。到了門口，守城大叔隨意掃了兩眼車馬，何旺雙手抱拳，笑呵呵地對守城人說了句。「小女無狀，讓您看笑話了。」

「不礙事，女孩兒是應該養得嬌一些，我家裡那個更淘呢！快快回家去吧，後面還好些要進城的呢。」說罷便輕鬆放行。

四娘對掀開簾子用擔心的眼光看著她的大姊眨眨眼。

黃大娘像是第一次認識這個妹妹一般。以前的四娘在家裡幾乎沒有存在感，老是鵪鶉一般地縮在自己身後。如今這個巧笑倩兮的明媚女孩，真的是她的四娘嗎？

四娘坐上馬車後，何思道擠過來道：「嫂子妳真厲害，幾句話就搞定，咱們這麼順利就進來了。」

「沒什麼難的，咱們穿得不差，又不像流民，只要咱們自己心裡不膽怯，他就不能懷疑咱們。」四娘摟住王氏的胳膊道：「等到了客棧，娘好好泡個澡、吃點熱呼東西，這一路上娘可是受罪了。」

「咱們四娘真有法子，託妳的福了。咱們多留兩日好好歇歇，看妳，好不容易養起來的肉，這幾日就又沒了。一會兒問問此地有什麼好吃的，咱們去吃。」王氏幫四娘理了理劉海。

「是要留兩日，眼看天氣越來越冷了，咱們要多買幾床被子，萬一遇上宿在野外的時候也能暖和些。」何旺一邊趕車，一邊對王氏囑咐道。

找了家不起眼的安靜客棧，何旺作主要了個安靜的小院子，方方正正的，像個四合院的格局。

要了熱水各自好好洗漱解乏，然後聚在一起商議後面的行程。

「照這速度，咱們還有七、八日便能到達夷陵。天氣越來越冷了，咱們在此處多留兩日，多備些東西，後面路上也方便。張大哥意下如何？」何旺對張老漢詢問。

「衣服我臨走前收拾了厚冬衣，被褥倒是有些不夠。」吳氏出聲。

「那吳姊姊，下午咱們一起去買幾床被褥如何？」王氏問道。

「咱們還有不少路要走，即使到了夷陵，用銀子的地方也多，要我說，咱們不如買些棉花和布料，咱們娘兒四個，一天時間便能縫他好幾床被子出來，省錢又實惠！」吳氏一張嘴，還是那副爽爽利利的樣子。

「姊姊就是會過日子，我怎麼就沒想到呢！咱們後面還不知要花費多少銀錢，能省便省。」王氏也想到今非昔比，到了夷陵還要置房產，手裡雖有些積蓄，卻也要省著花用。

「咱們別在這裡乾坐著了，趕緊找個地方吃飯去吧！這幾日在路上吃不好、睡不好，好不容易進城來，咱們可要好好地吃幾頓熱食！」何旺捏著鬍子打趣。

已經快十一月，天氣寒冷，若說熱乎的吃食，便不能少了羊湯。

一行人來到一間小店，門口熱氣騰騰地架了一口大鍋，裡面有一整副的羊骨架。奶白色的羊湯咕嘟嘟的不停翻滾，濃郁的香氣撲鼻而來。

一人要了一碗羊湯，另叫了一份清燉羊蠍子和六斤千層餅。老闆麻利地從鍋內攪了一攪，大勺子舀兩勺正好是一大碗羊湯，再放一小勺秘製調料，撒上一把芫荽、蒜苗。

一口湯入口，肉香濃郁，卻不見羊的膻味。裡面放了足足的胡椒粉，多喝兩口便要冒汗，體內的寒氣瞬間從毛孔發散出去。

羊蠍子裡面放了白蘿蔔搭配，羊肉燉得極為鮮嫩軟爛，一塊帶著肉的羊骨放進口中，輕輕一抿便骨肉分離。

千層餅撕成小塊泡進羊湯裡，餅塊迅速的吸收了湯汁，軟爛又飽腹。

一頓飯吃得舒適又滿足，每個人頭上都冒出了汗，放下碗直呼舒坦。

幾個男人們商量著去買糧食，女人們則去布莊買棉花和料子。

錦繡坊是當地比較大的布行，雖然四娘她們只是要買簡單的棉布，但一進門也被店內眼花撩亂的各色布料晃花了眼。

店內夥計熱情地迎上前。「幾位看些什麼？本店各色布料都齊全，上到綢錦、下到棉布，都是好料子，童叟無欺！」

「煩勞小哥，我們要買些棉花和厚棉布做鋪蓋，棉花要今年的新棉，莫拿舊的糊弄我們。」吳氏直接往擺放棉布的櫃檯走去。

黃大娘極少出門，成婚前在家裡做家務帶妹妹們，婚後又多是在婆家幹活照顧公婆及夫君，是以一眼就被掛滿成衣的那面牆吸引了目光。牆上掛滿了各式漂亮衣裙，不管是顏色還是款式，都是黃大娘沒有見過的，她情不自禁地走了過去。

吳氏一把扯住她。「伯懷家的，咱們可買不起，這不是咱們該買的衣服。」

黃大娘一下子紅了臉。「娘，我不買，我、我只是看著怪好看的……」

四娘幫大姊解圍。「沒事的吳婆婆，咱們看看又不要銀子，怕什麼？掛在牆上就是讓人看的。再說了，這款式我看著也不是特別好看，要我說，再改動改動還能更好看。」

一旁女掌櫃的陪著在試衣服的一個圓臉姑娘身邊的丫鬟聞言，看了過來，打量了幾眼四娘幾人的穿著後，臉上掛了一個嘲諷的笑。「妳懂什麼好東西不成？看妳穿得一般，口氣倒是不小！」

「聞香快快住口！」圓臉姑娘喝斥口無遮攔的丫鬟，朝四娘歉意地笑笑。「對不起，我這丫鬟不會說話，這位妹妹別生氣。」

四娘差點笑出聲。蚊香？這丫鬟的名字還真是搞笑，狗眼看人低的東西！雖然這輩子四娘沒過過富貴日子，但上輩子古裝劇看過不少，審美秒殺一眾古人。

四娘打量了一番那圓臉姑娘，五官長得不錯，只是有些嬰兒肥，臉上肉嘟嘟的。身上穿著剛挑的一套大紅繡黃色合歡花的百褶落地長裙，只是衣服不夠修身，從上至下瞧不出一點腰身，襯得那姑娘的臉更圓、脖子更短了。

「這位姊姊，您這裙子配色、做工都不錯，但在細節上還有些不足，您要是願意聽，我就給您說說？」四娘笑吟吟地說。

「二姑娘您可別聽她的！好不容易選到這套又好看、又富貴的，咱們這衣服可是要穿去老太太壽辰上的，萬一被她瞎說一通，那可就毀了這套衣服了！」聞香急忙拉住她家姑娘的衣襬扯了扯。

二姑娘明白丫鬟的意思，但試了這麼久，只有這一套夠喜慶富貴，可對著鏡子看半天總覺得哪裡缺點什麼。「姑娘但說無妨，若是能助我把這套衣服改得更好看，今日姑娘在店裡看中的衣服料子都算我的。」

「四娘，妳可莫亂來！這衣服看起來怪貴的，弄壞了，咱們要賠多少銀子啊？」黃大娘悄悄在四娘耳邊勸阻。

「大姊放心，我今天給咱們賺足好料子做衣服穿！」

四娘安撫住大姊，然後轉頭問夥計要了一塊寶藍色尺頭，隨手把尺頭摺疊出合適的寬度，圍在二姑娘腰間，又問夥計要了大頭針簡單固定，一塊簡易的腰封便做好了。然後打量一下二姑娘脖子與肩膀的比例，把衣服的交領往外翻了一寸，做成一個小立領，拉長脖子比例，依舊是大頭針簡單固定。

「姊姊先簡單看看，腰封讓人用金線繡上一圈包邊，與裙子上的黃色合歡花呼應。衣領一定要挺，這樣顯得脖頸修長，並且還能修飾臉型。如此您可滿意？」四娘問道。

二姑娘早在四娘幫她圍上腰封的一瞬間便有了幾分信服，後來再看了領子的設計更是喜歡得不行。雖是小小的變動，卻讓這衣服遮掩住自己的短處，使得自己有些圓潤而顯得氣勢不足的臉型變得端莊大氣。這樣的衣領設計從來沒有見過，若是改好穿去赴宴，一定能吸引所有人的目光！「太好看了，妹妹果真眼光獨特！」二姑娘喜不自禁。「掌櫃的，就照這位妹妹設計的樣子改。另外讓這位妹妹選幾疋好料子，不拘多貴的，都記在我帳上。」

女掌櫃的也覺得這衣服經過這位姑娘一改動，瞬間升了不止一個層次。

黃大娘看著不到一炷香時間，四娘就給這位二姑娘改好了，改良過的衣服比起之前已經很好看的樣式更加好看。黃大娘說不出來到底哪裡好看，但就覺得四娘又一次改變了她的認知。

「多謝二姑娘，那我就卻之不恭了！大姊，愣著做什麼？咱們去挑料子！」

四娘挑了一疋棗紅色、一疋鵝黃並一疋靛藍色的錦緞料子，棗紅色給王氏和吳氏，靛藍給家裡的幾個男人用，鵝黃自然是自己和大姊用。挑好之後，讓掌櫃的給包起來。

「姑娘不再多挑幾疋？咱們二姑娘可是付得起幾疋料子的銀錢的。」女掌櫃笑著問。

「不了，我不愛占人便宜，這三疋就夠了。我雖不是大富之家，但得爹娘疼愛，也不缺衣服穿。」四娘丹鳳眼輕挑，看起來神氣極了。

女掌櫃心裡暗自點頭。不卑不亢，難得又不是那等愛占便宜個沒夠的小家子氣樣子，是個有骨氣的好姑娘。

王氏和吳氏走出錦繡坊時還有些暈乎乎的，四娘只這麼一會兒就賺了三疋上好的錦緞料子？這樣的成色，雖不是頂級，但一疋也要值個一、二十兩銀子了！

白得了六十兩銀子的東西，怎麼這麼不真實呢？

吳氏一拍大腿嘆道：「天殺的李氏個短視婆娘，這是把珠寶當賤草給賣了！我要是有個這麼能耐的閨女，給我一千兩銀子我也不捨得！當初還要把妳賣給牙婆，虧得去了何家！四娘這是能耐大了，這麼好的料子我想都沒想過呢，一下子三疋呀，我的老天爺！」

王氏被吳氏逗得忍不住笑出聲。「吳姊姊說的是，四娘聰明又能幹，便宜了我家了！」

「吳婆婆別眼紅我娘，我大姊一樣能幹呢，等咱們到夷陵安定下來，再給您生幾個孫子孫女，您的福氣更是不得了了！」四娘打趣吳氏。

「哈哈哈，我盼著呢！不管孫子還是孫女，再不嫌多的！」吳氏樂得合不攏嘴。

黃大娘羞紅了臉，自己的癸水這個月沒來，也不知是因為趕路太過勞累還是懷上了。在外趕路總是不方便，只盼著趕緊到夷陵安定下來，找個大夫好好瞧一瞧。自家婆婆盼著自己懷孕可是盼了許久了，若是真有了也算對張家有個交代。

客棧房間內，王氏幾人手腳索利的開始縫被子。

棉布打底，棉花扯開壓實，吳氏和王氏都是針線極好的，飛針走線，針腳又齊整又密實。一共做了四床厚厚的被子，一家兩床。

王氏隨手把髮絲上沾的棉絮扯下。「四娘，去跟妳爹說，咱們人多手腳都快，被子已經做好。他們東西要是備齊了，咱們明天就上路吧。」

「妳娘說得對，咱們這住一天給一天的錢，還是早點動身趕到夷陵才是正事。」吳氏也附和。

第二天一早幾人在客棧吃了早飯，便出發了。

天氣雖然冷，但卻不再動不動就下雨，一路上走得也算是順利。

五天後，到了巫山。

四娘站在山腳下看著高聳入雲的巫山，陷入了沈默。前世加今生，再沒有見過這麼高的山峰。半山腰的山嵐隨風緩慢流動，雖是冬日，但依舊是滿眼蒼翠。一條蜿蜒的山路從腳下一直延伸到山上，陡峭的走勢讓人覺得不寒而慄。

「我的老天爺！這樣陡峭的山路，咱們會不會掉下去？」吳氏驚呼。

何思道頭仰得脖子都疼了。「小說裡的世外高人和俠客應該就住在這樣的地方吧？爹，你說咱們能不能遇到仙人？」

「臭小子又偷看話本子！別瞅了，咱們從山腳下看著這山是嚇人了些，慢慢順著路走上去，這路修得並不是很陡峭。」何旺喚著眾人打起精神。翻過這座山，再行半日，就到夷陵了。

四娘一邊走一邊在心裡默默想著，若是前世，這裡應該屬於湖北省的地界。水資源和物種都比較豐富，只是因為氣候潮濕，此地飲食多喜歡燉湯和吃辣。前世自己最喜歡吃湖北的蓮藕燉排骨，等到了夷陵一定要嘗試一下。

走了半日才行至半山腰，眾人找了個平坦的地方歇腳，吃點東西。

四娘拿出瓦罐，接了些山泉水；何思道和張伯懷撿了好些柴火堆在一起，點燃了火。

往瓦罐裡丟了幾塊曬乾的薑塊，山上隨手一扯便是一把山蔥和蒜，扯成段後同樣丟進瓦罐裡。水開，倒進一個裝滿麵粉的大碗裡，用樹枝削成的筷子不停攪拌。待攪拌成粗糙的麵塊，再往瓦罐裡倒進去，筷子在瓦罐裡繼續攪，一條一塊的麵疙瘩就慢慢浮了起來。一勺粗鹽、幾滴香油，把洗乾淨的山野菜撕碎扔進去，再滾兩滾，一罐熱騰騰的麵疙瘩湯便做好了。四娘拿出一罐辣椒道：「愛吃辣的自己往碗裡加些辣子，此地寒氣重，辣椒能排濕。」

「嫂子，妳可真能幹！妳做的麵疙瘩又筋道又香，我一人就能吃兩碗！」何思道看到好吃的，嘴甜得不行。

「我都想把四娘帶回家去了！前幾日剛賺了三疋好料子，這一路上又變著花樣地做這些吃的，我們跟著這一路可真是享福了！」吳氏也滿嘴誇個不停。

幾人吃得香甜，烤熱的餅子就著鹹香的疙瘩湯，一頓飯吃飽瞬間恢復氣力。

吃完飯，張伯懷把還沒燃完的火堆撲滅，收拾好準備出發。

突然，從路上傳來一陣尖利的喊叫，緊接著就見一輛失控的馬車從後方衝了過來！

這段山路修得比較平整，並沒有大幅度的上下坡度。那拉車的馬兒不知為何受了驚，發狂一般地往前衝。趕車的丫頭連同包袱從車上被甩了下來，在地上翻滾了幾圈，似是被摔暈了。馬車依舊沒有停下來，山路一側是懸空的，眼看著跑到幾人跟前，那馬兒連帶著馬車就要一頭衝下山崖！

四娘眼角一閃，看到車廂裡還有一人，正在努力地往車廂外掙扎，但馬車太顛簸，那人努力地直起半個身子不停地想拉扯住什麼，卻什麼都抓不住。一瞬間，四娘不知道怎麼衝出去的，一把抓住了馬車裡那人的手，使出了吃奶的力氣！馬兒已經帶著馬車摔下山崖，車裡的人被四娘拉了出來，因為甩出來的緣故，半個身子都掛在山崖上。四娘被扯著，眼看也要墜下去了！

張伯懷快步衝過去，抓住了四娘的腳。

事情發生得太快，幾人此時才反應過來，忙七手八腳地將四娘和掛在崖上的人一起拉上來。

四娘腿上一片生疼，王氏仔細一看，竟是被山崖上的石頭刮出來的口子，傷口不小，此時正滲著血，黃大娘慌忙去車上拿傷藥。

四娘看著被救起來的人，驚呼道：「涂婆婆?!」

被救起的人正是涂婆子，那個摔暈的丫頭則是豆兒。

原來何家一家離開楊城之後不久，涂婆子也帶著豆兒想辦法逃了出來。因緣巧合，他們走的是同個方向，涂婆子兩人其實一直都在何家一行人的身後。

今日馬兒走到山腰上，不知怎麼的飛出一隻山馬蜂，咬了馬兒一口，馬兒受了驚，豆兒一個小丫頭怎麼都控制不了馬車。虧得在山腰上遇到何家人，這才得救。

四娘腿上的傷口有些髒污，需要沖洗一下再上藥。何旺將四娘挪上馬車，王氏與黃大娘一起幫四娘清理傷口。

傷口裡的沙石得洗出來，不然會發炎，傷口恢復不好。

四娘疼得小臉發白，牙齒緊緊咬著下唇。

「妳怎麼這麼大的膽子？要是妳姊夫再慢一點，妳就被扯下山崖了！想救人也得量力而為，也不看看妳那小身板有多重，妳扯得住一個成人嗎？」黃大娘心疼極了，這麼大一道口子，也不知會不會留疤？

「咱們也沒有什麼好的傷藥，待到了夷陵還是找大夫再給看看。四娘若是疼得厲害別忍著，叫出聲來，我們也不會笑話妳。」王氏也是心疼得不行，這丫頭膽子太大了。

已經緩過來一些的涂婆子掀開簾子，遞過來一個藥瓶。「用這個，不會留疤。四娘，好丫頭，多謝妳救了老婆子，若是因為我讓妳丟了命，我萬死難辭其咎。」涂婆子一向冷硬得沒有表情的臉上，此時滿是歉意。

「沒事的涂婆婆，我這不是好好的嗎？雖說腿上劃了道口子，但養幾日也就好了。」四娘一邊疼得齜牙咧嘴，一邊回答。

王氏接過藥瓶，小心地往四娘的傷口上灑藥粉。的確是好藥，藥粉剛灑上，傷口就不再出血了。

四娘也感覺到一股清涼從傷口處傳來。

王氏悄悄地看了一眼裝藥的瓷瓶瓶底，上面有紅色硃砂印的一個「內」字。

待四娘包紮好傷，換了一身乾淨衣服，捧暈的丫鬟豆兒也已經醒來了。

眾人坐在一起商議。

此處距夷陵已經很近，再趕半天路就到了。何旺的意思是，涂婆子兩人的馬車已經掉下山崖，不如就和何家一行人一起。

涂婆子要去的地方就在夷陵城郊，如此一來也算順路。

「此時咱們還未安定下來，老婆子我也不說什麼報答的話。日子還長，待到夷陵落腳之後，若何家或是四娘有什麼需要幫忙的地方儘管開口，我定不會推辭。」涂婆子對何旺鄭重許諾。

夷陵是一座繁華的大城，群山環繞，碧水流波。此處偏南一些，氣候比楊城要溫和許多。

滄河浩浩蕩蕩繞城而下，城南有碼頭，碼頭上人來人往，停泊無數大小船隻。

涂婆子在城門口與何家眾人道別，留了一個住處，在城郊一個叫五龍口的村子，距夷陵城僅十里左右的路程。

何旺領著眾人來到一家掛著「李記貿易」招牌的商鋪，其餘人在門口等候，何旺進門，交給掌櫃一枚玉珮。

掌櫃仔細瞧過後，慌忙讓何旺喝茶稍候。

一盞茶還未喝完，一個穿著青色長袍的中年男子已腳步匆匆地趕了來，還未進門便高聲喊著。

「何大哥，許久不見了！」

來人叫李青山，此處李記貿易便是他的商鋪。二十年前，李青山帶領商隊路過楊城，當時年輕氣盛的李青山在楊城遭遇仙人跳，被騙得好不淒慘，全部身家都沒了，心灰意冷之下跳了渭河。路過的何旺見到，將人救起，帶回了家。待李青山養好身子，何旺又悉心開導，贈與李青山五十兩銀子，讓他在楊城販些土物產，先慢慢的把生意做下去，再圖以後。

二十年後，李青山已經是夷陵數得上名號的商人，夷陵碼頭上三分之一的船隻都掛著李記貿易的旗子。

兩人簡短述了這二十年的經歷，何旺也告知李青山此行的原因。

「……如今楊城已是一座死城，哥哥我實在是無法，這才帶著一家人來到夷陵。青山兄弟，麻煩你了。」

李青山兩道粗黑的眉毛都要豎起來了。「何大哥說的是什麼見外的話？當日若沒有哥哥，我早就餵了渭河的臭魚爛蝦了！當年你救了我，才有我李青山今日的身家性命，我家就是你家，快快隨我回家去！嫂夫人我還沒見過呢，一路上受了不少罪吧？到了夷陵便是到家了，有我李青山一口吃的，就餓不著哥哥！」

夷陵城東這一塊住的多是商人，一條寬大的巷子名叫春風巷。此條巷子又寬又長，住在這巷子的都是在夷陵排得上名號的商人，因此每家大門都修建得十分豪氣。

李青山早遣人回家告知妻子，自己的救命恩人一家前來投奔，讓妻子趕緊收拾出一座清淨院落，備好宴席。

眾人進了李宅大門，就有小廝迎上前。「夫人已經安排好院子，就在清風院，屋子也已打掃收拾了。夫人說諸位遠道而來，先稍事歇息，宴席已備好，待諸位洗漱過後便能開席。」

李青山娶妻邱氏，邱氏其父乃是夷陵通判，嫁與李青山十幾年，育有一兒一女。兒子李昭年十五，如今跟著李青山學著打理家中生意；女兒李晴年十三。

此時正廳燃著炭盆，屋內熱氣融融。李晴偎著邱氏，沒骨頭似地坐在榻上，一旁的丫鬟端著一盤已經剝去皮的蜜桔，時不時用銀籤子送到李晴嘴邊。

邱氏拍了一把李晴。「多大的姑娘了，還這麼憊懶！一會兒入席時切不可如此，免得讓人笑話。」

「這是我家，誰敢笑話？再者，聽說他們是楊城那小地方來的，想來也沒什麼見識，一進門估計就被咱家的富貴氣象晃花眼了，哪裡還敢盯著我打量？」李晴皺起眉毛，一臉不高興。

「這話可別被妳爹聽見！這家可是救過妳爹性命的人，妳心裡再不喜，面上也給我放尊重些。」邱氏心裡直發愁，女兒從小被養得嬌了些，馬上要說親的姑娘家了，說話仍直言直語，一點兒城府都沒有。

旁邊一個穿著棗紅色長襟、容長臉的婆子給邱氏遞了碗茶。「太太莫要憂心，咱們小姐心思單純，有什麼說什麼，實誠極了，哪是那些一根腸子能轉十八個彎的心機深沈之人能比的？我看咱們小姐長得大方，太太養得又好，出門不知道有多少家的太太在誇呢！」李嬤嬤是邱氏從家裡帶來的陪嫁，從邱氏還是姑娘家時便伴在身邊，感情比其他下人要深厚許多。

「嬤嬤妳就護著吧！這脾氣，我看到時候哪家能要了去！」邱氏白了李晴一眼。

「哪家都不敢要才好呢，我就在家一直留著！難不成娘還嫌我不成？」到底是個十三歲的姑娘家，聽到邱氏提及以後的婚嫁之事，面上立即一片緋紅。

「可有找人告訴昭兒，記得趕緊回家來？可別誤了晚上的宴席。」

「已經讓我家那小子去了，哥兒這就回來，想來也快到了。」李嬤嬤的兒子如今也在李家外院當差。

「太太，今日安排宴席時，芍藥院的派了個小ㄚ頭在打聽呢，問老爺今日要宴請誰，恰好被我聽到了。您看，咱們是不是派個人盯著，免得那邊做出什麼不好看的事情來？」李嬤嬤低聲問道。

邱氏臉上冰冷一片。「上不了檯面的東西，整日裡只會做些小動作！不用管她，只讓她作去，若丟人丟到老爺面前，有她的好！」

是夜，花廳亮若白晝，十幾盞碩大的燈籠掛在廊下。

已經是寒冬時節，花廳內溫暖如春。幾十盆杜鵑花開得正盛，檯几上擺放的水仙被熱氣熏蒸，白色花苞次第盛開，香氣繚繞。

今日人多，開了兩席，男女分開坐，以屏風隔開。

商賈之家，財大氣粗。四娘來到這個世界十年餘，第一次見識到了這樣豐盛的宴席。蔥炒海參、罐燜紅燒肉、什錦炒鮮蘑、清蒸鱖魚，每人面前還有一小罐佛跳牆。

黃大娘與吳氏有些緊張，大氣都不敢喘，只挾面前的菜。

四娘安慰地給姊姊挾了一塊紅燒肉。「這肉好吃極了，軟爛甜香，入口即化，大姊多吃一些。」

李晴的嘴角挑起一個諷刺的弧度，果然是小地方來的，一道紅燒肉而已，瞧這沒見過世面的樣子。

「這是老爺前些日子從京城請來的大廚的拿手好菜，若是覺得好吃，以後叫他經常做便是。」邱氏坐在首位，面帶微笑地說道。

「多謝嬸娘，因為此菜跟楊城的做法略有不同，一嚐之下覺得新鮮罷了。楊城做此菜鹹口較重，此大廚做的偏甜，我想應是先放冰糖炒出糖色，最後小火收汁時加了蜂蜜吧？」四娘心中略有不快，李大叔對爹爹的感謝之情不做虛假，可是這邱氏高高在上、一副對待打秋風窮親戚的作派卻逃不過四娘的眼睛。還有那李晴，一副目下無塵、瞧不起人的樣子，也讓人心裡不痛快。我家又不是窮得連肉都吃不起的人家，只不過客氣一句這菜好吃，妳就一副「看吧，小地方來的人，就只知道肉好吃」的模樣，這是在寒磣誰呢？

邱氏微微一怔。「沒想到四娘小小年紀，竟然精通庖廚之事，說得頭頭是道啊！」「妹妹謬讚了，這孩子平日裡愛瞎琢磨些吃食。來的這一路上雖不缺吃喝，可畢竟東西沒有家裡齊全，多虧四娘的好手藝，做的飯菜讓大家都讚不絕口。」王氏同是當家主母，自然聽得出邱氏話裡捎帶著的些微看不起。

席間吳氏與黃大娘皆安靜地低頭用餐，若邱氏遞來話頭便放下筷子回答一句，倒也沒有什麼失禮之處。

吳氏在心裡嘀咕：還是要跟老頭子商量，盡早找地方搬出去，這李宅雖富貴，可也憋屈得難受！說句話都要細聲細氣，聲音大一點都怕嚇著那位夫人和小姐。我的乖乖，瞧那小姐的作派，一個人吃飯，竟兩個人服侍，還有個專門捧盆的站在身後！老天爺呀，這誰家敢娶了這樣的嬌小姐？是娶媳婦呢，還是找個奶奶伺候呢？

男人們桌上倒是其樂融融，何旺與李青山多年不見，自然是有許多話要說。席上推杯換盞，氣氛很是熱鬧。

李昭作為主家，又是晚輩，禮數周到，為各位叔伯執壺。

「青山賢弟養了個好兒子啊！年紀輕輕如此沈穩周到，真是後生可畏。」何旺飲下一杯酒，誇讚道。

「哈哈哈，哥哥謬讚了！我這兒子無心科舉，唸了幾年書便作罷了，在生意上倒還有幾分天分。如今跟著我打理打理生意上的事情，也還過得去。」李青山自然要謙虛幾分。

「李昭哥哥，做生意有意思不？」何思道不是認生的性子，且因李昭性格隨和，所以何思道對他印象不錯。

「做生意嘛，也就那樣，有時候挺有意思的。但有些人覺得銀錢銅臭，所以閉口不談商賈之事。」李昭回答道。

「有什麼可輕視商賈的？我倒覺得，若沒有商人南北往來，帶來許多本地沒有的新鮮事物，那些清高的達官貴人不也是只認得眼前的一畝三分地？」何思道面上一片認真。

「說得好！」李青山大聲誇讚。「不瞞哥哥說，我如今家大業大，可商賈之事難免被人輕視。要我說，銀子有什麼不好？有些自視清高的讀書人，窮得衣服上補丁摞補丁的，自己的老婆、孩子都填不飽肚子，還說什麼商人下賤的話，簡直不知所謂！來來來，不說那些掃興的事了，喝酒！此酒是京城所出的醉仙人，最近可是風靡夷陵，咱們一別二十年，今日一定要喝個盡興！」李青山痛快地勸酒。

張老漢飲一口酒，嘴裡嘖嘖出聲。「入口綿甜，醇香凜冽，好酒！」

「張老哥，看樣子您是酒中常客啊，這舌頭厲害！」

「叔叔有所不知，我家祖傳釀酒，我爹從小便跟著我爺爺嚐酒，之前在楊城，我家開了個小酒坊，我爹獨創的葉兒青在楊城也是小有名氣。可惜楊城慘遭瘟疫，如今……」張伯懷嘆氣不止。

「我兒不必惋惜，我看這夷陵多水，水質亦不錯，釀酒只要有好水，哪裡都能釀。還要麻煩青山老弟，我如今到了夷陵仍打算重操舊業，若是方便，還請借我個熟悉本地的人，我想找一處地方把我那酒坊再做起來。」張老漢言辭懇切。

「這有何難？待老哥休息好，我便派人給你，定幫你安排妥當！」李青山滿口答應。

飯畢，邱氏安排何旺一行人回清風院休息。

「一路上車馬勞頓，哥哥及嫂子好好歇息。若是缺什麼，打發丫鬟來告知我，莫要見外。」

「弟妹客氣了，妳是周全人，各色都安排得很好，感激不盡。」

邱氏目送王氏等人走遠後，扶住李青山，也回了後院。

李嬤嬤端來一碗醒酒湯，邱氏接過，遞到李青山嘴邊。「老爺今日怎麼喝這麼多酒？瞧明天又要頭疼了。」

「今日高興啊！我與何大哥二十年前一別，就再沒見過。當年若不是何大哥將我從渭河救起，又贈我銀子，開導與我，也就沒有我今日的偌大家業了。夫人，妳千萬莫要慢待我這哥哥和嫂嫂。」李青山語重心長地說。

「瞧老爺說的，妾身哪裡是那種不懂道理之人？莫說何家大哥對老爺有大恩，便是老爺的其他朋友，我什麼時候慢待過？」邱氏嬌嗔地白了李青山一眼。

「是，夫人平日辛苦了，為我生兒育女、打理家事，是為夫的賢內助！」

內室昏暗的燈光下，已經三十多歲的邱氏也顯得別有味道，李青山附在邱氏耳邊輕聲細語，邱氏臉上不禁露出少有的羞澀。

邱氏嫁給李青山十幾年，平日裡珍珠、燕窩的，保養得極好，但每到夜晚卸去妝容後，眼角的細紋仍清晰可見，面色也已經暗淡發黃。李青山雖極敬重邱氏，但在正院留宿的日子卻越來越少。

兩人正情濃之時，屋外卻傳來一個丫鬟焦急的喊叫——

「老爺！紅姨娘身上有些不好，曉姑娘急得直哭，還請老爺移步過去瞧一瞧吧！」

邱氏頓時恨得咬牙，面上卻掛上了溫柔得體的笑。「紅姨娘身子慣常不好的，前幾日我才撥了一根五十年的紅參給她，交代她好好養著。或許因為這幾日老爺太忙了，紅姨娘有些思念老爺，今日安排宴席之時，李嬤嬤還見到芍藥院的小丫鬟在打聽老爺在宴請何人、近日在忙些什麼呢。老爺要不要去瞧瞧？」

紅姨娘乃是自己當年在外行商帶回來的一個良家女子，平日裡溫存小意，小調又唱得極好。育有一女李曉，年十歲。平日裡，李青山倒是對紅姨娘母女十分寵愛。但聽邱氏話中意思，紅姨娘白天竟遣人打聽自己的行蹤，心中便有些不喜。

「紅姨娘病了還不去請大夫，你們這些下人平日裡是怎麼伺候的？夫人前幾日給的滋補的紅參用上沒有？告訴曉兒，我明日再去看她。」

邱氏看李青山沒有抬腳就走，倒是留在正房，心中歡喜，又嗔道：「紅姨娘派人來叫，老爺面都不露就把人打發了，傳出去倒說我這正房夫人不容人了！」

「哪裡的話？夫人體恤妾室，溫柔和氣，眾人皆知，倒慣得她們這起子不知天高地厚的，夫人的院子，夜深了也說闖就闖，再有下次，夫人定不可輕饒！」李青山此時覺得正妻雖沒有國色天香的美貌，但畢竟是官家小姐出身，大方得體。自己在外置了妾室帶回家來，也安置得妥妥貼貼的，心裡不由得對妻子有幾分歉意，於是動作更加溫柔繾綣。

清風院，王氏倚靠在床頭，也在和何旺商量以後的事。

「老爺，咱們如今到了夷陵，只是也不能一直住在李兄弟家，之後老爺可有什麼打算？」

何旺捏了捏因為飲酒而有些疼痛的額際。「之前我想著到了夷陵後買兩個小莊子，就如同咱們在楊城時一樣，一年忙活幾個月罷了。但夷陵多山地，和楊城不同，氣候也不一樣，我還要再看看。」

王氏遞給何旺一盞清茶。「若是不行，咱們開個鋪子做生意也可。我看夷陵繁華，生意做好了也是可以的。」

「做生意不是那麼簡單的事情，咱們慢慢來。當前要緊的是讓青山幫我給思道找個學堂，課業不能落下。」

「老爺說的是。不早了，趕緊歇息吧。」

隔壁房間，四娘也在輾轉反側。一路上少有能舒服地睡一覺的時候，但到了這裡，高床軟臥的，反而有些睡不著了。

這一路上，四娘常有意無意地流露出平日裡藏起來的一面——果敢、聰慧、膽大心細，為的就是到了夷陵後能夠有機會一展拳腳。自己不想一輩子都待在後宅，做一個一眼能看到頭的普通古代婦人。

反正這輩子已經決定待在何家為何思遠守著，不可能再嫁，那不如就多賺些銀子，以後看遍大越朝的風光山水，也不枉在這世上走一遭了！

第四章

四娘睜開眼睛時已經天光大亮，窗外傳來風吹過竹林的沙沙聲和清脆的鳥叫聲。

門外守著的丫鬟聽到動靜，走進臥房。「姑娘起了？我叫鶯歌，是夫人從內院撥來給姑娘使的，我服伺姑娘起床洗漱。」

四娘習慣了親力親為，自己洗漱完畢。

鶯歌捧來一沓衣服讓四娘挑選。「這是夫人備好的衣服，因您來得急，只能先買了成衣，姑娘先挑一件試試，不合適的奴婢給您改一改。」

四娘掃了一眼幾套衣服，挑了一件月白色掐腰小襖，紅色閃緞包邊，領上鑲了白色兔毛，下身挑了湖藍色長裙。

「姑娘怎麼不挑那件桃紅的，喜慶又好看呢？姑娘膚白，穿上定好看得緊！」鶯歌長得一副甜甜的相貌，笑起來臉頰上兩個酒窩浮現。

「幫我梳個簡單的髮髻吧，隨意一點。」四娘吩咐道。自己畢竟是何家守寡的大兒媳婦，自然不好去穿那些鮮豔的顏色，只穿得素淨些便罷了。

鶯歌手巧，手指翻飛，三兩下就挽出一個精巧的元寶髻。

四娘在妝奩裡挑了兩根銀簪子插上，對著鏡子看了看。

「姑娘可要上些胭脂水粉？這些都是極好的，夫人特意遣人去買來的。」

四娘打開蓋子聞了聞，味道不錯，是自然的花草香味，但粉質卻不怎麼好。胭脂水粉都不用，四娘只拿起眉筆輕輕描了眉毛便作罷。

因昨天宴席結束得晚，邱氏早早吩咐過清風院的早飯送到各自房內用，天冷，若是等所有人都起了怕是會涼。

四娘問了鶯歌，知道爹娘都已經用過，便自己在房裡隨意用了些。

吃過飯，四娘便去清風院隨意轉了轉。

清風院多植綠竹，冬日也不落葉，望過去滿眼蒼翠。只是天氣寒冷，這滿目的綠色更讓人覺得冷清。

何旺一早吃過飯便去尋張老漢商議以後的章程去了，吳氏與黃大娘坐在王氏房中喝茶閒談。

「我家老頭子一天都閒不住，昨夜回房就嘮叨著趕緊找地方把我們那一攤子再支起來。這總在別人家住也不好意思，咱們有手有腳，還是自己掙日子心裡舒坦。」吳氏心裡也著急呢。

道。

「吳姊姊莫急，他們這不是正在商議著嗎？要不了幾天便能妥當了。」王氏安慰

黃大娘坐在一旁愣愣地往窗外看，那模樣像癡了似的。

吳氏順著向外瞧去。「哎喲，這是哪家姑娘？瞧這身段，莫不是李家哪位小姐吧？昨夜宴席上怎的不見？」

一叢蔥翠綠竹下，一身月白色鑲毛邊小襖。背後看去，腰身極細，裊裊婷婷站在那裡，好似一幅畫。

聽到吳氏的驚呼聲，那姑娘緩緩轉過身來。一張瑩白小臉上鑲著兩道彎眉，一雙鳳眼嫻靜慵懶，眼角一顆小紅痣透出無限風情，正是四娘。

「娘和大姊、吳婆婆可是不認得我了？果然是人靠衣裝！」四娘調皮一笑，唇角微微翹起。

進了屋，吳氏拉著四娘左瞧右看。「咱們四娘真是一表人才，平日裡不顯，這一打扮，可把我看呆了去，我還以為是哪家大家小姐呢！別看這衣服素淨，穿在四娘身上真是說不出的好看。不像我，早上看見那一沓子衣服，只知道挑那顏色鮮亮熱鬧的，這不就出醜了？跟妳一比，我就是那沒見過世面的村婦！」

四娘看黃大娘還是愣愣的。「大姊，妳可是哪裡不舒服？要不要找個大夫來瞧

瞧？」

黃大娘記憶裡，四娘總是那副沈默寡言的模樣，瘦瘦小小，在爹娘面前一聲不吭。不經意間，四娘竟已經出落得這樣好了。「我的四娘這麼好看，以前大姊在家時沒能給妳做過一件新衣，委屈妳了。」

「大姊，從楊城到了夷陵，說句死裡逃生也不為過。俗話說，大難不死，必有後福，咱們日子會越過越好的！衣服算什麼？以後我姊夫賺錢給妳和吳婆婆打金釵戴，快莫要傷心啦！」四娘心裡思量著，最近大姊情緒不對，莫非心裡有事？待私下定要好好問問。

「四娘說得對，咱們齊心把日子過好。伯懷踏實能幹，會讓咱們過上好日子的！」吳氏附和著。

「娘妳們在聊些什麼？」四娘端起一杯熱茶暖手，順勢轉開話題。

「我昨夜和妳爹商量著夷陵繁華，咱們要不要開個鋪子做生意。」王氏答道。

四娘一聽，這是個好機會！「娘，我有個主意，若是可行，咱們娘幾個都能賺些私房錢。」

「快說來聽聽！四娘有什麼好主意？」吳氏急不可耐。

「可知誰的錢最好賺？」四娘不慌不忙地賣了個關子。

王氏、吳氏和黃大娘皆一頭霧水。

「我這只知道攢錢、沒捨得花過錢的怎麼知道？四娘要把我急死了！」吳氏有些不知道四娘葫蘆裡賣的什麼藥？

四娘知道幾人都沒有自己開過鋪子，便不再繞彎子。「女人的錢最好賺。娘妳們可還記得咱們在錦繡坊遇到的那個二姑娘？」

「怎麼不記得？妳賺的那三疋料子還放著呢，我還說閒下來便都裁了，一人做一件新衣。」王氏說。

「那二姑娘一身衣服就足有一百多兩銀子，這還不算首飾等。」

「老天爺！這豈不是把一套宅子穿在身上？有錢人家的小姐可真能花費！」吳氏嚇了一跳。

「這不算什麼，有錢人家的後宅小姐夫人們整日無事，大多時間都花在穿衣打扮上。今日這個宴會，明日那個詩會，都是有錢人家，穿戴吃用都是比著來的，從不嫌東西貴，只求稀奇好看、別出心裁。」王氏家境富裕，也了解一些。

「娘說得對，所以我想著，咱們可以開一個專門賺女人錢的鋪子，不論是胭脂水粉，還是衣裙等等，都可以搭配著來。」

四娘是想弄一個類似現代的私人設計室，這些後宅夫人、小姐們的應酬聚會不少，更別論那些假藉宴會之名實則去相看的，哪個不想打扮得漂漂亮亮，讓人眼睛一亮？四娘要做的就是找到每個人的風格和特點，私人訂製，打造出一身最合適的妝容和服飾。

把想法跟王氏她們一說，大家都覺得可行。

「若是如此，這生意還真是做得。只是我從未聽過此種生意，到時候要如何把名聲打出去，讓夷陵的有錢人家知曉呢？」王氏想得更多一些。

「娘別著急，我自有辦法。快過年了，給我一個月時間，待過了年，我保證咱們的店能順利開起來。」四娘自有打算，胸有成竹。

從哪裡把名氣打出去？自然是從李宅！李家在夷陵商界赫赫有名，邱氏娘家又是官場中人，拉住了邱氏，就等於打開了夷陵一眾有錢人家的大門！

李宅正廳院內，紅姨娘咬牙跪在青磚地上。寒氣從冰冷的地磚一絲絲鑽進膝蓋，刺骨的疼痛讓她不施粉黛的臉上更顯蒼白，遠遠望去，恍若西子捧心，我見猶憐。

「姨娘，別跪了，您身子不好。我去求父親，父親最捨不得我哭了，我去求父親好不好？」李曉急得滿臉是淚，不停地想把紅姨娘拉起來。

紅姨娘一把扯住李曉的手。「我的兒，不能去求妳父親。妳父親定是聽了夫人的挑弄，心裡對我有了隔閡。妳只要站著陪姨娘，等妳父親出來就好，聽姨娘的。」

屋內，邱氏面色紅潤，親自給李青山盛了碗湯。「這是莊子上進的榛蘑，和野雞一起燉了湯，冬日裡最是滋補，老爺多喝一點。」

李嬤嬤此時進來，悄悄附在邱氏耳邊說了什麼。

邱氏的面色立刻難看起來。這個賤人，一刻都不消停！「老爺，紅姨娘跪在院內請罪，可憐極了。這大早上的，我都不知道發生了何事？天氣太冷了，先讓紅姨娘進來說話吧？」

邱氏心內恨不得那個賤人跪死了算，但卻不能在李青山面前裝作不知道。她很清楚紅姨娘心裡是什麼打算，每次犯了錯，老爺剛剛要厭了她，她便做出一副委屈的樣子來。若是不管不顧地讓她跪著，一會兒老爺出門瞧到，倒成了她這個當家主母的錯了。可恨那賤人最會做樣子，整日裡穿衣都是往素淨模樣打扮，老爺偏最吃那一套。紅姨娘只要掉兩滴眼淚，喊兩句「老爺，都是妾身的錯，可妾身心裡只有老爺呀……」，李青山便魂兒都被勾走了。

李青山聽到邱氏說紅姨娘跪在院子裡便有些坐不住了，但不能表現得太明顯，畢竟還在邱氏房裡。「既然如此，請進來吧。」

李曉扶著紅姨娘來到正廳，在外面凍了半天，驀地一進屋內，暖氣熱騰騰地撲面而來，紅姨娘不禁打了個顫。一身淡青色長襟及白色裙子包裹著瘦伶伶的身子，李青山差點按捺不住要將人一把摟進懷裡的衝動。

「老爺，妾身有罪，特來請罪。」紅姨娘單薄的身子緩緩跪在地上，垂下頭，露出一片白皙的脖頸。

「妹妹這是怎麼了？昨夜還聽到妳院子裡的丫鬟深夜前來稟報說妳病了。既是病了，如何不好好養著？天寒地凍的，跪在院子裡，豈不是故意跟自己的身子過不去？」邱氏瞅見李青山憐惜的樣子，差點把帕子扯碎。這麼快就忘了這賤人著人打聽行蹤和不分尊卑地指使下人夜闖主母院子的事情了？

邱氏一番話，瞬間把李青山的理智拉了些許回來。「夫人說的是，昨夜妳院裡的下人沒大沒小，在夫人院子裡大呼小叫。既然病了，怎不吩咐請大夫，如何還著人打聽我宴請何人？」

紅姨娘悄悄使勁捏了一把腰身軟肉，一雙美目瞬間盛滿眼淚。「妾身知錯，老爺夫人恕罪。最近幾日老爺繁忙了些，曉兒日日鬧著要見父親，我拗不過，又不敢直接去前院請老爺。我知老爺事務繁多，擔心老爺身體，便遣人悄悄問問老爺的情況，誰知卻讓夫人誤會了，以為我在打探老爺的行蹤，是妾身的錯。妾身昨夜越想越不安，一著急便有些不好，胸口疼的老毛病又犯了。本是無事的，偏曉兒被嚇著了，哭著非要請老爺過去。我病著，院裡亂糟糟的，下人也不敢違逆曉兒，這才鬧到夫人院裡來。妾身約束下人不力，請老爺夫人責罰。」

紅姨娘說了一大段話，有些體力不支的模樣，一隻手撫住胸口，似乎那淺淡的唇色更白了些，隨時都要昏倒。

此時李曉在一旁怯生生地喊了聲「父親」，眼淚一顆一顆滾滾落下。「父親是厭棄了曉兒嗎？為何幾日都不來姨娘院裡？姨娘怕擾了父親，病了都不肯派人告訴父親，曉兒好害怕。是曉兒任性了，不該指使下人亂來的，父親別生姨娘的氣好不好？」

邱氏氣了個仰倒，抑制不住破口大罵的衝動。這一對賤人！裝腔作勢、舌燦蓮花，真是一脈相承的巧言令色！李嬤嬤對邱氏搖了搖頭，使了個眼色，暗示她不要衝動。

此時李青山早已把紅姨娘扶了起來，一雙粗眉緊皺。「怎麼幾日不見，又瘦了這麼多？平日裡都不吃東西嗎？怪不得會生病！下人是怎麼照顧的？」

「老爺說的是，一院子的人都照顧不好紅姨娘一個，要妳們有何用？我看是紅姨娘脾氣太弱了些，既然如此，不如換幾個老成聽話的下人去芍藥院，也好過這些偷奸耍滑的！」邱氏冷笑。妳既然把自己標榜得像一朵小白花，那我便卸了妳的臂膀！

紅姨娘聽見邱氏的話，瞬間有些著急。若是邱氏乘機換了自己院內的人，再安插幾個眼線進去，自己以後的日子便不好過了！

紅姨娘兩眼一翻，身子一軟，倒在了李青山懷裡。

頓時間，房裡一片混亂，李曉的哭喊聲、李青山「請大夫」的聲音通通交織在一起。

最後李青山抱起紅姨娘，回了芍藥院，而邱氏則氣得砸了一套茶具。

張伯懷一家趕在年前找好地方搬出去，過完年酒坊便可以開張了。

李青山派了個外院的管事跟著找了個極合適的地方，在夷陵城南。前面是個商鋪，後面帶著兩進院子。原是一家豆腐坊，院內有口極深的井，張老漢嚐了嚐井裡打出的水，滿意地點了點頭。甘甜清冽，水質清澈無雜質，是口好井。

前面臨街的商鋪雖不大，但賣酒也足夠了。更妙的是，這家院裡挖了地窖，張伯懷下去看過，再擴一擴便足夠當酒窖。

最重要的是價錢合適，買下這處院子，手裡還能餘下足夠的錢買釀酒的糧食。

這幾日，張家一直忙著辦完手續收拾房子，也不需請人，張家眾人都不是那嬌生慣養的，這些活順手便做了，四娘無事也會去幫著吳氏和大姊整理。

吳氏對這院子極是滿意，後院一棵大大的石榴樹，因是冬天，葉子都掉完了。「這樹極好，多子多孫，我看這院子風水不錯。」

黃大娘打掃完院子，反手捶了捶泛痠的腰身。這院子比楊城的家裡大，房子也更好一些，以後若是有了孩兒，倒可以傳個兩、三代。

「娘，這院子掃完了，若是沒有什麼事情，我想去趟醫館。」黃大娘說道。

「大姊可是有什麼不適？哪裡不舒服？」四娘一臉緊張，怪不得覺得最近大姊有點不對勁。

黃大娘有些臉紅，聲音小小的。「我、我身上兩個月沒有換洗了，我想去看看是不是……是不是有了……」

「哎喲我的老天爺！妳怎麼不早說？這一路上顛簸折騰，這幾天又幹了一堆活，妳這孩子怎麼這個時候犯糊塗？懷孕可是大事，妳怎麼不早早告訴我？若是傷了孩子，妳哪裡後悔去！」吳氏一陣後怕。這可是她盼了好久的小孫孫，萬不能有閃失！

「伯懷！伯懷你趕緊去醫館請個大夫來！」吳氏可不敢再讓黃大娘走著去找醫館了，乾脆把大夫請過來。

「怎麼了娘？您哪裡不舒坦？」張伯懷正在和張老漢擴地窖呢，兩手泥都沒來得及擦。

「恭喜姊夫，你要當爹了！」四娘極是為大姊高興。在這個時代，有了孩子，大姊才算是真正在這個家站住了腳。

「你快去找個大夫來家裡，你這媳婦，都兩個月沒換洗了！一聲不吭的，怎麼這麼沈得住氣啊？」吳氏沒好氣地說。

張伯懷被突然而來的喜悅砸暈了頭，扎著兩隻手，一邊答應著一邊往外跑，左腳差點絆住右腳。

四娘見狀，「噗哧」地笑出聲。

黃大娘垂著頭，聽吳氏不停地唸叨。

「妳說說，妳說說妳怎麼這麼心大？要是早告訴我，我也好早點準備準備呀！這也不知道胎坐穩沒有……」

張老漢早聽到了全程，張家有後，他心裡自然也高興。「妳這老婆子，快別唸叨了！還不是從楊城急匆匆出來，一路上都在逃命，媳婦是不想扯咱們的後腿。」

四娘使了個眼色給大姊，讓黃大娘跟吳氏說幾句好話。

「娘，我錯了，您別生氣。我這不是好好的，也沒有什麼反應嗎？就是有些腰痠而已。前些日子一路上咱們就夠緊張了，我不敢說是怕因為我，咱們耽擱了行程。」

「腰痠定是累著了，妳這孩子，一會兒讓大夫好好看看。」

張伯懷回來得極快，離這裡兩條街的地方便有家醫館。

在一家人緊張的注視下，大夫不慌不忙地號了脈。

「恭喜了，是喜脈，大約兩個多月。」

「太好了！大夫，我這媳婦說有些腰痠，孩子可有礙？」吳氏高興得聲音都顫了。

「孕婦身子還算強健，並無礙，注意休息便好。」大夫笑呵呵地說。

送走了大夫，吳氏便催著張伯懷，送黃大娘先回李宅歇著。

「老頭子，我就說這院子風水好！瞧這棵大石榴樹，可不是利子嗣？咱們家這就要開枝散葉了！」吳氏跟張老漢不停地唸叨。

「行啦，咱們這是否極泰來，夷陵是個好地方，跟著何家來對了。這幾日加緊把房子整頓好，咱們就趕緊搬過來吧。」張老漢說完，便又去幹活了。

何旺這幾天也在夷陵城四周到處尋找合適的地方，這裡多山水，不如買一片山地，到時候在山腳下建個小莊子，挖個大些的池塘，養魚種藕，閒時一家人也好來住上幾日消閒。

王氏將四娘的主意跟何旺講了，何旺是有些心動的。四娘這孩子腦子好使，這個點子不錯。萬事開頭難，若是四娘心底有成算便讓她折騰去，反正這孩子一輩子都要待在何家，若是不找點事情做，這幾十年可要怎麼打發？

如今何思道的學堂也已經在李青山的引薦下找好了，在李氏族裡的族學，先生是個舉人，聽說學問不錯。

李青山知道何家遲早是要搬出去的，但他盡力挽留，要何家眾人在李家過完年再搬。盛情難卻，何旺也就應了。

張家的房子收拾好後便早早地搬了出去，何家眾人去暖了房，喝了安家酒，李家的邱氏也送了份不輕不重的禮。

張伯懷是個疼媳婦的，此地冬天雖比楊城暖和，但因水多，極為濕冷。屋裡盤了火炕，塞上一捆柴，整個屋子都是暖和的。

黃大娘基本上沒有什麼懷孕的反應，不怎麼吐，就是偶爾有些犯懶。吳氏整日裡讓她將養著，直道自己的小孫孫是個省心的，一定好養活。

四娘怕大姊聽了吳氏整日唸叨孫子，心裡亂想，便逗趣似地跟吳氏說笑。「吳婆婆，您這整日裡唸叨著孫子，萬一是個孫女，您就不稀罕了嗎？」

「不管孫子或孫女我都愛！第一胎急什麼？要是我有個孫女像四娘妳這樣的人品相貌，我得擺三天宴席！」吳氏笑著說。

「我張家人丁不旺，孫子孫女都不嫌多的！」張老漢也笑呵呵的。

黃大娘給四娘一個感激的眼神，自己正是擔心婆婆跟自己親娘一樣重男輕女，若是真的生了個閨女，婆婆整日不喜該怎麼辦？

日子如流水，轉眼到了小年。

李青山邀請何家眾人一起聚一聚，四娘覺得她做生意的第一桶金是時候要開啟了。因之前初次到李家時的宴會上，邱氏與李晴對何家眾人並不熱絡，是以四娘與王氏一直安靜地待在清風院內，平日裡並不與李家眾人怎麼見面。

不過要想從李家賺第一筆銀子，便要開始拉近與邱氏的距離了。

這些日子，四娘在李宅園子裡四處溜達，偶然從閒聊的下人嘴裡聽到不少消息。

邱氏雖出身官家，育有一兒一女，地位穩固，但李青山的妾室紅姨娘是個極會爭寵的，手段極高，經常把邱氏氣得關門摔杯子。

紅姨娘生的李曉年十歲，被生母教養得極會跟李晴搶風頭。偏李晴是個沒有什麼心眼的直脾氣，經常被李曉的各種小手段搞得跳腳，有苦說不出，氣急了只會指著李曉的鼻子罵「小婦養的上不了檯面的東西」，好幾次正好被李青山聽到，狠狠地教訓了李晴幾次。

四娘心想，看來邱氏母女在李家的日子過得有些憋屈啊，不過倒是給了自己機會。

這日，邱氏要準備小年的家宴，一堆丫鬟婆子排隊等在正房的院子裡回稟事情。

李晴不耐煩窩在房裡，吵吵鬧鬧的，煩得很。聽李嬤嬤說蠟梅開了，便要帶著貼身丫鬟去花園裡轉轉。剛走到花園的月亮門，遠遠地就瞧見李曉帶著一個小丫鬟在剪花枝。

「冰清，這枝好，花苞多。父親最愛開得熱鬧的花了，把這枝小心一些剪下來回去插瓶，父親必定喜歡。」

「住手！這園子裡的蠟梅母親要留著過幾天開詩會時給來客賞花作詩用的，妳這麼挑挑揀揀的禍害了，到時候拿什麼待客？」李晴出聲阻止。

李曉回過頭，看到李晴氣勢洶洶的，嘴角譏誚地笑了一下。自己早聽到父親跟姨娘提過，邱氏準備開個詩會，遍請夷陵大戶人家的少爺、小姐們來家裡。名義上是詩會，實際上是為了給李昭相看，順便再留意留意哪家有出色的少年，李晴的年紀也可以準備起來了。

憑什麼？就憑她李晴是從邱氏肚子裡出來的，外祖父是夷陵通判，夷陵的出色少年就能隨意挑揀了嗎？論長相，李晴比不過自己，論才情更是不值一提。這個蠢貨，就連腦子都不好，炮仗一樣，一點就炸。但就是因為有邱氏給她籌劃著，不必她費心就能輕鬆擁有一門好親事。而自己和姨娘只能費盡心機地依附父親，婚事以後還不是要被邱氏抓在手裡？

李曉靠近李晴，行了個標準的禮。「姊姊，何必這樣緊張？這滿園子的花都在開著，我剪一枝又有什麼要緊的？」

「我說不許就不許！開完詩會隨便妳剪，詩會之前一枝都不能動！」李晴盯著李曉，一字一句說道。

「姊姊，我知道妳在擔心些什麼。母親過幾天便要給妳和大哥哥相看了吧？」李曉一副貼心好妹妹的模樣。

李晴面上瞬間紅了。「妳、妳胡說什麼！即便是母親要相看，又關妳什麼事？」

「是不關我的事情，可是姊姊，這滿院子的花開得再好又有何用？」李曉露出一絲遺憾的嘆息。

「妳這話什麼意思？」李晴追問。

李曉盯著李晴，上上下下打量了兩遍。「姊姊，不是把好看的、氣派的衣服和首飾都穿戴在身上便能豔壓群芳的。姊姊比我大三歲，可這身高和我差不多，加上母親極是疼妳，想吃什麼東西母親都會為妳尋來，妳這臉上的肉，還有妳這腰身……」

李晴氣得臉色煞白，李曉的話極其戳心。李晴隨了邱氏的身高，並不是特別高䠷，加上邱氏嬌養女兒，愛吃的東西吃個沒完，所以李晴是有些圓潤，但並不是胖得很過分。

李曉隨了紅姨娘的弱柳扶風，細高的個子，尖尖的下巴頦，細眉長眼。才十歲出頭的年紀，便學著紅姨娘把腰身勒得極細，從身後看，倒真是瞧著有幾分不勝涼風的婀娜身姿。

四娘此時躲在花園院子門口的月亮門後悄悄聽著，她和李晴是前後腳從兩個方向來到花園裡的，本來想跟李晴打個招呼，但還沒來得及出聲，便眼看著李晴和李曉劍拔弩張起來。

鶯歌站在一旁，有些緊張地說：「大小姐這次估計又要吃虧了！每次都是被二小姐氣得破口大罵，然後二小姐哭哭啼啼地去找老爺告狀，最後大小姐都是挨罵的那個。」

「妳倒是挺護著大小姐的，怎麼，她對妳不錯？」四娘問。

「奴婢和大小姐並沒有什麼交集，大小姐雖然脾氣不好，但是從不無緣無故地責罰我們。倒是二小姐，表面上總一副無辜的樣子，心思卻極深沈，每次氣不順，便拿下人出氣。我有個一起進府的小姊妹，原來在紅姨娘院子裡灑掃，就被二小姐藉故衝撞了她給掌嘴三十下，都破相了！」鶯歌的語氣裡滿是憤慨。

「妳那小姊妹果真衝撞了二小姐？」四娘好奇地問。

「哪裡敢啊！奴婢那小姊妹膽小極了。原是那天老爺賞了大小姐一塊極好的玉珮，二小姐眼紅氣不過，便藉口衝撞，拿下人出氣。這樣的主子，真是誰跟著誰倒楣！」鶯歌小聲地告訴四娘原委。

原來李曉是個這樣的人，那就不怪自己拿她當跳板，用來敲開邱氏和李晴的大門了。

李晴已經氣得失去了理智，李曉的句句話都衝著她最痛的地方戳！原本她便因為自己有些胖又管不住嘴而有些自卑，邱氏最近整日都在時不時地提給自己相看的事情，雖李晴嘴上不說，但心裡總是有些幻想的，可是又擔心因為自己不高和胖會被人家嫌棄。此時最擔心的事情被李曉戳穿，彷彿狠狠地在她臉上搧了一巴掌，這樣的屈辱讓她怎麼忍？李晴抬起手便要往李曉臉上狠狠地打過去，她要撕爛李曉那張惡毒的嘴！

李曉閉上眼睛，等著李晴的巴掌落下，她好順勢往地上摔。她都想好了下一步該做什麼——她要頂著臉上的巴掌印，一路哭著去找父親告狀！李晴這個蠢貨每次都會被自己激得做出衝動魯莽的事情，待自己往父親那裡委屈地哭一哭，姨娘再低聲下氣地往邱氏面前一跪去認錯，李晴便會被父親責罵，然後父親那幾天便會多去姨娘的院子裡幾次，自己也能得到父親送的許多禮物。

誰知，李曉閉眼抬臉等著的那巴掌卻遲遲沒有落下來。

李晴看著抓住自己胳膊的那隻手，有些沒反應過來，圓圓的眼睛裡還帶著未消退的憤怒，加上她圓潤的鼻頭，看著像一隻小鹿般。

四娘覺得李晴此時的樣子還怪可愛的。其實李晴有些過分自卑了，在四娘看來，李晴的長相反而更符合這個時代高門大戶主母們的審美眼光，說直白一點，就是大方、有福氣的長相。相反地，李曉的長相一看就是做妾室的料，畢竟誰家會喜歡一個看起來病殃殃、動不動便細眉一蹙兼兩眼淚汪汪的女子做正房主母啊？整日還不夠晦氣的？

「晴姊姊不要中了別人的計謀，妳若是衝動地打下去，最遲今夜，妳便會受到責罵，說不定連今夜的小年晚宴也不能參加了。」四娘靠近李晴耳邊，輕聲地說。

李晴的丫鬟葡萄此時也緊張地看著自家小姐，若是大小姐又中了二小姐的激將法，落得被李青山責罰的下場，自己又要被李嬤嬤罵了！於是她也悄悄扯了扯李晴的袖子，搖頭示意李晴不要衝動。

「晴姊姊信我一次，我有辦法讓妳受的委屈都光明正大地還回去。」

四娘的眼裡有一種篤定的力量，李晴揚起的手慢慢地放了下去。

「這位便是二小姐吧？四娘這裡有禮了，來府裡這些時日還未見過呢。怎的上次接風宴只見到了晴姊姊？二小姐可是有事沒能參加？」四娘笑盈盈地看著李曉問道。

李曉忽然不知道該作何反應，上次李青山壓根兒沒有提起要讓姨娘帶著自己參加。

葡萄此時倒是伶俐，接話道：「姑娘有所不知，二姑娘乃是紅姨娘所出，上次接風宴是我家老爺和夫人特意為您一家準備的，何家老爺是我家老爺的救命恩人，這樣正式的宴席，姨娘和庶出的小姐是不能參加的。」

「原來如此，我明白了。」

四娘依舊是一副巧笑嫣然的模樣，李曉的臉色卻脹得通紅。

庶出！這兩個字是一道天然的門檻，是自己如何也邁不過去的天塹！此時葡萄的話如同針一樣，深深地扎進李曉的皮肉裡，讓她氣得微微顫慄起來。

父親是夷陵數一數二的大商人又怎樣？自己一個庶出的女兒，姨娘是父親外出行商時被父親瞧中帶回府裡的，沒有嫁妝傍身，於是只能憑著父親的寵愛，多得一些賞賜禮物。

李晴做為嫡長女，什麼好的、名貴的東西都任她挑選，哪怕府裡沒有的，邱氏也能從自己豐厚的嫁妝裡拿出體己買給李晴。被慣壞的一個蠢貨而已，自己卻要眼睜睜地看著她不費吹灰之力地得到所有最好的東西，憑什麼?!

李晴覺得有些神奇，四娘短短的兩句話，便把李曉刺激得快要暈過去了！讓這個討厭又棘手的二妹妹吃癟，原來是這麼簡單的事情嗎？

李晴暈乎乎地隨著四娘來到清風院後都還沒有緩過神來，愣愣地接過鶯歌遞過來的一杯熱奶茶，啜了一口，然後驀地睜大了眼睛。這是什麼？味道如此醇厚香甜，裡面融合了茶葉和牛乳的清香。

四娘又遞過來一塊蓬鬆的塊狀點心，李晴不由自主地接過來，然後放進嘴裡。這又是什麼？軟軟的、甜甜的，口感好極了！一口奶茶、一口點心，她根本停不下來。

四娘看著李晴有點呆萌的樣子，不由得笑出聲來。自己整天在院內無事，又瞧見後廚裡有準備的牛乳，便做了奶茶和雞蛋糕。

牛乳加茶葉煮沸，濾去雜質，再加入上好的紅糖小火慢煮小半個時辰，奶茶便好了。

蛋黃和麵粉加水攪拌均勻，加入打發的蛋清和白砂糖，上鍋蒸一刻鐘即成。就是沒有打蛋器，四娘和何思道還有鶯歌三人輪流才把蛋白打發，有點累胳膊而已。

不過何思道嚐過出鍋後的雞蛋糕後便表示，以後只要四娘願做，他便能捨命打蛋白。

李晴緩過神時，一盤雞蛋糕已經下肚，一向驕縱的大小姐頭一次有點不好意思。

「妳這點心和茶，本小姐吃著還不錯。怎麼，妳把我拉來妳院子就是為了吃東西嗎？」

四娘看著李晴強撐著嘴硬的樣子，心裡好笑，故作發愁地說：「只是不錯嗎？怎麼我看姊姊吃得極為香甜呢？好不容易得了一盤子，我還想留兩塊給二弟吃呢，這下全沒了。」

李晴心裡還是個單純的小姑娘，只是被養得嬌了些，聞言便有些不好意思。「怎麼，這點心極為難得嗎？要不然，我拿東西跟妳換？妳想要什麼，去我屋裡隨便挑如何？」

四娘再也忍不住，捂住肚子笑了起來。「我逗妹妹玩呢，妹妹若是喜歡吃，我便把方子交給妳。」

「好啊，妳竟然敢騙我！看我怎麼收拾妳！」李晴上手便去撓四娘癢癢肉，兩個女孩兒笑成一團。

李晴打出生起便被邱氏捧著，從記事以來便有個討厭的李曉處處跟她過不去、使絆子，讓她吃了無數的虧，在別的一眾姊妹中也難以啟齒說起自己在一個庶出的妹妹手裡每每敗下陣來，太丟人了。是以四娘的及時出手讓李晴覺得難得遇到一個能治得住李曉的人，還是個比自己小的姑娘，又會做這麼好吃的東西，實在太神奇了。

整整一個下午，李晴都待在四娘的房裡，嘰嘰喳喳的，把這些年來在李曉手裡吃的虧一樁樁、一件件都吐出來。

房外廊下，鶯歌拉著葡萄教她煮奶茶，只需要一個小爐子、茶葉和牛奶便能做出這麼好喝的東西，簡單極了。

「鶯歌，妳在這裡怎麼樣？妳跟著的這位姑娘好不好伺候？」葡萄一邊盯著爐子上煮著的牛乳，一邊問道。

「我家姑娘和氣極了，平日也對我極好，還會做很多好吃的東西，妳看我都胖了一圈了！」四娘是極好相處的一個人，平日裡並不頤指氣使，也不拿她們這些下人不當人看，是以鶯歌已經把四娘稱為「我家姑娘」。

「真好，瞧妳樂的！待妳家姑娘走了，妳不是還要回外院？」

鶯歌也突然想到過完年何家一家便要搬走了，便有些悶悶不樂。

房內四娘的臥室裡，李晴盤腿坐在床上，正在跟四娘唸叨邱氏讓她好好地學規矩，過些日子相看的事情，並告訴了四娘自己心裡的擔心——自己太愛吃了，所以身上、臉上都肉肉的。李晴也試過節食，忍住不吃，但每每半夜都餓得胃疼，又使喚葡萄去後廚找些吃的，是以沒有一次能減下來的。可自己這一身的肉，更顯得個頭矮了。

四娘拉過李晴的手，白胖的手指上一個一個的小肉窩窩，可愛極了。「妳要是信我，過幾日詩會上我能幫妳打扮一番，讓妳這些擔心的事情暫時遮掩過去。」

「真的?!」李晴的眼裡瞬間迸發出光芒。

「至於妳想減重的事情，要慢慢來，我一定能讓妳瘦下去，還能不用節食。」

「好四娘！妳要是能讓我瘦下來，妳要什麼我都能給妳！」李晴覺得四娘簡直是她的福星。

「我可不要妳的東西，以後我要是有什麼事情需要妳幫忙，妳也會幫我的對不對？」四娘可不傻，以後還要靠著李晴好讓邱氏為她打開賺錢的大門呢，這個人情得讓李晴欠著。

「一定一定！妳要是有什麼為難的事情，我一定全力幫妳，要是我不行，還有我娘呢！」李晴一口應承下來。

小年夜，李府的夜宴更加熱鬧一些，全府的主子們齊聚一堂，下人往來穿梭，燈光照耀得花廳恍若白晝。

李青山與邱氏齊坐主位，何旺與王氏坐在下首。

由於下午四娘的及時出現，讓李晴少見的揚眉吐氣，所以今夜李晴非要四娘挨著她坐在一起。

邱氏有些驚訝，李晴上次宴會時連正眼瞧四娘都沒有，怎的今天突然轉了性子？

酒過三巡，場上氣氛漸漸熱烈。李青山與何旺談論往昔，邱氏也與王氏隨意聊一些夷陵的風土人情。

「老爺，今日小年夜，妾身敬您一杯酒，祝您身體康健，財源廣進。」紅姨娘站起身，美目盈盈地看向李青山。

李青山端起酒杯一飲而盡，紅姨娘卻沒有立刻坐下。

「還有曉兒呢，老爺，曉兒說心裡最敬仰的便是父親，今日也讓曉兒以茶代酒敬您一杯。」

李曉捧著茶杯，對著李青山說：「祝父親松柏常青，笑口常開。」

「好好好！曉兒也長大了。」大兒子年後就要說親了，長女也已經準備慢慢相看人家，小女兒又亭亭玉立，李青山心裡有說不出的滿足。

「父親，本來女兒想親手給您剪幾枝蠟梅插瓶，但下午在花園裡遇到大姊姊，大姊姊不許我剪，所以女兒就寫了一幅字，父親閒了來芍藥院幫我瞧瞧是否有長進？」

四娘暗自搖頭，李曉討好李青山的同時，還要順便告李晴一狀。再看看李晴這個傻的，還沒心沒肺地抱著一碗櫻桃乳酪吃得香甜呢！

「一園子蠟梅呢，剪一枝又有何妨？晴兒妳是姊姊，要禮貌謙讓妹妹。」李青山果然抓住了李曉話裡的重點。

「老爺，這不是過幾日要辦詩會嘛，是我交代下去那些蠟梅不許動的。這不是怕詩會還沒辦，這個剪一枝、那個剪一枝的，到時候客人來了不好看嗎？晴兒這也是為我分憂呢，老爺莫怪。」邱氏急忙為李晴解圍。

李青山知道這個詩會是為了給兒子和女兒相看才辦的，是要慎重一些沒有錯，於是點頭沒有再說話。

「父親不要怪姊姊，是曉兒不懂事，不該和姊姊頂嘴。」李曉出聲為李晴說話，然後又帶著一臉委屈的表情看著李晴。「我自知是庶出，身分低微，不配做姊姊的妹妹，下午妹妹反省了半日，以後妹妹會注意的，姊姊千萬不要再生妹妹的氣了。」

李青山聞言，當即摔了筷子。「這是什麼意思？晴兒，妳平日裡就是拿『庶出』這兩個字來羞辱妳妹妹的？」

李晴先是被李青山突然而來的怒火給嚇得瑟縮了一下，然後一股怒氣便要頂出胸口。「李曉妳胡說！我何時羞辱妳了？明明是妳！妳說我、說我……」李晴無論如何也無法在一群人面前說出李曉羞辱她的那些話，太丟人了！

「姊姊，我哪句話惹了妳不開心嗎？要不妳打我幾下出出氣可好？我絕不躲！」眼淚順著李曉的臉頰流下，李曉垂著頭，咬著唇，再用委屈的眼神瞧一瞧李青山，活活一副明明受了委屈卻要顧全大局的樣子。

四娘扶住額頭，實在是看不下去了。李曉這個十歲的小姑娘真是能耐，這就是活生生的一朵小白花啊！眼看李晴又要著了李曉的道兒，往挖好的坑裡跳，四娘急忙站起身來。

「李叔叔，四娘下午也在場，讓我說句話可好？」

李青山意識到何家一家還在場，於是放緩了神色。

「下午四娘剛好也去了花園子，恰好看到晴姊姊在和曉妹妹說話，曉妹妹說要剪兩枝蠟梅送給父親，被晴姊姊攔了。」

四娘這一句話出來，邱氏便有些著急，這樣豈不是坐實了李曉剛才說的那些話？

「但正如嬸娘所說，晴姊姊告訴曉妹妹，這花是詩會的時候要用的，等詩會開完再剪也不遲。可不知道為什麼，曉妹妹突然和晴姊姊說了一番什麼相看的話，還說為晴姊姊擔憂，說晴姊姊太胖了，就是把最好的衣服和首飾穿戴上，也沒有人能看中她，簡直是丟人現眼，晴姊姊當時被羞辱得都要哭了。」四娘一邊說，一邊暗暗掐了李晴一把。

李晴會意，一頭衝進邱氏懷裡，伏在邱氏身上大哭出聲。

邱氏心疼得「心肝肉」地喊著，忙一番安撫，心裡恨極了紅姨娘母女二人。

「我當時沒見過曉妹妹，不知道這是誰，便問了晴姊姊，怎的上次的接風宴上沒有見過？晴姊姊當時氣得都說不出話來了，還是身邊的葡萄告訴我，這是府上紅姨娘身邊的二姑娘，因上次宴會比較正式，便沒有讓庶出的小姐參加。怎麼，李叔叔，這話說得有不妥的地方嗎？」四娘一臉無辜地看著李青山。

李青山頗尷尬，怎麼都想不到平日在自己面前乖巧懂事的二女兒，私下裡竟然是這樣對長姊說話的。

李曉和紅姨娘兩人的臉色先紅後白，教四娘的一番話說得如同被剝光了衣服一般。

李曉再想不到四娘一個外人竟然敢直接在宴會上當著這麼多人的面揭穿自己，還把話說得如此直白！她苦心在父親面前經營了這些年的形象，一下子全部崩塌了！

「老爺，我雖是嫡母，但在二姑娘的教養上我從不敢多言，因為說得多了、重了，紅姨娘便要找您哭訴，好像是我容不下她和二姑娘一般。才十歲的姑娘家，動不動便說出什麼相看的話來，還如此的羞辱長姊，這樣的女孩家，傳出去，我李府的臉面都要丟完了！」這樣好的重擊紅姨娘和李曉的機會，邱氏又不傻，肯定是要好好把握。

「老爺，是不是有什麼誤會啊？曉兒從來都是乖巧懂事的，怎麼敢說出這樣的話來？平日裡曉兒都安分地待在府中，極少出府，這樣粗俗的話她就是編也編不出來啊！」紅姨娘適時的哭訴，企圖禍水東引，讓李青山覺得是四娘在說謊。

但四娘可不是李晴那副腦子，立刻做出一副受傷的表情，看向李青山。「李叔叔，紅姨娘這話是什麼意思？難道是說我在瞎編嗎？我是來自楊城小地方沒錯，可是李叔叔，我來李府這些日子裡可有做出什麼粗俗的事情？紅姨娘是在說我粗俗嗎？」

「老爺，妾身不是這個意思——」紅姨娘慌忙想解釋。

「夠了！還嫌不夠丟人嗎？」李青山拍案而起，先是對著何旺抱拳。「何大哥、嫂子，對不起，讓你們看笑話了。今日的小年夜，也沒能讓你們過得舒坦，弟弟真是內疚極了。」

「青山兄弟千萬不要如此！家家都有難唸的經，你家大業大，哪裡能夠面面俱到？但我看弟妹這家管得不錯，我們住了這麼些日子都十分順心，你這媳婦娶得好。」

何旺也是煩透了李青山的那個二女兒和紅姨娘，還企圖拉扯四娘，真是不知所謂。難道他們這一家子看起來就這麼好欺負不成？他們雖是小地方來的，但一個姨娘哪裡來的膽子敢影射府裡貴客粗俗？還不是平日裡被李青山慣的！是以，何旺話裡話外的意思都在表達：還是正房做事周到有禮，這裡裡外外還是要靠正房主母！

小年夜宴便如此不歡而散，李青山要解決他的小妾和愛女惹出的事情，於是再三的抱歉，然後叫廚房單獨做一桌子菜送到清風院，讓何家眾人單獨用。

四娘離開時，看著李晴從邱氏懷裡抬起了頭，衝著她悄悄眨眼睛，臉上哪有一絲哭過的痕跡？

邱氏一把將李晴的頭摁了回去，這事兒她可要往大了鬧！得趁此機會讓紅姨娘母女元氣大傷，至少別再動不動地在她眼前瞎晃。

邱氏拉著四娘的手說：「好孩子，多謝妳仗義直言，今天讓妳受委屈了。這裡亂糟糟的，妳先回清風院，明日嬸娘好好補償妳。」

「嬸娘別往心裡去，倒是要好好地安慰一下晴姊姊，我看晴姊姊傷心壞了。不過換作是我，若被自己的親妹妹這麼說，我也會難受的。嬸娘和叔叔回去記得問問晴姊姊，這樣的事情還有沒有，別憋在自己心裡憋壞了！」

四娘這是在變相地提醒李晴和邱氏——記得翻翻舊帳，該告的狀趁此機會趕緊的告，報仇的時候到了！

第五章

清風院內，何旺、王氏與四娘、何思道圍著桌子在吃火鍋。

這樣的天氣簡直是吃火鍋的好時節。

四娘讓鶯歌跑了趟廚房，告訴廚房管事的，不要再做那些繁瑣的菜了，熬一鍋大骨湯，再準備幾種青菜和牛羊魚肉切片，來個炭爐，他們自己弄著吃就好。

圓桌正當中，一口銅鍋咕嘟咕嘟地冒著熱氣，熬得雪白的骨湯不停地翻滾著。

挾起一片薄薄的魚片，放進鍋子裡涮兩下，魚片遇熱瞬間捲縮，再在四娘特製調好的料碗裡蘸一蘸，鮮嫩的魚肉沾染了秋油和豆醬的鹹鮮，入口即化。

何旺愛吃辣，他的料碗裡四娘另加了辣椒，何旺吃得滿頭大汗，大呼過癮。

「我看嫂子可以去開個飯館了，隨便就能想出一種好吃的！我整日裡都在想著今天又有什麼新鮮的吃食，我和爹最近都胖了呢！」何思道一邊往碗裡挾涮好的羊肉，一邊說。

「你想得簡單，開飯館太累了，一天到晚沒個閒的時候。四娘還在長身體呢，想吃了在家隨便折騰折騰就算了。」王氏笑著說道。

李青山把紅姨娘和李曉帶到後院正房裡問話，邱氏端坐著，李嬤嬤虎視眈眈地站在邱氏身後。

紅姨娘和李曉跪在當中，牙都快咬碎了。

誰知道那個四娘是個什麼來頭！以往這種事情，每次鬧到最後都是李晴吃虧、李青山更加憐惜李曉，這次卻被那個四娘橫插一腳，事情就朝無法控制的方向發展了。

「李曉，妳身為庶妹，對嫡長姊出言不遜，還巧言令色、話語粗俗，妳可知錯？」邱氏此時有說不出的底氣。

「夫人！夫人息怒啊！是妾身管教不嚴，可是曉兒年紀還小，請夫人饒她這一回吧！」紅姨娘苦苦哀求。

「年紀還小？那請紅姨娘告訴我，小小年紀便張口閉口地相看、找人家的話是誰教的？姑娘家最是矜貴，在我邱家，別講是說出相看這種話來了，就是聽到長輩提一提也是要紅著臉避開的！這樣的姑娘，不知廉恥，傳出去豈不是讓人恥笑？」邱氏句句有理有據，義正辭嚴。

「父親！父親原諒我這一回吧？我真的不是故意的……」李曉跪著挪到李青山腳下，拉著李青山的衣襬求情，滿臉是淚。

邱氏瞅了一眼旁邊站著的李晴，說道：「晴兒，娘平日雖嬌慣妳，但也教過妳女孩子要知廉恥。娘知道妳妹妹嘴裡說出的那些話，妳平時是無論如何都羞於說出口的，今天要不是四娘那孩子，這盆不睦手足的髒水就要潑到妳身上了！妳今天就告訴爹和娘，還有聽到過多少次妳妹妹說出這樣的話？」

李晴首次能見到紅姨娘和李曉如此狼狽地跪在下首的樣子，此時都還是有點懵懵的。

李晴的大丫鬟葡萄此時走到正中，撲通一聲跪下。「老爺、夫人，這些話讓大小姐如何能說得出口？還是奴婢來說吧？」

李青山點頭，示意葡萄說下去。

「奴婢在大小姐六歲時就跟在大小姐身邊了，無論大小姐去哪裡，奴婢隨時都陪著小姐，所以二小姐的每次言語挑釁和侮辱，奴婢都知道。別的不說，就說二小姐慣用的種種小手段吧！我家大小姐是個直脾氣，不會那些彎彎繞繞的，二小姐便總找茬惹怒大小姐，在沒人看見的時候對大小姐說一些『蠢笨、癡肥』的話來激怒大小姐，更有甚者還對著大小姐說出『妳是正房夫人生的又如何？只要我姨娘在父親面前哭幾聲，父親還不是就趕緊地跑來芍藥院安慰我和姨娘了？妳和妳母親就是頂著正房名頭卻獨守空房的花架子』這樣的話來！大小姐怎能讓夫人受此侮辱？於是便會與二小姐理論，可還沒怎麼樣呢，二小姐便哭哭啼啼地做出一副受了天大委屈的樣子跑去找老爺告狀，結果每次受罰的都是大小姐！」

葡萄的一番話讓李青山臉上發紅，彷彿是被搧了一巴掌。原來自己每次義正辭嚴地教訓著要友愛幼妹的大女兒，才是受了委屈的那個。

「老爺，怎麼能只聽一個丫鬟的片面之詞呢？這丫鬟又是大小姐的貼身丫鬟，自然是向著大小姐說話，不能信啊老爺！」紅姨娘一個反身，上前一巴掌打在葡萄臉上。

「妳這顛倒黑白、造謠生事的賤丫頭！攀扯主子這種事情妳也敢做！」

李嬤嬤走上前去，一隻手便捏住了紅姨娘的手腕。

紅姨娘瞬間覺得半邊身子都是麻的，動彈不得。

「夫人還沒發話呢，哪裡輪得到妳一個姨娘教訓大小姐房裡的人！」

「李嬤嬤，放開她，我倒要看看她還能說出什麼樣的話來！」邱氏被葡萄剛剛說出的話氣得雙手冰涼。原本以為最多也就是小姊妹之間為了搏得父親的喜愛而爭風吃醋的幾句口角罷了，誰知道這樣的話竟也敢說出來！誰給她們這樣的膽子？看來還是自己這個當家主母太仁慈了，縱得她們不知道天高地厚！

「老爺，妾身平日是怎麼對您，您是知道的，我也是出身書香門第的姑娘啊，我怎麼會教曉兒說出那些話來？平日裡我總教曉兒要乖巧些，萬萬不能和長姊搶風頭，誰讓我這女兒投生在我肚子裡，天生便低人一等。我們每日只要能看到老爺一眼便滿足了，哪裡敢惹夫人和大小姐……」紅姨娘聲淚俱下，哭得淒淒慘慘。

「父親，我敢發誓，今日葡萄與我所說的事情句句屬實，若有欺騙父親，讓我一生不得有好姻緣，罰我落得個出家做姑子的下場！」李晴見不得紅姨娘那一副裝腔作勢、令人作嘔的樣子，真是夠了！

「胡說什麼！哪裡就要發這樣的毒誓了？我可憐的女兒，這都被逼成什麼樣子了！」邱氏攬住李晴，心疼極了。

「李曉，妳敢不敢說實話？妳敢不敢告訴父親，妳平日裡都是怎麼使出那些下作手段的？妳拿著父親賞妳的東西跑到我面前嘲諷我，說我除了出身，哪點都比不上妳、說妳是父親的好女兒，在父親心裡，我和母親根本比不上妳和妳姨娘的一根手指頭！我說不出那些髒耳朵的話，氣急了也只會罵妳幾句，而妳和妳姨娘便一個哭一個哄地蠱惑父親，我真是羞於和妳做姊妹！」李晴越說越憤怒，這幾年壓抑的委屈都在胸口堵得快要噴薄而出。「嫡出就是嫡出，庶出就是庶出，妳就是再得父親喜歡，我還是李家正房嫡長女！我父親是夷陵有名的商人，我母親出身邱氏，外祖父是夷陵通判，我本就能得到該我得到的東西，不管是一門好親事還是華服、金釵！我如今所享受的一切都是我本該享受的，妳眼紅也沒用！」

如果說剛才李晴翻出的一些往事只是讓李曉有些心虛，那李晴現在說出的一番話才是真真正正地戳到了李曉的痛處！

李曉面目扭曲，望向李晴的眼睛紅得快要滴出血來。「不是這樣的，不是這樣的！妳只會擺正房嫡出的架子，妳驕縱任性！姨娘說了，只要我在父親面前好好表現，只要我想辦法讓父親厭棄妳，我就能成為父親心裡最最重要的女兒！到時候，親事、嫁妝、金銀，全是我的！姨娘！姨娘妳說是不是？妳說的，到時候父親也會連著厭棄了正房母親，等妳再給我生個弟弟，李家所有的東西就都是咱們的了！是不是姨娘？」

一聲冷笑從李昭口中傳出來。「我這嫡長子還沒死呢，怎麼，姨娘和妹妹就已經惦記上我李家的財產了？」

紅姨娘如墜冰窟。完了，一切都完了，十幾年的費心籌謀，一朝全部成空！

李青山茫然地看著跪在下面的紅姨娘，覺得既熟悉又陌生。如今的紅姨娘彷彿還是初見時的模樣，只在眼角多了幾絲皺紋。這個女子還是當時那個滿心滿眼全是他的紅兒嗎？是什麼讓曾經的紅兒變得如此面目可憎？

十二年前，李青山行商在外，路遇大雪封山，錯過了客棧，只能借住在一個村子裡等雪停，就在那裡，他遇到了還是個姑娘的紅姨娘。

當時的紅姨娘眉眼溫柔，一身紅襖裙，看向李青山時眼裡都是崇拜和仰慕。紅姨娘的父親是個不第的秀才，也算是書香門第。在一次與老秀才通宵喝酒後在床上醒來時，發現紅姨娘正躺在他的臂彎裡睡得香甜，棉被下的兩人不著寸縷。

老秀才一氣之下要把紅姨娘一根繩子勒死，紅姨娘衣衫不整地跪在雪地裡，楚楚可憐地看向李青山，說「是紅兒對郎君生了情意，紅兒知郎君家中有妻室，紅兒不敢妄想能陪伴郎君左右，紅兒只是太愛慕郎君了。如今紅兒死而無憾，但求郎君莫要忘了紅兒」。被紅姨娘的情意感動，李青山便和老秀才談了一場，最後把紅姨娘收了房。

到如今，已經整整十二個年頭。

李青山半晌後才找回自己的聲音。「紅姨娘，不敬主母、不教子女、居心叵測，往後就在芍藥院禁足思過，無事不得出院。李曉，小小年紀，心思惡毒，構陷長姊，先隨妳姨娘好好待在芍藥院禁足，待改日妳母親尋個教養嬤嬤來，再好好改一改妳的脾性。」

聞言，紅姨娘已經癱軟在地上。

李曉呆愣愣地看著李青山，似是不明白父親怎的變了一個人一樣？

邱氏嫌惡地說：「著人將紅姨娘母女送回芍藥院，再依老爺說的，派人守好院子，無事不得外出。」

李嬤嬤應是，揮了揮手，便有幾個僕婦架著紅姨娘母女離開。

邱氏與紅姨娘的這一仗可謂是大獲全勝，若沒有意外，紅姨娘此後餘生都要在芍藥院關著了！至於李曉，年紀到了或許邱氏會給她隨便找個人家打發了。

昨兒小年夜宴的事件結果，是此刻李晴來找四娘玩時聽她講述的，李晴來時高高地抬著下巴，整個人揚眉吐氣，神氣極了。

李晴一邊捏起桌上白色骨瓷盤子裡四娘自己做的糯米紅棗往嘴巴裡放，一邊跟四娘要奶茶喝。

四娘卻是端來一杯玫瑰花茶。「紅棗本來就滋補，搭配著奶茶喝容易上火，今天喝玫瑰花茶吧，我調了蜂蜜在裡面。」四娘打趣李晴。「怎麼樣，與妳過不去的人都關起來了，以後咱們晴姊姊在李府可是能橫著走了吧？」貪心不足，慾壑難填啊！若是安安分分地靠著李青山的憐惜，紅姨娘母女兩人還能過得不錯，但她們偏要出來作死，真是自作孽，不可活。

「我又不是螃蟹，對橫著走沒興趣。倒是妳，答應我的，詩會那天要幫我，妳可別忘了啊！」李晴可是對那日期待得很呢！相看什麼的不重要，重要的是自己要在夷陵一眾小姊妹中脫穎而出！

詩會提前幾天，四娘就到李晴的房裡幫她準備衣服，邱氏還借了個極善針線的嬷嬷給她用。

李晴雖有些胖，但皮膚細白，是以四娘建議李晴可以選顏色明亮一些的衣服。葡萄帶著一眾丫鬟，把李晴的衣服一字排開，四娘看得有些頭昏眼花。邱氏真是寵她這唯一的女兒，各種名貴的布料和款式都有。

四娘翻揀半天，最後挑了一件桃紅色襦裙，放在李晴身上比試著。這裙子的顏色很襯李晴，顯得皮膚白裡透紅。但因之前李晴太在意自己的身材，所以把衣服都改得極為收身，站立不動時還好，一坐下便緊緊勒著肉，反而更顯胖。

四娘叫來針線嬷嬷，將這件襦裙做了改動。裙子褶邊，自然下垂到鞋底的長度；胸口繫繩的位置拉高，裡面搭配白色交領小衣；外面套上一件窄袖長衫，長衫的顏色挑了明黃色。

四娘交代一定要在這件黃色長衫胸口以下的位置繡大片的粉色牡丹，整身衣服不要太花哨，這些牡丹就是最好的點綴。

又告訴李晴，詩會當天上妝時需要的東西，讓提前準備好，一早四娘便會來親自為李晴上妝。

李晴看著四娘搭配好的衣服，有些擔心。「這樣穿我就會好看嗎？我之前怕顯胖，都不敢穿淺色的衣服。」

「並不是深色的衣服就能顯瘦，衣服的設計很重要，很多細節處做好了會凸顯出一個人的特色，揚長避短。」四娘認真地告訴李晴。「等嬤嬤把衣服改好，妳上身一試便能明白。還有我要妳準備的那些上妝用的東西一定要齊全，妝容和衣服完美的搭配才會更好看。」

「這個不用擔心，我這裡東西齊全得很，妳那天只管早些過來。」

詩會這天是個大晴天，四娘正在用早飯便看到葡萄在院子裡探頭探腦。

「姑娘早，我家小姐還讓我請您去她房裡一起用早飯呢，您這已經快吃完了啊？」葡萄看到四娘發現自己，有些心虛。

「吃早飯是假，妳家小姐怕我耽誤了她上妝是真吧？」四娘調笑葡萄一句，便把碗裡餘下的粥一口喝完，站起身。「這就走吧，再不去，妳家小姐就急得要上房了！」

李晴已經沐浴完畢，一頭黑鴉鴉的長髮披著，髮梢還帶著些許的水氣。

四娘過來後，讓她房裡梳頭的丫頭今天幫她把頭髮盤成飛仙髻，然後要了一盆熱水和一塊面巾。

熱水浸過的面巾稍微有些燙手，待到剛剛好的溫度，四娘讓李晴閉上眼睛，把面巾敷在李晴臉上。一刻鐘後取下面巾，被熱面巾熏燙過的臉龐白裡透紅，四娘在心裡感嘆：真是好皮膚！

取來面脂，四娘以手法按摩均勻。

「好妹妹，為什麼上面脂之前要用熱毛巾敷一敷啊？」李晴有些不解。

「熱氣可以打開妳的毛孔，毛孔張開便能好好吸收面脂中的水分，一會兒上妝便會更服貼。」四娘解釋道。

李晴本身皮膚就白，粉便不用多上，稍稍地打一層就好。四娘拿起眉筆，在李晴原本眉毛的長度上加長，拉伸眉毛的長度可以在視覺上縮小臉型。眉毛畫好後，四娘在鏡中端詳片刻，讓李晴閉上眼睛，繼續用眉筆給李晴畫了個眼線。李晴長了一雙圓圓的眼睛，小鹿似的，四娘在眼尾處拉伸稍稍上揚，小鹿眼便變成了桃花眼。

幾種不同深淺顏色的胭脂當作眼影用，由深到淺，用手指慢慢暈染。四娘覺得沒有工具真是太不方便了，日後若是鋪子開起來，一定要訂做一套刷子！

再取粉色胭脂在李晴臉頰處斜著上下輕拍，同樣是拉長臉型的作用。

然後就到了最關鍵的一步——修容。

這裡沒有深色的修容粉，四娘便取了眉筆壓碎，在手背試好顏色後，用指尖輕蘸，手指在李晴下巴至耳後的位置來回摩擦。

待給李晴上完唇脂後，李晴的髮髻也已經盤好，髮飾四娘選了一套珍珠的。所有飾品插戴完畢，換上針線嬤嬤改好的衣裙，李晴站在穿衣鏡前，被鏡子裡面映出的人影驚呆了！

鏡子裡是個鴨蛋臉的女子，長眉入鬢，一雙桃花眼清亮有神，上挑的眼梢映著濃淡適宜的粉色系眼妝，耳畔長長垂下一顆瑩潤、散發出淡淡光芒的珍珠耳鐺，顯得脖頸修長。

桃紅色齊胸及地襦裙完美地遮蓋了李晴圓潤的身材，外面的窄袖長衫，從胸口以下大朵大朵的牡丹花開得極熱鬧。四娘在長衫腰線那裡讓針線嬤嬤收了幾針進去，纖穠合度的腰身便顯現出來。

李晴從沒有覺得自己這麼好看過！原來的那個圓潤的自己，在每一次的聚會上都只能在心裡悄悄地羨慕其他清瘦好看的姑娘，面上還要擺出一副目中無人的驕縱模樣來掩飾內心的自卑。原來自己可以這樣好看！李晴緊緊握住拳頭，指甲都掐進了肉裡，鏡子裡人兒的桃花眼中慢慢蓄起水霧。

「哎喲！妳可給我憋住！妳要是哭花了眼妝，今天我這半個時辰就白費了！」四娘趕緊拍了李晴一把。

李晴醒過神來，一把握住四娘的手。「好妹妹，我原來長得很好看是不是？」

「是，妳長得很好看。晴姊姊，妳皮膚極白，五官也標緻，只是以前不會打扮自己。相信我，這就是原本的妳，妳會是今天詩會上最耀眼的姑娘！」四娘深深望進李晴的眼睛。讓一個人自信起來，不能只靠妝容，還要讓她從心底覺得自己本來就很漂亮。

「小姐，妳真是太好看了！就像、就像畫上走出來的一般！」已經在一旁愣怔了半天的葡萄，此時才醒過神來。

「妹妹，要我如何謝妳？上次小年夜宴妳幫我和我娘解決了紅姨娘和李曉，這次又如此為我費心。」李晴覺得四娘真是自己的貴人，遇到她之後好事不斷。

「妳今日能豔壓群芳便是對我的感謝了！我後面有極重要的事情要做，妳今日能驚了她們的眼，便是對我最好的報答。若是有人跟妳打聽，妳便告訴她們，年後會有一家專門為女子設計妝容服飾的鋪子要開業。」四娘覺得今日的李晴就是個活廣告，眼前似乎有大把的銀子在向她招手呢！

「好妹妹，放心吧，今日來詩會的姊妹都是富貴人家的姑娘，妳手藝這麼好，若是妳的鋪子開了，一定能財源廣進！」李晴覺得若是有家鋪子能讓自己變得如此光彩奪目，自己花費多少銀錢都是願意的！

「小姐，咱們快走吧！時辰不早了，夫人已經在前廳等著了。」葡萄催著李晴出門。今日的小姐一定會豔驚四座的，她做為小姐的貼身丫鬟，都已經迫不及待了！

今日李府門前車水馬龍，應邀而來的夫人、小姐們的馬車在巷子裡排起長長的隊，還有清俊的少年騎馬在側。

各家夫人心裡都有數，今日的詩會是為了李府的大少爺李昭和嫡長女的婚事。

李家生意做得大，邱氏又有個在夷陵做通判的親爹，官財兩手沾。家裡有適齡女孩子和兒子的夫人們消息都靈通著呢，夷陵數得上的人家也就這麼十幾家，若是人品相貌都合適，便能競爭一番。門當戶對的好親事，誰不想要？

因太陽極好，李府今日的宴席便擺在園子裡，男女分開，中間隔了一片梅林。

李昭自然是隨著李青山在男客那裡，邱氏則在女客這邊陪著各家夫人閒話。

園子裡梅花開得正盛，一朵朵淡黃色蠟梅在陽光照耀下顯得晶瑩剔透，濃郁的花香沁人心脾。

梅樹下幾個姑娘圍坐一團，為首的是張家的女孩兒張瑩。

張家是少數在夷陵能和李家一較高低的人家，做的是糧草生意。

「怎麼不見李晴？今日我還想給她瞧瞧我新得的簪子呢！上次她說我身上的裙子好看，本想送給她，但她穿不下，只得作罷。這簪子我倒是給她留了一支，這可是我父親從京城珍寶閣帶回來的！」張瑩的父親和李青山在爭夷陵商會會長的位置一事上敗北，兩家的女孩兒每次見面也是硝煙味十足。

張瑩旁邊一個穿一身緋色衣裙的瓜子臉姑娘許悠悠應和道：「是啊，許久不見李晴，記得她上次說自己要減重，這都一個多月了，也不知她有沒有瘦一點？」

「她又管不住嘴，最愛吃一些甜食，哪能瘦得下來？」張瑩接話。「反正她爹爹有錢，外祖父又是通判，她就是一輩子瘦不下來也不礙事！」

突然，許悠悠看向左前方慢慢走來的姑娘，張大了嘴巴。「這……這是李晴嗎？我是不是看錯了？」

李晴施施然地走到一眾夫人座前，大方端正地行了一禮。她知道張瑩那一眾小姊妹都等著看自己笑話呢，這次要讓她們狠狠打臉！

「哎喲！邱妹妹，真是女大十八變，妳家晴兒如今真是越來越標緻了！快到伯娘這裡來，伯娘有好東西給妳！」說話的是夷陵巡檢趙夫人。

巡檢乃是武官，趙夫人家裡只有兩個臭小子，沒有閨女，所以每次宴會上瞅見別人家如花似玉的姑娘就眼饞得很，更何況，自家小兒子也到了該說親的年紀了。

李晴紅著臉走到趙夫人面前。

趙夫人給了李晴一支喜鵲登梅的金釵。「這般熱鬧花樣的釵正適合妳們小姑娘家戴，正好給了妳。」又拉著李晴的手對邱氏說：「邱妹妹，我可真羨慕妳兒女雙全的好福氣，我家只有一群禿小子，整天要把我煩死了！」

「妳個得了便宜還賣乖的老婆子，多少人羨慕妳的福氣還來不及呢！妳家趙巡檢可是出了名的怕老婆，在外面威武得不行的漢子在家裡隨妳使喚，又有兩個結實的兒子，妳就偷著樂吧！」張瑩的母親馬氏打趣趙夫人。

巡檢乃是掌地方治安之官，凡是經商的，哪家不想和巡檢打好關係？故而趙夫人在一眾賓客中居上席。

「我們這些老婆子在這裡說話，好晴兒，快和小姊妹們一起玩去吧！」趙夫人鬆了手。

李晴這才行禮退下。

「晴兒，快來！」許悠悠早就按捺不住了，衝著李晴猛招手。

「妳這衣服真好看！這才多久沒見，妳怎麼越來越好看了？」

「是啊，妳這眼尾是怎麼畫出來的？顯得妳的眼睛有一種特別的味道。」

「還有妳這眉毛怎麼畫的？好像仕女畫上的一般……」

都是豆蔻年華的小姑娘，哪個不愛美？全都圍上來問東問西，李晴根本回答不過來。

「行啦，都別說話，讓晴兒說！快告訴我們，妳這妝容還有這衣服是怎麼搭配出來的？真是羨煞我們了！」許悠悠是個急性子，立即催著李晴。

「這是我一個極好的姊妹幫我裝扮的，怎麼樣？是不是看起來和以前不一樣了？」李晴的頭揚得高高的。自己再沒有出過這樣的風頭，虛榮心簡直升到最高點。

「眼光真好！能不能幫我也設計一下？」

「還有我、還有我，我也想讓妳那位姊妹幫我設計！」

張瑩在一旁，手指不停地絞著帕子，卻也豎直耳朵聽著。

「我那位妹妹剛來到夷陵，年後會有一家專門設計搭配的鋪子開業，到時候妳們都能去。若是去了報我的名字，都能給妳們安排妥當。」李晴說道。

四娘此刻正在清風院舒坦地躺在搖椅上曬太陽，王氏也坐在一旁。

「四娘，咱們年後就要搬出去了，妳爹已經買了一處宅子，雖不能比楊城地方大，但也極寬敞。妳這開鋪子的事情怎麼樣了？可有頭緒？」

「放心吧娘，若是不出我所料，咱們這鋪子已經快到手了！」四娘信心滿滿。

「這孩子，莫不是在說胡話？夷陵地貴，妳爹光買個兩進的院子也要一千兩銀子，這鋪子可就更貴了，若是位置好的鋪子，那更是不敢想。」王氏被四娘的語氣給嚇一跳。

「妳就等著瞧吧娘，最遲明天一定有好消息。快到中午了，爹回不回來吃飯？今天天好，咱們做打滷麵吃吧娘？」四娘有些想吃麵條了，最近許是天冷的原因，總是餓得快。

「妳爹去找人修繕咱們買的房子了，這也該回來了。妳想吃就去廚房弄吧，咱們清風院小廚房裡的廚娘可是高興壞了，整日都不用她動手，妳一人就把咱們幾人的飯食準備得妥妥的！」王氏打趣。

打滷麵的麵條一定得筋道，四娘這小身板臂力不夠，於是交代廚娘麵要和得硬一些，和麵的水裡加些鹽進去，這樣出來的麵條吃起來才有嚼勁。

滷料四娘自己來做，準備做一個青椒肉絲再加一個酸辣雜雜的。

青椒肉絲的最簡單，青椒與五花肉分別切絲，起鍋燒油，下入蒜片和蔥花，爆出香味，加入一勺糖炒出糖色，然後肉絲下鍋。待肉絲七、八成熟後加入青椒，翻炒兩下後加醬油和鹽，快速出鍋。這樣炒出來的青椒還有些脆脆的口感，不會軟塌塌的沒嚼勁。

小廚房有廚娘往日泡的一罈泡菜，撈一碗泡椒出來切碎。雞雜取雞胗和雞心，同樣切碎。多多的蒜切末，大火熱油，先倒入泡椒，翻炒幾下後放雞雜。等雞雜變色再倒入半碗泡椒汁，少許鹽和糖提味，然後小火收汁。

這裡兩樣滷料炒好，廚娘的麵條也好了。

水開下入麵條，麵條熟後熄火撈出。再取一把小青菜放入開水裡燙熟，麵條和青菜放在涼水裡過一遍。

何旺剛進門，飯菜也正好端上桌。

兩盆滷料加上一大盆雪白筋道的麵條搭配著小青菜，看起來就讓人特別有食慾。

何旺一人吃了三碗，王氏和四娘也各吃了兩碗。

「思道還在學堂，今天晚上回來要是知道四娘又做好吃的他沒趕上，又該鬧脾氣了。」王氏笑著說。

「這有什麼？這打滷麵極簡單，等他回來我再做給他就是了。」四娘不以為意。

吃飽後就犯睏，四娘鑽進被窩準備美美地睡個午覺，結果覺睡到一半便被搖醒，四娘不用睜眼就知道是誰。

「妳這詩會才結束吧？怎麼不去歇著，又來找我幹麼？」四娘打了個哈欠。

「好妹妹，妳跟我去我娘院子裡，我娘找妳有好事呢！」李晴一把掀開四娘的被子就要把她扯起來。

「等我梳梳頭啊！妳娘是長輩，我可不能隨意。」

四娘大概知道邱氏找她何事，於是不急不忙地給自己挑了一件比較正式的衣服穿上。

李晴在一旁沒有一刻消停，才一會兒的功夫，窗台上擺著的一盆瑞香花就遭了殃。

「妳快饒了我那棵瑞香吧，好不容易開花了，我還想用它熏屋子呢！」四娘如今越來越覺得李晴就是個小姑娘脾氣，於是說話也隨意了許多。

邱氏房內，四娘行了禮，在下首落坐，李嬷嬷端來兩碗熱牛乳。

「好孩子，這幾日一直忙著準備詩會的事情，亂糟糟的沒個消停的時候。上次的事情還沒來得及謝妳，今日妳又幫了我晴兒這麼大一個忙。」邱氏極是客氣。

「嬸娘無須言謝，上次的事情本就是我實話實說而已。就是這次也是因為晴姊姊與我極對脾氣，這才隨手一幫。」四娘謙虛道。

「今日晴兒的打扮極是好看，許多人家的夫人和小姐都在打聽出自誰手，我聽晴兒說，妳年後準備開個鋪子？」

四娘知道重點來了，於是坐得極為端正。「不瞞嬸娘說，我們從楊城來到夷陵後，我觀夷陵極是繁華，於是想和我娘還有我姊姊家一起開個鋪子做些事，也好賺些私房錢。」

「是個有出息的孩子。鋪子可找好了？」

「我爹近日也有去看，但還沒定下來。」四娘可沒有讓何旺去看鋪子，她這盤棋叫姜子牙釣魚，願者上鉤。

邱氏沈吟了一會兒。「妳年紀小，沒有做過生意，不知道這鋪子位置的重要性。妳開這鋪子是做那些大家夫人及小姐的生意，那些人家非富即貴，去的鋪子都是極好的地段，所以若是妳的鋪子門臉太小，或是位置偏僻，怕是那些夫人、小姐就不肯去了。」

四娘擺出一副感激的樣子。「嬸娘說得有道理，多謝嬸娘教誨。可那些位置好的鋪子租金可高呢，我還要回家問問爹娘。」

邱氏面上露出一個極為親切的笑。「何須如此麻煩去找店鋪？妳李叔父在夷陵做了這麼多年生意，手裡鋪子多的是。就是我嫁妝裡也有幾處不錯的鋪子，都在夷陵最繁華的街道上。」

「嬸娘的意思是？」四娘臉上滿是迷惑不解，心裡卻要笑開了花。

「妳若是需要，我可整理出來一間鋪子給妳用，就算是報答妳這兩次對我和晴兒的幫忙吧。」邱氏說道。

四娘想了一會兒，然後鄭重地對邱氏說：「多謝嬸娘好意，四娘雖年輕，但也知道在夷陵最繁華的街上一處鋪子的價值。這份謝禮太大了，我不能白拿著。」

「好妹妹，這算什麼？妳幫了我這麼大的忙，怎麼感謝妳都不為過，何況妳之後還要幫我瘦下來呢，快別推辭了吧！」李晴在一旁勸著。

四娘起身走到正中施了一禮。「四娘雖是貧家出身，但到了何家之後，爹娘沒有讓我吃過一分苦。我年紀小卻明白，這世間沒有白來的銀子。嬸娘的好意四娘感激不盡，四娘有個折衷的辦法，嬸娘可願一聽？」

邱氏坐直了身子。「說來聽聽。」

「嬸娘這鋪子我可以收下，但卻要和嬸娘簽一份字據。這鋪子算是嬸娘在我這裡入的股，每個月三成的分紅是給嬸娘的，這樣，鋪子我才能拿得問心無愧。」

邱氏半晌無言。「是我小看了四娘，小小年紀有如此心胸，以後妳這生意必定能做大！」

「那就如此說定了？嬸娘若是沒有別的意見，年後我便找人裝修，到時候還需要嬸娘在一旁多多指點。」四娘臉上露出一個笑容，這鋪子基本上已經成了！

晚飯後的清風院，一家人坐在一起說話。

四娘告訴何旺與王氏，邱氏以鋪子入股的事情，何旺和王氏都嚇了一跳。

「不得了，四娘若是男子，定能成為我大越朝的一代名商！」何旺感嘆。

「爹，女子也可以的。你看著吧，我一定能做出個名堂來！到時候，我賺多多的銀子，你和娘就在家裡享清福！」四娘的眼睛無比清亮，恍若有兩簇火苗在閃。

「好孩子，讓妳來我家為思遠守著，本就苦了妳。妳花一樣的年紀，還如此能幹，娘心裡真是覺得對不起妳。」王氏說起何思遠，依舊是兩眼淚。若是思遠還活著，再娶了四娘這樣能幹的媳婦，那日子想想就覺得好。

四娘握住王氏的手。「娘，若是沒有妳和爹，四娘如今還不知在什麼骯髒地界熬著呢！當初你們兩老在四娘最需要的時候伸手救了我，我就在心裡發誓，以後你們兩老就是我的親爹娘。所以爹娘，不要覺得我苦，我跟爹娘還有二弟在一起，覺得日子是從未有過的好。以後咱們在夷陵扎了根，還能過得更好！」

何思道在一旁看著，心裡悶悶的。四娘真是個好姑娘，若是大哥還在，能娶了四娘這樣的嫂子，那該有多好。

「爹娘，以後我會努力讀書。嫂子賺銀子，我給娘賺誥命！」何思道鄭重其事地說道。

「好好好，你有這份心，爹娘就高興了。你也是個大人了，以後考個功名，再讓爹娘抱上孫子孫女，這樣的日子，爹娘想想，就是睡覺也能笑醒啊！」何旺不住地點頭，這日子過得有希望。

如今宅子已經買好，夷陵城外的山地也買了一座山頭，連帶著有一百多畝地，以後算是在夷陵扎下根來了。

離過年還有幾日，四娘找了個日子，讓邱氏派人帶她去瞧了鋪子。這處鋪子有兩層，位置在極繁華的聽風街。四娘拿了根眉黛當筆，在紙上把鋪子的大概輪廓畫下來。待回家要好好地設計一下，過完年就可以找人裝修了。

鋪子面積不小，一樓四娘打算隔出一處，外面做展示，裡面就是化妝間。二樓是接待大客戶的，打算做成類似現代SPA館的感覺。要有泡澡的地方，還要有可以躺下按摩的床，同樣也要有化妝檯。

這些東西要找個木匠，四娘給圖紙，要求按照她說的樣子打造出來。還有一些化妝品和化妝工具都要準備，化妝工具還好，刷子就找適合的毛來做大小不同的刷頭。粉什麼的東西還要自己來做，不過這個難不倒四娘，她大概清楚裡面都是什麼成分，就是比例還需要摸索一下。

列好要準備的東西後，四娘決定要和王氏去一趟張伯懷家。前期的鋪子是大項目，已經解決，後面這些裝修、採購的費用，算下來大概需要投入五百兩左右。這些錢就要參與的幾個人分攤，算是投資，以後每個月的盈利便以投資的比例來算。

黃大娘已經有三個月的身孕了，也已經坐穩了胎，所以無事也會做一些輕省的活計。

吳氏最近高興著呢，酒坊已經按部就班地開起來，年後第一窖酒就能出窖了。如今兒媳婦也懷相不錯，並沒有很強烈的孕期反應，吃得下、睡得著的，看來肚子裡是個聽話皮實的好孩子。

「妹妹和四娘來啦？快進屋，外面冷著呢！」吳氏依舊是那副爽利的樣子。

四娘先看了眼大姊，黃大娘養得不錯，吃胖了一些，面色紅潤，只是看著臉上長了幾塊斑。都說女養娘，兒醜娘，看來自己要有個小外甥了。

「這趟過來也沒有別的事，就是鋪子的事情都差不多了，地方也已經找好了，位在聽風大街上，上下兩層，咱們也該合計合計投入的事情了。」王氏先開口道。

「聽風大街？那可是夷陵最繁華的街道了，還是兩層，聽起來地方還不小呢！這租金，是不是貴得緊？」吳氏一聽便有些擔心投入太大了些。

「租金不用咱們出，四娘拉著李家的夫人拿鋪子入了股，咱們只需要裝修和採買的錢就行。」

「四娘真是太能幹了，這就解決了一大筆銀子！裝修和採買的費用需要多少？」吳氏這裡大概還有個一百多兩，再多也沒有了。

「吳婆婆，我算了一下，咱們大概需要投入個五百兩銀子，您看您能投多少？剩下的我爹娘就出了。」四娘說。

王氏咬咬牙道：「一百五十兩，我就只有這麼多。再等個半年妳外甥就該出生了，我也要留一些家用。」

「可以，那我就算給您家一成的分紅。不過說好了，這裡面有半成算是我這個當小姨的給我未來外甥的見面禮。」四娘這半成其實是給黃大娘的，姊姊嫁過來沒有像樣的嫁妝，所以並沒有什麼私房錢。說是給小外甥的，但吳氏應該能明白。

吳氏在心裡算了算，按照她投入的錢，確實只能分個半成。雖說這半成給了黃大娘，但黃大娘並不是個浪費的性子，聽話又會過日子，這錢以後還不是自己孫子的？是以答應得極為爽快，並承諾這半份分紅就交給兒媳婦自己收著，也好做個體己錢。

吳氏取出銀子交給四娘，四娘拿出一份字據，由四娘口述、何旺書寫。上面自己已經摁好指印，給吳氏和黃大娘逐字讀過之後，吳氏和黃大娘也摁了指印。

這事就算成了，剩下的就是安心過年，待過完年就要開始忙了。

第六章

李府過年十分熱鬧，到處張燈結彩，院子裡光禿禿的樹上也被繫上了一條條彩綢紮出來的花。

年前做冬衣，何家眾人也一人得了兩套量身做的冬衣，四娘還多得了一條兔毛做的披風，純白色，風毛出得極好，披上後襯得四娘精緻的五官更加出彩。

年三十這天，何家和李家眾人一起守夜，熱熱鬧鬧地聚在廳堂裡。李晴喝了兩杯果酒，有些微醺，拉著四娘嘰嘰喳喳地說個不停。

邱氏、王氏拉了李嬤嬤和另一個大丫鬟打麻將，何旺與李青山則帶著李昭和何思道一起閒話家常。屋內溫暖如春，笑聲盈盈。

子時一到，男人們到大門口去放鞭炮和煙花。

此起彼伏的鞭炮聲中，新的一年來到了。

四娘抬頭望著天空中絢爛的花火，一簇簇五彩繽紛的煙花綻開在夜空中，在眼中倒映出光芒。

以後的日子，要過得比煙花還絢爛。四娘在心裡默默地對自己說。

放完煙花後，一群人又聚到廳裡吃餃子。四娘一口咬下去就被硌了牙，吐出來一看，是一個做成小元寶樣的銀錠。這是過年包進去的福錢，誰吃到預示著新的一年會福氣滿滿。

「四娘這運氣真是旺，看來今年一定會生意興隆，財源滾滾啊！」李青山笑著讚道。

「借李叔父吉言，還要借您和嬸娘的勢呢！若是靠我自己，人生地不熟的，再不能支起這麼大的攤子。」四娘自是要維護好和李家的關係，李青山在夷陵的生意能做得這麼大，該借勢的時候她可一點都不會手軟。

「放心吧，若是有什麼解決不了的麻煩就來找我，如今我也是妳鋪子的股東，自是要盡一份心力的。」邱氏也極高興，雖然一個鋪子不值什麼，但自己的女兒能交到四娘這樣一個朋友，對李晴是有極大益處的。

吃過餃子後，小輩們給長輩磕頭拜年，壓歲錢是早就備好了的。

李青山極是大方，四娘和何思道的紅包與李晴、李昭的數目是一樣的，每人一包的金瓜子。瓜子打得極小巧，看起來就和真的瓜子一樣。

四娘在心裡感嘆，有錢人家就是好啊，連發個紅包都這麼豪，這一袋子的金瓜子，至少也值個一百多兩銀子了。

拜完年，李晴早就瞌睡得撐不住了，腦袋一點一點的，要不是葡萄在後面扶著，早就滑到地上去了。

時間不早了，各自回院子休息。

四娘打著燈籠走在攜手而行的何旺與王氏後面，何思道在一旁扯扯四娘的袖子，塞給四娘一個袋子。

四娘拿起來一看，這不是李青山發的壓歲錢嗎？那一袋金瓜子晃起來叮噹作響。

「嫂子，這金子給妳，妳年後要做生意，用錢的地方多。」

「哎喲！這怎麼說？我也有呢，何況爹娘也已經把要投進去的銀子給我了，足夠用的。」四娘有點驚詫，一百多兩銀子呢！

何思道搓搓手。「我不缺銀子花，擱在我身上也不安全。嫂子要是用不到，就先幫我收著。就是……嫂子要是忙起來，也記得抽空給我做新的吃食啊，我就吃著嫂子做的飯菜好吃呢！」

何旺和王氏在前面走著，聽到兩人的對話，笑得直不起腰來。

「思道，你要是做生意，可會賠得底都沒啊！這賠本的買賣，也就你這個愛吃的能做得出來！」何旺笑罵道。

「放心吧，嫂子就是再忙也不會忘了給你做好吃的。你這銀子嫂子也幫你收著，有要買什麼的時候跟嫂子要就是了。」四娘自己也是個愛弄吃的，這點事情對她來說根本不算什麼。

大年初二，李青山和邱氏要帶著兒子、女兒回邱氏娘家走親戚，四娘又早早地被李晴叫到她房裡幫她裝扮了一次。

四娘看著李晴一邊坐著被她擺弄、一邊時不時地被葡萄餵一口點心的樣子，不禁直嘆氣。「晴姊姊，過完年妳就不能再這麼吃了，我減重的方法雖不會讓妳餓到，但有些東西不能多吃，還是要注意一些的。」

「我知道，這不是沒幾天放肆的日子了嘛，我就趁著這幾天再好好吃幾次。」李晴想瘦的心是真的迫切，但想吃的心也隨時蠢蠢欲動。

一切都裝扮好，李晴隨著邱氏去了外祖父家。

四娘也要和王氏打理一下，去趟大姊那裡，畢竟在夷陵只有他們兩家熟識，就算是走親戚了。

在張家吃過午飯後，回到清風院。四娘閒不住，便準備琢磨個什麼小吃打發時間，鶯歌和何思道則興致勃勃地站在一旁隨時準備幫忙。

四娘指揮著廚娘把廚房的幾個馬鈴薯洗了切片，她準備今天炸個薯片吃。

說來大越朝也奇怪，馬鈴薯出現了，卻沒有番茄，炸的薯片要配上番茄醬才完美啊！但既然沒有也沒辦法，做個椒鹽口味的也好吃。

廚娘刀工不錯，一會兒的時間，十來個馬鈴薯便都切成了均勻的薄片，泡在清水裡一會兒，洗去澱粉。

鍋裡倒水燒開，加入一勺鹽，把洗好的馬鈴薯片放進滾水裡煮。待煮到馬鈴薯片變得透明後，撈出放入涼水盆內。

鍋內倒油燒熱，待油溫六成熱，下入馬鈴薯片。此時火不能太大，還要用漏勺不停地在鍋裡來回翻轉馬鈴薯片，這樣兩面受熱均勻，才不會炸得過分焦黑。

炸得兩面金黃後，撈出放在一旁先晾一晾，四娘開始做椒鹽調料。

花椒和細鹽按比例配好，再加點胡椒粉。廚房有一個小小的石磨，四娘指揮何思道和鶯歌去把這些東西用小石磨磨得細細的。

磨好之後，四娘把簸箕裡的馬鈴薯片分成兩份，一份只撒椒鹽，一份除了椒鹽之外還撒了辣椒粉，何旺愛吃辣的。

做完這些，四娘捏起一片嚐了嚐，酥脆可口，椒鹽的味道和馬鈴薯片搭配得正好，這薯片算是成功了。

何思道迫不及待地捏起一片放進口中，焦酥的馬鈴薯片入口便碎成了渣渣。馬鈴薯的香味和椒鹽的鹹香搭配在一起實在太奇妙了，是何思道從來沒有體會過的好吃，他簡直停不下來！

「鶯歌去給我們泡一壺綠茶來，然後妳自己把薯片撿出一盤子來，去找妳的小姊妹玩去吧，大過年的，妳也清閒清閒。」四娘吩咐道。

鶯歌歡快地應了一聲，飛快地跑去泡茶。不過這薯片自己可不打算分給別人，姑娘做的東西都極好吃，這個薯片又是不曾見過，看剛剛何家小少爺吃得不停嘴的樣子，也知道這東西有多好吃了！

一壺綠茶，一盤薯片。四娘覺得這日子越來越有滋味啦，自己在古代守寡的生活簡直太美好了吧！

過了初三，何家眾人便搬去了新宅院。

新宅院離聽風大街有三條街的位置，是個鬧中取靜的巷子。一進門便能看到一架紫藤爬在影壁上，雖是春寒料峭，但枝頭已經發出了點點的新綠。

兩進的院子，第一進是正堂，左右帶著偏廳，用來招待客人。旁邊有兩間廂房，何旺整理出其中一間寬闊明亮的做書房，給何思道唸書時用。

後面一進是一家人住的地方，依然是何旺及王氏住正房，何思道與四娘分別在正房的東西兩廂房。不過四娘多要了一間屋子，她以後要在這屋子裡製作那些這時代沒有的化妝品和工具。另外，還給鶯歌也收拾出來一個小房間。

鶯歌在四娘一家走之前求了邱氏，邱氏便把她的身契過到何家名下。鶯歌得償所願，四娘也欣然接受。反正以後忙起來是需要一個小丫鬟跟著跑跑腿的，畢竟四娘這也是升級做了鋪子掌櫃。

之前四娘跟何旺說過，要在牆邊種一架爬牆薔薇，窗下再植一株芭蕉樹，何旺都應下了。如今薔薇和芭蕉都已經栽下，怕天冷凍壞了根，還在上面蓋了稻草。

後面還有個院子，四娘準備等開春了種點花草青菜類的，自家吃用也方便。

四娘看著整理好的房間，心裡很滿意。雖沒有李府的富麗堂皇，但雅致簡單，是她喜歡的樣子。

「娘，這基本上都收拾好了，咱們今天在新家的第一頓飯，我和鶯歌去買點食材回來炒幾個菜，妳和爹好好喝一杯怎麼樣？」新房第一頓飯，當然是不能隨隨便便就應付了。

王氏應了，取來銀子給四娘。

四娘擺手不要，晃晃自己的錢袋。「我這裡有呢，娘就在家等我回來吧！」她早就託何旺把那一袋的金瓜子換成銀子，有一百五十兩呢，何思道那袋她沒動。

「鶯歌，夷陵妳是熟悉的，哪裡的市場東西全，帶我去。」四娘吩咐鶯歌。

「姑娘放心吧，只管跟著奴婢！奴婢以前可沒少幫李府的嬤嬤們跑腿，哪裡的東西好、哪裡的便宜，我都很清楚呢！」鶯歌跟著四娘來到何家開心極了，她才不願意待在李府那個大宅院裡，人多是非多，一個兩個都長著心眼。跟著姑娘多好啊，自由自在，也不用想太多。

菜園街聽名字便知道是平時賣菜的地方，鶯歌說這裡多是從城外村子裡來賣菜的鄉民，東西新鮮又便宜。

四娘先挑了隻小公雞，讓攤主給殺好，付了錢，一會兒再來取。

又到賣肉的攤子上買了塊五花肉，切了幾根排骨，順手從緊挨著賣肉的一個揹著簍子賣冬筍的老漢那裡買了兩支冬筍。五花肉燉冬筍，簡直是人間美味！

新家第一頓飯，魚當然必不可少。四娘挑了一條鰱魚，魚頭燉湯，魚身切塊下鍋油炸。

夷陵多水，是以賣鮮藕的極多。撿那白白胖胖、完好無損的藕買了幾根，回去涼拌個藕片，極是爽口。

一圈下來，東西大致上都買齊了，四娘便和鶯歌拎著東西，準備回家去。

剛走到街口，便看到個穿著單薄的姑娘掐著腰在跟一個婦人吵架，姑娘身後還跟著個髒兮兮的小男孩，瞧著有七、八歲的樣子，花貓似的臉上滿是憤怒。

那婦人極是凶悍的模樣，一邊罵著、一邊伸出一隻手要去掐那小男孩的耳朵。那姑娘則一邊護著男孩、一邊跟那婦人對罵，不甘示弱的樣子。

「妳這天殺的小賤人，敢偷拿老娘的食物！那是妳的嗎？那是我給我小么兒留的！也不看看自己是什麼命，想吃就去找妳那早死的娘去！在這裡跟我耍橫，等妳爹下工，看他不打死你倆白眼狼！」婦人掐不到小男孩，便往那姑娘身上掐去。

「馬桂花，妳不要在這裡顛倒黑白！這糕點明明是我爹給我弟弟帶的，小么兒的那份昨天他就吃完了！虎子捨不得一下子吃完，所以自己放著慢慢吃，妳連一個孩子的東西都要搶嗎？還要不要臉！」姑娘的嘴皮子索利得很，一句都不饒。

「兩個命硬的掃把星，把你們娘剋死了還配吃點心？要是沒有我嫁給妳爹給你們做飯、打掃屋裡，你們一家子都餓死了！妳給我等著，妳爹回來我便跟他講，把妳給打發了！別在這裡給我瞪眼，死妮子，早晚我拿妳換銀子！」馬桂花唾沫星子都濺到了那姑娘臉上了。

旁邊圍觀的四鄰都在指指點點。

「真是夭壽喔，馬桂花這麼折磨人家之前留下來的孩子，也不怕人家早死的娘半夜來找她算帳！」

「哪個後娘會好好地對待前頭留下的孩子？給口吃的就覺得自己是菩薩了！再說，她來了後又生了個小么兒，腰桿子挺得硬著呢！偏那孫老蔫也是個三棍子打不出來個屁的，每次一想護著兩個孩子，就會被馬桂花指著鼻子罵，有一回臉都被抓花了，這婆娘潑著呢！」

「嘖嘖嘖，虧得孫家這大丫頭如今大了，知道護著她弟弟，不然早就被馬桂花折騰死了！你們瞧瞧，這麼冷的天，孩子一件厚衣服都沒有！沒娘的孩子，可憐喲！」

四娘在一旁聽了個究竟，這是遇見惡後娘了？

馬桂花見罵了大半晌，那姑娘還是一副昂著頭、就是不把那包點心交出來的樣子，還說一句回一句的，句句頂得她肺疼，氣得隨手拿起路邊誰家立在牆邊的一把鐵杴便要往那姑娘身上拍去。

四娘眼疾手快，一把拉住那婆娘，鐵杴順著姑娘的肩膀擦過，深深插進泥土裡！若是這一鐵杴砍到姑娘身上，後果不堪設想。

馬桂花立在一旁，也是驚出一身冷汗。若是見了血，孫老蔫回來怕是不肯善罷干休！雖然有個小么兒撐著自己的腰桿子，但也不能做得太明顯，何況她還想把這丫頭說給她娘家村裡那個老鰥夫呢，聽說聘禮足足有五十兩銀子！

「妳個死丫頭，今天算妳命好！妳給我等著，有本事妳就別回家！」馬桂花罵罵咧咧地撥開人群回家了。

那姑娘走到四娘面前，行了個禮。「多謝姑娘出手，小青如今沒有什麼可報答的，只能記在心裡。」

叫虎子的男孩子卻鬆開孫小青的手，跑到街角一堵矮牆那裡，抽出一塊牆磚，從裡面掏出個看不出顏色的紙包跑回來，遞到四娘面前。「這點心給姊姊，算是我和我大姊的謝禮！」

原來這孩子把點心藏進了牆裡，怪不得馬桂花在家翻遍了都沒找到。

「讓姑娘見笑了，我爹每次偷偷給虎子帶的東西都會被馬桂花給搶走，虎子只能藏起來。家貧沒有好東西，我爹在碼頭做苦力，買一次點心不容易，所以虎子吃得很珍惜，姑娘要是不嫌棄就收下吧。」

四娘打開黏了牆灰的紙包，裡面是幾塊白糖糕，街邊賣得最便宜的那種。四娘拿了一塊塞進嘴裡，把剩下的包好還給虎子。「姊姊已經吃了，你的謝禮我收到了，剩下的你和你姊姊吃吧。」

虎子看了眼姊姊，見孫小青點了頭，虎子才把剩下的點心接過來。

四娘看著姊弟倆，大冷天的，在寒風裡瑟瑟發抖，虎子更是掛著兩管鼻涕，時不時吸溜一下。

「你們若是回家，你們後娘還不是會找藉口折磨你倆，妳可有何打算？」四娘問道。

孫小青苦笑了一下。「能有什麼好法子？我只能儘量護著我弟弟。我爹就是回來了，也不能就把她攆出去，她又給我爹生了個兒子，我倆已經沒娘了，我爹雖心疼我倆，但也不能再讓小么兒沒了娘。家裡窮，我爹娶她的時候把家裡的錢都用完了，如今只能勉強填飽肚子。可恨我一個女子不能出門賺銀子，只靠我爹在碼頭扛活的那幾個錢，還不夠她做件新衣。」

「我有個賺錢的門路，妳可願意做？」四娘覺得這姑娘麻利又潑辣，倒是可以到自己鋪子裡來，說不定是個不錯的幫手。

孫小青露出一個疑惑的表情，看著這個比自己看起來還小一、兩歲的姑娘。「什麼門路？那些歪門邪道的我可不去做，我雖然窮，但還是有骨氣的！」

鶯歌聽到孫小青如此說，立刻不樂意了。「妳想什麼呢？我家姑娘可不是做那種不正經生意的人！我家姑娘在聽風大街上要開間鋪子，想讓妳去做工呢！」

孫小青的眼睛瞬間瞪大了，聽風大街她知道，那裡的鋪子都繁華極了，賣的都是他們這種窮人家看都不敢多看的好東西。「當真？姑娘讓我去做工？」

孫小青越謹慎，四娘對她越是滿意。這姑娘膽大心細又是非分明，是個好苗子。

「自然當真。鋪子正在籌備，再有個把月就能開起來了。妳若是願意去，明天到我家去，我先告訴妳都要做些什麼。」

「願意，我願意！我自己能賺錢就能養活我弟弟，再也不用看那馬桂花的臉色了！」孫小青彷彿被忽然而至的餡餅砸中了，驚喜不已。

四娘想了想又問道：「妳還有沒有認識的姑娘？手腳要乾淨麻利。我的鋪子是做那些小姐夫人的生意的，大約需要四、五個人，妳若是能幫我找到，那就幫了我大忙了。」

四娘之前雖然有親娘，但過得並不比孫小青好多少，因此她更能理解這個時代女孩們的無奈，家裡窮的，除了嫁人，再沒有能改變自己命運的法子了，是以，四娘極願意幫一幫這些家貧但有骨氣的姑娘們。

「有的，菜園街這一塊我都熟悉。姑娘若是信得過我，我便幫姑娘找人，一定是踏實肯幹的！」孫小青自小在菜園街長大，許多跟她年齡差不多的姊妹們家境都不富裕，若是能有個活計補貼家裡，一定是都願意的。只是，既然四娘信任她，她一定要找信得過、能吃苦的人選，萬不能坑了四娘的。

何家今天的飯菜格外豐盛。

屋裡盤的炕燒起來，熱氣瞬間便把整間屋子填滿。四娘怕屋內空氣不清新，在几上擺了一盤柑橘、一盤蘋果，若有似無的果香在空氣中繚繞。

正中的八仙桌上擺得滿滿當當，四娘把一盆魚頭豆腐湯擺上桌，何思道把何旺與王氏面前的酒杯倒上酒。一家人坐下開始用飯，每個人臉上都帶著盈盈的喜氣。

「來，咱們一家人千辛萬苦地從楊城來到夷陵，今日是在新家的第一頓飯，一起舉杯，就祝咱們以後日子紅紅火火！」何旺舉杯，一口飲盡。

四娘嚥下杯子裡有些辣嗓子的酒，挾了塊藕片放進嘴裡。

「四娘，這冬筍燒肉真是好吃，肥而不膩，入口即化。」何旺喜歡口味重的菜。

四娘盛了碗湯放在何旺面前。「爹，喝點湯，暖胃呢。」又把今日在街上遇到孫小青的事情告知何旺與王氏。「我是想著，那姑娘能撐得住，一個十二、三歲的姑娘，護著自己弟弟不被後娘搓磨，極是不易。再者，我這鋪子開起來，男夥計是不能請的，都是些達官貴人家的小姐夫人們，二樓還有洗浴的地方，更加需要女夥計。我讓孫小青幫我找一些未婚、乾淨索利的姑娘，提前培訓一下，我想客人們會滿意的。」

何旺聽得直點頭。「難為妳小小年紀想得如此周全，更可貴的是有俠義心腸。以後妳便放手去做吧，我和妳娘就守著家裡和我置的那些山地，妳不管賺了還是賠了都不打緊，無愧於心便好。」

四娘真是感激何旺和王氏對她無底線的信任，若是他們有一點點質疑，四娘也不能這樣放開手腳去做自己想做的事情。

飯後歇過午覺，四娘把鋪子裡需要的家具樣式畫好交給何旺，何旺拿去給木匠，到店裡量尺寸，大約七、八天便能好。

而四娘則是把自己關在屋裡，弄一樣極重要的東西——定妝蜜粉。

屋裡放著訂製好的一台小小石磨，輕巧又細緻。四娘之前回想過做蜜粉需要的材料，大概就是大米、珍珠、紫茉莉種子等，只是比例還需要自己琢磨一下。

另外四娘準備在裡面添加一樣東西——貝殼粉。貝殼粉磨得極細，在陽光下會有珠光閃爍，添進粉裡掃上臉之後會讓人皮膚極具光澤感。

直弄到半夜，連飯都是鶯歌一口一口餵到四娘嘴邊的。

終於調配好一小盒，四娘用指腹點上些許，輕輕揉在手背上，在燈光下，那一小片肌膚呈現出瑩潤的光澤。四娘長出一口氣，終於成了。

小心地放好調配好的蜜粉，把自己記著比例的紙張收起來，這以後就是自己的秘方了。

第二天，四娘罕見地睡了個懶覺，王氏讓鶯歌不要擾了四娘休息。睜開眼的時候已經天光大亮，何思道去了學堂，何旺也出門去找工頭商量鋪子裝修的事情。大概的輪廓四娘已經在紙上畫好，使用的材質也告訴了何旺，這些事情便由何旺來弄，畢竟四娘面嫩，怕壓不住那些混跡市面的工頭。

鶯歌端來熱水讓四娘洗漱，又手腳麻利地從後廚端來熱粥小菜。

剛剛吃完，何家的大門便被拍響。

鶯歌打開大門，孫小青帶著四名姑娘站在大門口。

讓她們在前廳稍候，四娘讓鶯歌把王氏叫上，一起去前廳見一見。

孫小青一眾姑娘站在乾淨溫暖又整潔的廳堂裡，手腳都不知道該往哪裡擺，這裡對她們來說像是仙境一般的存在。雖然已經穿上自己在家時最好、最乾淨的衣服來，但衣服上面多少還有些補丁。

四娘耐心地一一問過她們的姓名、年齡，還有家裡的情況，以及都會做些什麼？幾個姑娘雖然初時有些瑟縮膽怯，但在四娘微笑的鼓勵下，漸漸地一個個也都放開了。

「想必小青也跟妳們講過，我鋪子裡是做那些大家夫人和小姐的生意的，所以第一條務必要求乾淨。不僅僅是衣服、身上要乾淨，手腳也要乾淨。當然，我知道小青推薦來的人，妳們的人品定是小青仔細斟酌過的，我信她。」

四娘並不一味地給她們灌迷湯，畢竟商場如戰場，若是一個不慎得罪了一位客人，便會對鋪子的名聲造成極大的損失。

孫小青聽到四娘對她的肯定，不自覺地把背挺得更直了一些，這些姑娘都是她想了一夜才挑選出來的，別的不說，人品肯定沒問題。

「今日叫妳們過來，我見一見妳們，妳們也見一見我，有什麼要問的，可以現在來問我。」四娘說。

一群姑娘妳看我、我看妳，見沒有一個先開口的，孫小青便率先提問。「姑娘，大家都是出來賺銀子的，都想知道工錢幾何？」

「一個月二兩銀子，一季兩身衣服，過年過節有節禮，若是生意很好，年底還有紅包拿。」

四娘一句話，讓幾人都驚呆了。

一個月二兩銀子？那可是二兩啊！在窮苦人家，二兩銀子緊著用，夠一個三口之家兩個月的花用了！

「妳們先別激動，我醜話說在前頭，鋪子裡有規矩，若是妳們違背了規矩，也會有相對的懲罰。若是真的違規，我是一定會罰的，哪個哭求也沒用，妳們可明白？」

「這是應當的，我們都明白。就是在家裡，我們打碎個碗，爹娘也會罰我們少吃一頓飯的，更何況是這麼大的鋪子。姑娘放心，我們都會好好幹活的！」孫小青拍胸脯保證，幾個姑娘也點頭附和。

「行了，妳們回家之後把要來我這裡做工的事情跟家裡父母說清楚，若沒有什麼問題，過兩日來我這裡把契約簽了，我便開始給妳們培訓。」這些姑娘家裡還有父母親人，若是不能說服家裡，四娘也是不敢收的。

幾個姑娘出了何家大門後還是暈乎乎的，像是被餡餅砸中一般。

「小青姊，這麼好的事情就叫咱們遇上了？」一個叫麥穗的姑娘問道。

「怎麼？妳不敢賺這銀子？妳看看人家掌櫃的，跟妳差不多大的年紀，這麼大的鋪子都開起來了，妳就不想有了銀子後日子過得更好一些？」孫小青反問。

麥穗想想家裡四處漏風的屋子，還有病得整日都蜷縮在床上沒錢買藥的娘，咬了咬牙。「怎麼不敢？咱們又不偷不搶，憑自己本事賺的錢，這一個月二兩銀子我賺定了！」

送走孫小青一眾人，四娘剛想去後院再躺會兒，何家大門再次被敲響。

鶯歌打開門，見到門外站著兩個四、五十歲的婦人，雖沒穿多華貴的衣服，但那身姿儀態，鶯歌愣是想起自己剛進府時調教規矩的嬤嬤，同樣的一絲亂髮也無的髮髻、挺得筆直的腰背、走動時一絲波動都沒有的裙襬。

「請問二位有何事？」鶯歌極是客氣。

「敢問此處是不是何宅？」年輕一些的婦人問道。

「正是，不知您找哪位？」

「四娘可在？告訴她，我是楊城故人，我姓涂。」來人是涂婆婆。

四娘和王氏見到涂婆婆都是驚喜異常，四娘到了夷陵後一直忙忙碌碌的，雖涂婆婆告知了她在夷陵城外的住址，但四娘還沒來得及去過。

過完年，涂婆婆先是去李府打聽了一番，得知何家眾人已經搬出來了，這才詢問著找到了何家。

「夷陵城門一別，妹妹和四娘可好？」涂婆婆問道。

「涂姊姊，都好，我們這才搬來兩天呢！我聽說妳住在五龍口那裡，妳可習慣？」王氏見到涂婆婆也是極高興。

「挺好的，這位是我舊時在京城的一位姊姊，姓榮，因大我兩歲，先我幾年出府，我如今便是投奔了她。」涂婆婆介紹同她一起來的這位婦人。

榮婆婆長得一張圓圓的面孔，雖也是不苟言笑，但眼角眉梢柔和許多。

榮婆婆對王氏和四娘點頭示意，端起鶯歌遞過來的茶細品。

「上次在路上四娘救了我老婆子的命，我還沒有報答，心中一直惦記著。如今你們也算安家了，可有需要我幫忙的地方？」涂婆婆問道。

「涂婆婆不必如此在意，四娘只是那一刻有機會能拉住您便沒考慮這麼多，救了便救了，您又是長輩，何必這樣客氣？若是婆婆心裡實在是過意不去，我如今倒是真有一樁事要婆婆幫我。」

「喔？何事說來聽聽。」

「我記得婆婆以前說過是在京城大戶人家做事，想來定是極富貴的人家吧？」四娘小心翼翼地問。

涂婆婆和榮婆婆對視了一眼。「算是吧。」

四娘便把要開個鋪子的事情講了一遍，如今做工的姑娘已經找好，只是培訓她們這件事四娘自己還有些舉棋不定。若是按照前世現代那種服務標準，四娘不知道這裡的夫人們是否能夠接受。既然涂婆婆在京城的大戶人家做過這麼久，定是知道那些大戶人家的規矩，想來幫她培訓幾個姑娘的規矩不是什麼難事。

「婆婆可有時間幫我教教這些女孩們規矩？四娘想著您在京城待過這麼久，定是比我有見識的。」

榮婆婆噗哧一聲笑了出來。「四娘可真會找人！我這妹妹沒出府時候規矩極好，府裡那些新來的小丫頭們可都是歸她管的，這下可算是找對人了！」

涂婆婆白了榮婆婆一眼。「只是如此嗎？四娘就沒別的想要的？」

四娘笑著說：「真的沒有了！四娘如今過得很好，有自己想要做的事情，爹娘又善待我，讓我放手去做，我再沒有什麼想要的了。」

王氏也在一旁勸道：「涂姊姊怎麼這樣客氣？咱們算是在楊城一起逃命出來的情分，妳不必掛懷。四娘最近為了鋪子裡的事情忙得不行，我也幫不了她太多，涂姊姊若是有心，便幫幫她如何？」

榮婆婆撫掌大笑。「好好好！怪不得我這妹妹對你們一家如此上心，今日我來到這裡總算知道原因了！何家弟妹慈母之心，小四娘又一片赤誠。只是這樣就讓我涂妹妹把欠你們的恩情還了未免太便宜她了！妳們可知道我這涂妹妹真正的身分？」

三十年前，因要湊錢給哥哥買人蔘續命，閨名叫涂靜的女孩兒被爹娘賣給了當時路過的一家官宦人家。

當時涂家人只知道是京城出來遊玩的官宦人家，加上涂靜簽的是死契，家人已經絕了她還能歸家的心，是以，所有人都不知道當年那戶離京遊歷的人家，主子正是當初的明王，如今的聖上。

後來，在京城入了明王府，從剛開始灑掃的小丫頭，後來到大丫鬟，再後來，明王登基，涂靜做了女官。

起先只是個小小的司禮女官，有次隨駕狩獵，陰差陽錯救了太后，便跟在太后身邊，這一跟就是十年。十年的時間，她一步步做到正四品女官，成為太后身邊的第一人。宮內人人都知，太后身邊有個涂嬤嬤，禮儀極好，不苟言笑，最是嚴肅。

再後來，涂靜年紀已大，思鄉之情漸深，稟了太后。太后許她出宮榮養，因救駕有功，依舊帶著正四品的官身。

歲月如同一罈老酒，歷久彌新。榮婆子的講述中，那漫長的三十年被寥寥幾句輕描淡寫帶過，四娘卻聽出了許多的心酸與無奈。宮裡啊，那可是個吃人不吐骨頭的地方……

王氏喃喃出聲。「怪不得……怪不得上次妳給四娘的傷藥，那瓶底刻著一個『內』字，原來是宮裡出來的藥。」

涂婆婆端起茶，啜了一口。「當時我一人回到楊城，本是想尋一尋家人的消息，沒想到家人都已故去。我後來就想，在故鄉養老也不錯，反正我這一輩子沒有成婚，無兒無女的，沒有牽掛。後來，楊城爆發瘟疫，我逃難來投奔我榮姊姊，路上又遇到四娘救我。四娘的本性我在楊城時便了解，因緣際會，看來是天定的。」涂婆婆坐直了身子望向四娘。「好孩子，我孑然一身，原以為會孤獨終老，但如今，我卻起了舐犢之情，妳可願認我做乾娘？從此以後，妳也是有娘家的人了。」

四娘還沒從涂婆婆是四品女官的震驚裡緩過神來，又被涂婆婆要認她做女兒的話給說愣了。

王氏也愣了一會兒，然後極快地推了一把四娘。「四娘，這可是好事呢！這孩子怎麼愣神了？」

有個做四品女官的乾娘，這乾娘還曾經是太后娘娘身邊的第一人，這事兒再沒有推辭的道理的。

四娘自是願意，有個這麼厲害的乾娘在身後撐著，這底氣更足了不是？

於是說定找個吉日，把這認乾親的禮做足。涂婆婆無兒無女，四娘認了乾娘定是以後要給涂婆婆養老送終的。

「妳那鋪子的事情不用擔心，若是裝修好了，給我留個房間，我便幫妳掌著些許雜事。我這把老骨頭，在宮中忙碌了一輩子，最近閒得都快要生鏽了。」涂婆婆認了女兒，自是要助女兒一臂之力的。

「哎喲，我的涂妹妹，這才認了女兒就上趕著去幫女兒的忙了？看來我這個姊姊那破莊子可是留不住妳了！」榮婆婆打趣。

「妳個老東西也莫想躲清閒！四娘，可知妳榮婆婆在宮中時是做什麼的？」涂婆婆賣了個關子，笑著問四娘。

四娘的腦子已經轉不動了，差點忘了榮婆婆這也是個宮裡出來的啊！

「妳榮婆婆在宮中時是司珍女官，專門負責後宮娘娘們的衣服、首飾還有妝品的。妳開這鋪子，若是有妳榮婆婆的一臂之力，還愁沒生意？」

老天爺！四娘覺得這是她來到古代後，這輩子開得最大的金手指了！自己剛要開個關於妝容服飾設計的鋪子，老天爺就送來了一個四品女官的乾娘，還捎帶個在宮裡管娘娘們衣服首飾的榮婆婆！這要是擱現代，那可是專家等級的，給多少錢都要請來的顧問啊！

四娘嚥了口口水，誠摯地對榮婆婆說：「婆婆，我知若是求您來我這鋪子是委屈您了，但四娘真是求賢若渴，若是婆婆願意來，我給您一成股份可好？」

榮婆婆都快要樂死了，這孩子真是有趣！「好孩子，快別提錢不錢的了，我整日裡閒著也是閒著，待在五龍口那小莊子裡，整日裡都是家長裡短的，都快忘了我在宮中時候是做什麼的了。等妳鋪子開業，我定和妳乾娘一起來幫妳！」榮婆婆年滿出宮之後回到家鄉，找到了家人，如今自己置了地。她弟弟家的小兒子過繼到了她膝下，是個極知禮孝順的孩子。如今那孩子在城中唸書，自己若是能來城中，也好就近照顧一二。「也別再給妳乾娘在鋪子裡闢個房間了，總歸不方便。我在城中有個小院子，離妳那鋪子不遠。這幾日我們就收拾收拾搬來住，正好吉日的認親禮就在那裡辦吧！」榮婆婆是個極爽利的脾氣，涂婆婆在宮中時幫過她不少，兩人早就義結金蘭。

晚上何旺歸家，王氏一臉喜氣地拉著何旺講了涂婆子的事情。

何旺捏著鬍子感嘆。「我就說，那涂姊姊不像是一般官宦人家的下人出身，那通身的氣派。不過，再也想不到竟是宮裡出來的。」

「就是！那天她給四娘那傷藥的瓶子，我就在心裡嘀咕了好幾天，沒想到，真是宮裡的！」

「四娘這孩子氣運旺，這一樁樁、一件件的，都順風順水。認了這乾娘，是她的福氣。」何旺道。

「要我說，是老天有眼。四娘這麼好的孩子，她要是沒福氣，那可真是沒天理了。當初在懸崖上，要不是她不顧自己的安危拉住了涂姊姊，也沒有今日的福報。當時多險啊，差一點就要被帶著一起掉下山崖了！」王氏如今想起來還是膽戰心驚。

「行啦，四娘再有福氣也是咱們何家的人，不管是當兒媳婦還是當女兒，妳這做娘的臉上也有光。我這忙了一天，餓得不行了，有吃的沒？」何旺打趣自己老妻。

「有，四娘晚上燉了蓮藕排骨湯，給你在火上熱著呢！這孩子知道你喜辣，還給你做了個水煮魚片，快去吃吧！」

五龍口榮宅內，榮婆婆與涂婆婆也在談論四娘。

「妳這乾女兒不錯，是個漂亮孩子，十歲多的年紀，那小臉長得多水靈，若是再等個幾年，還不知道怎麼招人眼呢！更難得的是心底清正，極有主意。可惜了，入了何家守了寡。」容婆婆嘆道。

涂婆婆慢條斯理地捏了瓣蜜橘送進口內。「怕什麼？先守上幾年，若是這孩子開了竅，真有了意中人，我便是拚了這四品女官不做，也要給我這女兒求個歸宿來。」

「哎喲喲，妳這脾氣，還是跟十幾年前一樣，護犢子！若是妳認定的人，妳就護得不管不顧的！也不知道妳這麼個種，怎麼就入了太后娘娘的眼了？」榮婆婆白了涂婆婆一眼。

怎麼入了太后的眼？自然是把太后想做卻不能親手做的事都幫她做好；只要太后一個眼神，便知道太后喜歡什麼、厭了什麼。

在宮內那幾十年，在沒有能力的時候，她親眼見過自己在乎的人如同一隻螻蟻般被品級高的人碾壓成泥，無能為力。後來有了能力，心也慢慢變硬了，能入得了自己眼的也沒幾個。如今，認了那孩子做女兒，當娘的，當然要為女兒著想。

三日後，是個極好的日子。

提前一日，榮婆婆便和涂婆婆搬去了夷陵城內的小院。院子不大，但極清靜，院內有一棵高大的瓊花樹，已經抽了新芽。

院內收拾一新，正堂內，涂婆婆端坐在上方，四娘盈盈下跪，磕頭敬茶。

涂婆婆喝過茶後，一旁的丫鬟豆兒便遞過來一個紅木箱子，箱子不大，上面刻著福壽延年的圖案。

涂婆婆把箱子遞給四娘。「這是為娘的給妳的見面禮，不值什麼。妳收著，算是妳的私房。」

四娘好奇地打量著箱子，箱子雖小，入手卻沈甸甸的，極壓手。

「想看便大大方方地看。」涂婆婆道。

四娘打開箱子，瞬間被晃花了眼。箱子裡，頭面首飾，珠光寶氣。四娘這輩子加上輩子都沒見過這樣的好東西，差點捧不住箱子。

「這是我在宮內時得的一些太后和後宮主子們的賞賜，我如今年紀大了，這些便給妳。妳以後是要做生意的，妝點門面的道理妳是懂的。妳越是打扮得富貴好看，那些大家的夫人、小姐便會更加信妳。」這些東西涂婆婆手裡不少，四娘這麼個好看的女孩，當娘的恨不能把好看的首飾都給她。

「多、多謝乾娘，女兒記住了。」四娘還能說什麼？只能乖乖應是。

千里之外的草原。月光下，草葉上都結了厚厚的霜。

一個穿著羊皮襖、看不出年紀的漢子，滿臉荒草一樣的鬍子，瞧不清是漢人還是突厥人，此時正騎著一匹馬。

白日裡奔行了一天，那馬已是強弩之末，嘶鳴著，馬腿一軟，倒地不起了。

馬上的漢子順勢一滾，止住了去勢。看了眼已經口吐白沫的馬，咬牙棄馬前行。

再堅持一日，再一日，便能回到大越境內了。身上的羊皮襖內，密密縫著一張突厥都城的地圖，那是這半年來，他偽裝成突厥人打探了許久得來的。若是能帶著這張地圖回到軍中，定能大破突厥，打得他們再也不敢來犯大越朝的邊境！

第七章

四娘近幾日整日幾乎都待在乾娘家，無他，涂婆婆和榮婆婆簡直就是兩本行走的教科書啊！

孫小青幾個姑娘跟家裡說好之後，便來四娘那裡簽了契約，契約裡說明，簽下此契約起，不得擅自把學到的東西隨意轉教給旁人，否則將會有天價的違約金。

四娘直接讓她們每日都來榮婆婆的小院報到學規矩。

四娘則跟著榮婆婆學了不少的東西。

之前四娘自己弄出來的蜜粉給榮婆婆看過之後，榮婆婆點了頭說不錯。然後直接大手一揮，給了四娘幾十張美白瘦身還有製作胭脂水粉的方子。

四娘捧著一遝方子，不知道是該哭還是該笑，這可是幫自己解決掉大問題了！原本自己都快把頭髮給扯禿了，天天都在腦子裡搜刮上輩子的回憶，企圖多找出一些有用的方子。

如今可好，省事了。不過她還是仔細和榮婆婆逐張方子的討論過後，再根據自己上輩子的經驗，看看是否還能再加以改進。

還有件事需要解決，妝容和美體這一塊沒什麼問題了，服飾那一塊四娘覺得還是得有個擅針線的繡娘坐鎮。

那些夫人、小姐們的衣服本就足夠華麗，但有些細節部分四娘會根據個人的形體和特點進行修改，店裡有個繡娘在會更方便。

叫榮婆婆來說，這都不算什麼，有銀子，什麼樣的繡娘請不著？叫四娘喊個經紀來，這年頭有需要就找經紀啊，那些經紀腦子裡都有一本帳，你需要什麼樣的人，他都能給你找來！

各色事情都捋順之後，基本上事情就有了大概的分工。

涂婆婆負責人員的管理調度，在涂婆婆這裡練好了規矩之後，榮婆婆便開始教她們一些化妝、按摩，還有盤各種髮髻的手法。

四娘則教一些妝容的畫法和搭配，教過之後便讓幾個姑娘在彼此的臉上練習，務必要熟悉不同臉型和場合最合適的妝容。

化妝刷也已經做好，最後挑選了羊毛做刷毛，找了個做毛筆的工坊，訂製了一批。

現在就剩下鋪子的名字了，鋪子內裝修好，招牌一掛便能開業了。

四娘想了許久，讓女子變得更美的地方，不如就叫「芳華閣」。

紅顏彈指老，剎那芳華留。

這兩句詩便做成木刻門對，豎在大門兩側。

一切事情準備好，已經到了二月初。

二月初八，諸事皆宜，芳華閣於今日開業。

提前兩天，四娘就派了帖子。李晴和邱氏幫了不少忙，幫四娘把芳華閣開業的消息在夷陵一眾夫人和小姐們的圈子裡傳開。

凡是開業當天持帖子到芳華閣來的，便可免費得到整體妝容設計一次，若是滿意，想成為芳華閣的長期客戶，便可以儲值消費。

店內提供髮型、妝容、服飾設計，若是想做美顏、美體的，就去二樓。

何思道在門外放了一掛長長的鞭炮，在噼哩啪啦的炮聲中，紅綢揭下，「芳華閣」三個蒼勁的大字顯露出來。

四娘今日穿了一身寶藍色絲綢長裙，上衣著嫩黃色鑲毛邊掐腰小襖，髮髻上一支珍珠釵熠熠生輝。一張明豔的小臉上滿是笑意，對著熙熙攘攘的人群揚聲道：「今日芳華閣開業，以後請大家多多關照！」

接到帖子的夫人、小姐們陸續都到了，孫小青幾人身著制式的淡青色工作裝，井然有序地帶著一眾人到鋪子裡參觀，有今日需要化妝的便可以立刻安排；四娘則在接待巡檢夫人一眾。

在邱氏和李晴身體力行的宣傳下，巡檢夫人趙夫人又是個愛湊熱鬧的，這樣的鋪子在整個大越朝還是第一家，怎麼也要來看看。

二樓貴賓廳中，隔間裡幾個碩大的、熱氣騰騰的浴盆內裝滿熱水，裡面泡了特製的花草藥浴，可緩解疲勞，活血化瘀。

趙夫人和邱氏各躺在一個浴盆內，頭仰靠在浴盆上，兩位侍女正手法輕柔地幫她們潔面、洗髮，做面部及頭部的按摩。

兩刻鐘後擦乾身上的水，換上寬大的浴袍，躺在按摩床上。先塗一層身體乳，芬芳的玫瑰精油的味道沁人心脾，接著臉上又被敷上了一層調製成膏狀的乳白色面膜。

做完一套全身的按摩，面膜也洗掉後，再在臉上輕輕拍上一層花露，接著塗面霜。然後便被安排到窗前擺著一張大大圓鏡的化妝桌前化妝，桌面上擺著各色妝品和刷子。

之前沒有襯手的工具時，四娘就能把李晴的妝容畫得驚豔無比，更何況如今有了化妝刷。

很快地，趙夫人睜開眼睛，便被鏡子裡的自己吸引了目光。

原本暗沈發黃的膚色變得白皙細緻，面部飽滿，眼角的細紋彷彿也淡了許多。四娘不知道怎麼擺弄的，她整個人都煥然一新了，眼角眉梢透露著端莊大氣，整個人簡直比之前年輕了十歲！加上之前泡的藥浴和按摩，平時總隱隱作痛的腰背和脖子也都舒服了許多。

「真是舒坦，我這一下子覺得渾身都輕鬆了！邱妹妹，妳這次可是帶我來了個好地方，我以後可要經常來！」趙夫人極是滿意。

「夫人覺得舒服就好，若是喜歡，以後每隔三、四天來一趟，做個身體護理。要是有什麼重要場合要參加，您也可以派人提前幾日來和我預約妝容設計，保准您滿意。」四娘在一旁笑咪咪地說。

「妳之前敷在我臉上的是什麼？洗掉之後，我覺得我的臉都變得緊緻細嫩了！都說人老珠黃，年紀到了，面色也發黃，我之前用什麼粉都遮不住呢。」趙夫人問。

「那是我芳華閣研製出來的面膜方子，功效分為美白緊緻、抗衰老、消炎去痘還有補水的。您若是覺得用著好，可以買幾罐回家，每晚睡前潔面過後調製好敷上，只需用清水即可，十分簡單。」面膜在現代可是女人們必備的護膚品之一，在這大越朝一出世便也很快地吸引了女人們的注意。

「把那美白的和抗衰老的都給我各拿十罐！我那大兒媳今日沒來，我得給她也帶幾份回去！」趙夫人大手筆，豪氣極了。本來巡檢家就她和大兒媳兩個女主子，女人嘛，哪有不愛美的？更何況是親眼瞧到了功效。

「趙夫人真是想著自己兒媳婦呢，我看跟對親閨女一樣，做您家媳婦真是有福氣！」四娘誇讚道。

趙夫人瞅了邱氏一眼。「那是！做我家兒媳婦好處可多了，不許納妾，男人們還要聽自己媳婦的話，我家的女人可比男人金貴呢！」話裡話外的意思都在向邱氏傳達：快把妳家女兒嫁到我家來吧！條件這麼豐厚，妳還不動心？

四娘掩嘴憋住笑聲。「夫人覺得今日妝容不錯，更大的原因是您在上妝前我給您用了一套護膚品。裡面有花露提製的潤膚露和滋潤肌膚、提亮膚色的面霜。不瞞您說，我這裡好些方子都是從宮裡流傳出來的，裡面加了很多珍貴的草藥，所以效果極好。您堅持用一個月，便能肉眼可見地看到效果。」

「那麼這套護膚的也給我來兩套吧，照樣是大兒媳和我各一套。」

「不同年齡的肌膚要用不同功效的護膚品，您的我建議您拿這套珍珠系列，至於您家大少奶奶，給她帶一套玫瑰系列的就可以了。」四娘極其細心地向邱氏講解。

「怎麼樣，趙姊姊今日可滿意吧？這鋪子我也有股份在裡面呢，妳若覺得好，不如辦張卡，以後沒事便來這裡泡泡澡，做個按摩，咱們也能多個說話放鬆的好地方。」

邱氏也是推銷的一把好手，幾句話就把趙夫人說得心動。

「必須辦一張！四娘去找在樓下等我的嬤嬤，我今日要買的東西還有辦的卡，都找她結帳去！」趙夫人豪氣極了。

一樓闢出一個靜室，給這些正在化妝的夫人、小姐們的侍女及嬤嬤等提供一個小坐的地方，免費提供茶水和點心。不要小看這些下人，大多是她們的貼身心腹，若是她們待著也舒服，多多少少會在自家主子面前說一說芳華閣的好。

四娘找到趙夫人的嬤嬤，把今日趙夫人要買的東西單子拿給她看了看，算下來林林總總快五百兩銀子。那嬤嬤見怪不怪，眼都不眨地就拿出一張銀票遞給四娘。

四娘包好東西遞給嬤嬤後，又拿出一套護膚品的試用品。「這個是給嬤嬤的，今日趙夫人消費了不少，我們店消費滿五百兩便能贈送這樣小套的樣品，是和我們店內正品一樣的東西，我專門給嬤嬤拿了適合您用的。」

那嬤嬤很是滿意的樣子，對著四娘露出一個和善的笑。「掌櫃的會做生意，看來我家夫人對妳家鋪子很滿意。祝掌櫃的生意興隆！」

忙了一天，直到華燈初上，芳華閣的人潮才漸漸散去。今日一天，一眾人都只在中午留了半個時辰吃飯，所有人都累得直不起腰來。

涂婆婆坐在櫃檯後，算盤打得飛起，又核對了一遍帳目。

今日一天的進帳，足有三千多兩！

四娘一臉驚呆的表情，她還是小看了古代這些女人的消費能力。不過這些進帳有一半是像趙夫人這樣，辦的是儲值消費，為了保證服務的質量，四娘讓孫小青在登記的時候就先告知了，若是需要這種整體的、耗費時間比較長的全身護理項目，需要提前預約，免得店裡忙不開，客人來了還要等。

王氏趕來給眾人送飯，一碗熱騰騰的蓮藕排骨湯下肚，四娘才覺得活了過來。

眾人開始盤點今天鋪子裡的存貨，銷最多的就是面膜和護膚套裝。照今日這個架勢，回去後還要趕緊做一批出來才行。不過預計也只有剛開業的這一個月會熱賣一些，後面的日子要等客人一套用完才會再來回購。

做完最後的收尾工作，四娘給孫小青幾人開了個簡短的總結會，先是給予了肯定和表揚，然後有一些不足的地方也做了調整。

幾個女孩雖然累，但一整天下來，看著自己所學的東西運用到客人身上後，客人們滿意的樣子，她們心裡也得到了極大的滿足。

芳華閣開業第一日，圓滿結束。

忙完開業的事情，接下來還要給李晴制定瘦身方案。

四娘寫了滿滿幾頁紙的食譜，揀了一個不太忙的午飯時間往李府親自給李晴送過去，讓李晴把食譜交給她院子裡的小廚房，一日三餐按照這個標準做。

肉食多是一些牛肉、雞胸肉等，甜品則用水果和乳酪代替。

再配合三天一次到芳華閣的藥浴和穴位按摩，相信一、兩個月便能有明顯的成效。

李晴好不容易找到個單獨和四娘說話的機會，緊拉著四娘不放。

「四娘，妳知不知道我大嫂的人選大致定下來了？我哥最近幾日走路都帶風呢！我爹說，我哥這是毛頭小子想媳婦了！」

「喔？是哪家的小姐？李昭大哥肯定很高興吧？」四娘隨口一問。

「是我外祖父家的二表姊，長得可好看了，又知書達理，還是個才女呢！」李晴興致勃勃地說。

四娘微微皺眉，表兄妹什麼的，近親結婚這事，四娘還是有些接受無能。不過李家的長子以後要繼承李府這些偌大的生意鋪子，當家主母是很重要的。邱家本來就是邱氏的娘家，邱小姐與李昭的親事若是能成，也算是兩家樂見的。

「我與玉表姊說好了，等她有空，帶她去妳鋪子裡瞧一瞧，妳那些東西，她必定喜歡。」

「好好好，妳帶來的人我保證好好接待。只是，妳大哥的親事眼看有眉目了，妳呢？我看邱嬸娘帶著趙夫人來芳華閣，趙夫人話裡話外都是瞧上妳了，想讓妳去她家做她的小兒媳婦呢！」四娘帶著促狹的笑問李晴。

李晴的臉驀地紅了。「好呀，妳敢來打趣我！誰要那趙潤寶？傻小子一個，一點都不懂得憐香惜玉！」

四娘眨眨眼，看來這兩人之間有故事啊！

李晴將事情娓娓道來——

詩會過後，趙夫人對李晴的無比上心讓邱氏也有些那個意思，夷陵巡檢是正五品，家風極好，且趙家男子不納妾，這些都是加分項。

更何況，趙夫人家是找小兒媳婦，不需要支撐門庭，每天憨吃憨玩，伺候好夫君就行，這樣的日子正適合李晴。

於是後面幾次趙夫人出門總愛喊上邱氏和李晴，叫趙潤寶隨馬車看顧女眷，想的是讓年輕人多多見面了解，說不定就能看對了眼。

那日去天啟寺上香，因前一日剛下過雨，路面濕滑，趙夫人和邱氏叫了轎子。李晴好久沒出門，悶得慌，想要下來走走，趙夫人便讓趙潤寶照看好李晴，在她後面慢慢走，莫要讓李晴摔了跤。

李晴走在半道上，突然跳出一隻青蛙，她差點一腳踩上去。

趙潤寶一把將李晴扯了個趔趄。「妳莫要踩到那隻青蛙，牠愛吃蟲子呢，是個好的。」

李晴當場氣得鼻子都要歪了！「一隻青蛙比我重要嗎？你這一拉，萬一把我摔了，我看你怎麼跟我娘交代！」

「這……妳這不是沒摔嗎？再說了，我從小跟著我爹和我哥練武，肯定能拉住妳的，放心吧！」趙潤寶一臉迷惑，不明白李晴為什麼這麼生氣？她原本粉嫩得似桃子一樣的臉紅撲撲的，兩隻圓圓的眼睛瞪得更圓了，跟地上那隻莫名逃過一劫的青蛙有得一拚。

「趙潤寶！你真是塊木頭！」李晴氣得也不走路了，揮手叫了後面的轎子，上山去了。

趙潤寶撓撓頭，自己這是哪裡惹到她了？娘知道了會不會又要罵人啊？娘一生氣就會跟爹告狀，到時爹又要罰自己站樁了！唉，女人真麻煩！不過這個李家妹妹生起氣來還怪好玩的……

四娘聽李晴講了原委後，笑得捂住肚子。這是大小姐一直被身邊的人捧習慣了，趙潤寶又沒有姊姊、妹妹之類的，不懂得女孩子的心思而已。叫四娘說，這樣的純情小男生才有趣呢！

不過每個人有每個人的喜好，若是李晴和趙潤寶死活沒感覺，照邱氏這麼寵李晴的架勢，也不會強逼著她嫁過去，自己不需為她操心。

時辰不早，四娘告別李晴後，急匆匆地往芳華閣趕。今日下午還約了幾位夫人的身體護理和妝容，估計又要忙到晚上了。還好孫小青幾人學得頗紮實，又有乾娘和榮婆婆坐鎮，以後她們熟練了，自己便能多歇一歇。

晚上四娘到家之後，揉著痠疼的手腕，筷子都要拿不穩了。

王氏心疼地給四娘挾了一筷子菜放到她面前的碗裡。「多吃一些。怎麼累成這樣？妳正長身體呢，虧了身子就不好了。」

「沒事的娘，只是猛地一天忙到晚還不適應，再過幾日便不會手腕疼了。乾娘在鋪子裡每日都用小爐子給我燉補品呢，榮婆婆那裡有許多適合我的滋補方子，每日逼著我喝。」四娘安撫王氏，又突然想起一件事情，便對何旺說道：「爹，咱家買的山地今年種些什麼您可有安排？」

何旺吃了口酸辣蓮藕條，放下筷子。之前被四娘養刁了嘴，王氏做的菜雖也好吃，但總覺得哪裡不夠味。「那些山地不夠肥沃，佃戶說往年春天一般都種些小麥。怎麼，四娘可是有什麼打算？」

「爹，鋪子開業這幾日，我和榮婆婆研製的那些護膚品賣得極好，裡面要用許多花瓣提製花露，我想著，咱們從外面買也是買，若是自家能種，豈不更省事？」四娘還想著試試和榮婆婆一起做一批香膏出來，若是做出來一定不愁賣，又能豐富產品。

「這倒是可行，夷陵的氣候也適合種這些花苗。待明日我尋人問問這些花苗哪裡能買，妳都要些什麼花材告訴我，我看著那些旱地都能種。」何旺思考了會兒，也覺得不錯，種出來不愁銷路，四娘的鋪子生意這麼好，需要的花材極多，便一口答應。

飯後四娘列了一張單子，都是些顏色鮮豔和味道極香的，譬如：玫瑰、茉莉、梔子、鳳仙花等，一些做香露、香膏，一些可以做胭脂。

四娘打算芳華閣除了現有的一些東西，以後準備兩個月推一次新產品，例如胭脂系列，還有香膏系列，這樣豐富產品種類，才能一直吸引客人。

深夜，京城外，一陣馬蹄聲打破了黑暗的靜謐。

來人亮了一面腰牌，城門急匆匆打開又合上，達達的馬蹄聲很快消失在城中。

明王府，書房內，燈如豆。

明王歐陽禮看著下首跪著的人——一身舊得看不出顏色的衣服，衣服下的一身肌肉若隱若現，稜角分明的五官，面上的鬍子遮蓋住了半張臉，低著頭看不出表情。

一旁站著的睿侯出聲道：「王爺，此人乃是我帳下的百戶，之前因追擊突厥王子墜下山崖，沒有搜到屍骨，已經報了陣亡。誰知他並沒有死，還想法子扮作突厥人，潛入了突厥都城，帶了地圖回來。臣下一得到消息，不敢怠慢，立刻便帶他來見王爺。」

跪著的人正是何思遠。他當時抱著突厥王子跳了崖，醒來時在崖底山谷，身上多處受傷，不遠處是突厥王子摔得支離破碎的屍體。

何思遠掙扎著挪到突厥王子的身邊，再次檢查了一遍，確定他身死無疑。取走他身上能證明身分的牌子，然後咬著牙自己拿衣服和樹枝固定好傷口和腿上的傷。大約是骨折了，左腿不能著地，鑽心的疼。

用了一日的時間，慢慢走出山谷，尋了一家農戶，隱瞞身分借住下來。初時不會說突厥話，他只能裝作自己是啞巴，從突厥王子身上搜出來的金戒指給了那農戶一枚，農戶家便日日給他熬藥治傷。

一個月時間，何思遠一邊等傷好，一邊偷偷地學突厥話。待傷好得差不多時，簡單的突厥話也已經大概能聽懂了。辭別了那農家，他便裝成突厥人，去尋突厥都城。

幾個月時間，跟著商隊幹過苦力，在突厥的城池裡打過雜。由於他一口熟練的突厥話，還有那深邃的五官、高大結實的肌肉，以及滿臉的鬍子，並沒有人懷疑過他不是突厥人。

終於尋到突厥都城後，他用了五天時間摸遍了都城內外的路線，刻在羊皮上。然後用身上剩下的所有銀錢，前後買了兩匹馬和乾糧，不分晝夜地快馬趕回大越朝。

他失蹤這麼久，不知道家裡有沒有接到消息？爹娘若是知道了該有多心急！但懷裡揣著這一份地圖，他必須要先回京城，把地圖交給睿侯。

歐陽禮仔細地看過睿侯遞來的地圖，如若此圖準確，大越朝定能一舉打下突厥，一仗過後，大越朝邊境可得三十年安穩！

「何百戶快快請起！帶回此圖，你立了大功一件！待我明日一早回稟父皇，到時論功行賞。何百戶年輕有為，真是我大越朝的良將！」

何思遠磕了個頭。「殿下謬讚，臣乃是大越朝人，便是死也要死在大越朝境內，是以日夜兼程地送回此圖。突厥傷我許多戰場同袍，臣只想為那些兄弟報仇，讓我朝邊境安穩！」

「好好好！你先跟睿侯回去休息，好好養一養身子，明日我派個太醫幫你瞧瞧舊傷。」

何思遠跟著睿侯向明王告退。

路上，何思遠悄悄問了問睿侯。「我聽說朝廷給我家裡報了戰亡，家中父母不知該有多傷心。如今我已歸來，待地圖呈給皇上，此事告一段落後，臣想告假一段時日，回家報個平安。」

睿侯盯著何思遠瞧了一會兒，面上十分不忍。「思遠……我記得你家鄉乃是楊城？」

「是，楊城是我家鄉，有條渭河極美，此時渭河邊的垂柳也該發芽了。」似是回憶起了家鄉的景象，那密密鬍鬚下的凌厲面容此時有些柔軟。

夜風很涼，睿侯的聲音似乎有些不真切地響起。

「楊城……幾個月前發了瘟疫，朝廷發旨封城了。」

何思遠愣怔了一瞬，夜太黑了，連續幾日沒有合過眼的身體有些疲憊，手中拉著的馬韁繩似乎也有些沈，手有些顫抖。「那……總也要回去看看。我娘說不定還在等我呢，我弟弟翻了年才十一歲，我爹他……」聲音越來越小、越來越顫抖。胸口一疼，一口鮮血便要噴出，何思遠咬緊了牙關，把黏稠的鮮血嚥下。

睿侯似是有些不忍。「思遠，莫要太傷心，待此事了結，我許你十天假，你回家看看吧！或許你家人命大，能逃過一劫……」話雖這麼說，但睿侯知道，楊城在下令封城的那一刻起，便成一座死城了。若是能逃出去，興許還能活命。如今距封城已經幾個月過去，瘟疫已控制下來，但控制的前提是，得了瘟疫的人都死得差不多了。

黑夜似乎有些扭曲，睿侯的聲音漸漸聽不到了，何思遠眼前一黑，終是從馬上摔了下來……

何思遠似乎作了個很長的夢。

楊城的春天極美，街頭巷尾的石板縫裡都長出野花。家家門前屋後都栽著果樹，春風一吹，所有的樹都開出了花兒。

何思遠就走在回家的那條巷子裡，隨風飄來的是杏花兒的味道，帶著些甜膩的氣息。

看到家門口了，從院子裡傳來娘的笑罵聲，爹帶著寵溺的訓斥聲，還有弟弟的討饒聲。

突然，王氏像是想起了什麼。「大兒快回來了，我得把麵擀好！雞湯都燉了一個上午了，骨頭都快酥了。思道你可別再調皮了，回頭讓你大哥收拾你！」

何思道的聲音還軟軟的，帶著不諳世事的天真。「大哥會幫我的，我看到六猴兒都摘了一大堆桐花了，大哥武功最厲害，他一定能幫我把那棵最大的桐樹上的桐花兒都摘下來！」桐花粉紫色，甜甜的香味，一朵一朵開得簇擁著，掐一朵放到嘴巴上，輕輕一吸，便有花蜜吸入嘴巴裡。春天桐花全開的時候，何思道總要央求大哥幫他摘很多很多，拿去跟夥伴炫耀。

爹依舊是笑呵呵的，老好人似的。「夫人快去擀麵，記得把雞湯上的油撇一撇。思道你今日大字習了幾張？不是還要寫給你大哥看嗎？」

到家了，是自己生長了十幾年的家。那扇朱紅色的門就那麼掩著，黃銅門環已經被磨得掉了色。

何思遠突然間不敢推開那扇門，他貪婪地呼吸著——雞湯的味道、娘身上香香的味道、弟弟滿頭汗臭的味道、家的味道……

何思遠是被太醫叫醒的，傷心過度，血不歸經，吐了一口血反而是好事。又瞧了之前的舊傷，身上的已經長好，只留了猙獰的疤。腿上的骨折也已經癒合，虧得當時沒有接歪，否則可就要瘸一輩子了。

開了兩天的藥，太醫捻著鬍子說：「還是年輕啊，恢復得快，沒什麼大礙，就是之前累狠了，好好睡上幾日便能恢復。」

送走太醫，睿侯派人來告知何思遠，好好整理一下，下午要進宮面聖。

許久沒有舒服地泡個熱水澡了，幾年前剛進軍中，吃了從沒吃過的苦，整日裡操練，摸爬滾打，一身骨頭都是硬邦邦的。

後來上了戰場，第一次殺人的時候血濺到面上，眼睛都是紅的。他沒有膽怯，只是不停地揮舞著手裡的刀。戰場上，只有活下來才能有力氣害怕。

慢慢地，升了小旗，升了百戶。給家裡寄信的時候，想像著爹娘高興的樣子，便覺得自己越來越有幹勁了。可如今、如今……

何思遠強迫自己不再去想，站起身，長腿跨出浴桶，對著鏡子一下一下地刮去面上的鬍子。

鏡子裡，一張年輕的面龐顯露出來。他五官極是深邃，稜角分明，一雙濃黑的眉毛上揚入鬢。何思遠扯了扯嘴角，嘗試露出一個笑。這麼多年的軍中生活，已經很少有人在他臉上看出多餘的表情。

娘之前總會唸他，該多笑一笑，冷著臉以後怎麼找媳婦？都把姑娘嚇跑了！往後可還能再聽到這些唸叨……

午後入宮面聖，何思遠換了嶄新的長袍。

睿侯看到後也不由得讚嘆一聲，當年那個剛入伍的毛頭小夥子，如今彷彿是一把開刃的寶劍，寒光四射。

突厥的都城地圖對大越朝極是重要，明王一早入宮面見皇上，交付了此圖，並著重講了何思遠的經歷。

皇帝對何思遠很感興趣，要當面嘉獎。

御前太監聲音尖細地宣道：「百戶何思遠聽旨！爾殺突厥王子有功，又潛入突厥內部，取得都城地圖，乃是大功一件，擢升何思遠從四品定遠將軍之職。望卿保家衛國，不負皇恩。」

叩頭接旨退下，何思遠對這將軍之位並沒有太大的感觸，他只想趕緊回到楊城，去看一看爹娘可還安好？

夷陵，芳華閣。

忙完了一上午的事情，吃過午飯，四娘便被涂婆婆叫了去。

四娘捏著鼻子，把一碗黑漆漆的藥湯灌進口中，鶯歌及時遞上一杯清茶。

「瞅妳那難受的樣子，這補藥是妳榮婆婆專門給妳配置的。妳兒時虧了身子，雖後來到何家後沒再挨過餓，但總歸是根基沒打好。今年都虛歲十二了，趁早把身體調理好，否則以後來了癸水有妳難受的。」涂婆婆在一旁碎碎唸叨。

四娘無力回話，初時在楊城跟涂婆婆做鄰居的時候，只覺得涂婆婆是個嚴肅話少的人。如今認了乾娘，才知道私下裡乾娘是個很愛對著她碎碎唸的人，涂婆婆一腔母愛恨不能全給了她！

榮婆婆私下跟四娘悄悄說過，乾娘年輕時在宮裡有喜歡過的人，甚至都說好年滿二十五歲出宮後便要成婚。後來，上天捉弄，那人死了，死在宮廷內鬥、權力傾軋之中。那個叫涂靜的年輕女官，從此以後眼裡再沒有了笑和暖。宮裡那個怪獸一般的地方，只有更狠、更強，才能活得有尊嚴。

若是當年那人還活著，乾娘如今一定活得很幸福吧？愛人在身邊，一、兩個孩子承歡膝下，平靜又踏實地過著該過的世俗生活。

「乾娘，我這不是乖乖喝了嗎？妳和榮婆婆哪次給我燉的補藥我沒喝完過？女兒這麼乖，妳就別再數落我啦！」四娘做出小女兒的情態逗涂婆婆開心。

「這個榮姊姊也是，做什麼把這湯藥熬得這麼苦？瞅妳每次喝都跟喝毒藥似的！」涂婆婆嘮叨完便又心疼起來了。

「哎喲，我說涂妹妹妳可別不識好人心啊！我這都是為了誰？又是誰天天跟我唸叨著找最溫和的方子、藥效最好的藥材？最近四娘太忙，有些上火，藥裡我加了些清火的藥材，所以才有些苦。」榮婆婆白了涂婆婆一眼。「就妳心疼妳閨女，我就是惡人啊？妳再往我身上賴，我下次再多加二兩黃連！」

四娘趕緊拉住榮婆婆。「婆婆妳可饒了我，四娘沒惹妳不高興啊！妳和乾娘聊著，這會兒沒事，我給妳們做點妳們愛吃的米花糖去！」留這老姊妹倆自己逗嘴，四娘逃也似地去了後面。

鶯歌瞅瞅情況不對，早就躲去了廊下。涂婆婆和榮婆婆哪一位她都惹不起，光是看著就覺得叫人害怕，總想起剛進李府時被教導嬤嬤打手板的日子。

四娘叫來鶯歌，讓她去找些乾淨的河沙，順便從糧店買些上好的大米回來。

鋪子後面有個小倒座，原本是之前的鋪子主人放雜物的。開了芳華閣之後，四娘把這倒座收拾出來，做了間小廚房。平日如果太忙還能做點吃的，開個小灶。地方雖小，東西卻齊全。

剛把一口大鐵鍋洗乾淨，便聽到李晴風風火火的聲音傳來。

「四娘，妳又躲起來做什麼好吃的呢？」

「妳真是長了一張有吃福的嘴，每次做吃的都能讓妳趕上，妳莫不是聞著味兒來的？」四娘也是無奈。

葡萄跟在後面，好奇地看著這口鐵鍋，炒菜也用不到這麼大的鍋啊！

「姊姊最近有沒有按照我給的食譜吃？怎麼樣，沒有私下讓葡萄給妳偷偷藏那些甜食吧？」四娘關心一下李晴的瘦身進程。

「妳給的食譜我讓廚娘照著做了，還都挺好吃的，我倒是吃得慣。就是以前吃那些零嘴習慣了，時不時都要饞一下，但我這次可是管住了嘴，沒有偷吃。妳看，我的腰身是不是細了一點？」李晴能察覺到最近幾日衣服的腰身那裡空間有些大了，覺得自己瘦下來指日可待。

四娘仔細打量了下，又隔著衣服用手指捏了捏李晴腰上的肉，彷彿是比之前鬆了些，看來穴位按摩配合飲食減肥是有效的。「姊姊今日找我是有什麼事情？妳明日就又要來藥浴按摩了，怎麼還特地多跑這一趟？」

「我上次跟妳說的我那未來大嫂，就是我外祖父家的玉表姊，妳可還記得？」

四娘表示記得，通判家的嫡次孫女嘛，以後李府未來的當家主母。

「明日她也要一起來芳華閣，想請妳親自給她上妝來著，還有衣服搭配也要妳費心，明日下午她有個極重要的詩會呢！我知道妳這裡要提前預約，這不是事出突然，玉表姊託了我，我便前來求求妳啦！好妹妹，幫幫忙吧？」

芳華閣開業快半個月，生意一直極好。

所有來芳華閣的客人基本上都知道來做妝容設計的話是要提前預約的，特別是要求四娘親自做的，更是必須要提前約。

不過這也沒什麼，邱氏畢竟也是這鋪子裡的股東，給她未來兒媳婦開個後門也不是不行。「這事我可以幫妳，但妳讓妳表姊可不要到處說去，否則我那些客人是要埋怨我的。」四娘交代道。

「好妹妹，放心吧，我一定交代我表姊！」李晴一口答應。又問四娘這是準備做什麼？直接讓葡萄搬了一把椅子，坐在門口觀看起來。

正好鶯歌把大米和河沙帶了回來，四娘招呼鶯歌燒火，自己先把河沙仔細地清洗幾遍。

洗淨過濾乾淨水分，鐵鍋燒熱，把河沙倒進去來回翻炒，使河沙受熱均勻。

葡萄驀地瞪大眼睛，怎麼還炒起沙子來了？她悄悄走到鶯歌面前詢問。

鶯歌捂嘴笑。「我家姑娘這麼做肯定是有她這麼做的用意，又是一種妳沒聽過的新吃食呢，妳就等著瞧吧！」

鍋內的河沙受熱後開始冒白煙，往裡倒一些素油，翻幾遍。然後倒入大米，在滾燙的河沙熱力的作用下，小顆的潔白大米瞬間膨脹成白胖圓潤的米花。

鶯歌和葡萄皆驚奇地叫出聲。「哇……快看，變胖了唉！」

李晴也伸長了脖子去瞧，就見暗黑色的河沙裡開出一朵朵白色的小花來。

四娘一邊讓鶯歌熄了火，一邊快速地用漏勺把米花撈出來，再炒下去米花就會變黑發苦了。

米花放進籃子裡晾涼，接著找一口小鍋開始熬糖漿。

白砂糖倒進鐵鍋不停攪拌，很快地砂糖融化成糖漿，咕嘟咕嘟開始冒泡。

糖漿趁熱澆在米花上，攪拌均勻，再把攪拌好的平鋪在檯面上，上面撒了葡萄乾，摁壓平坦，拿刀切成小塊，裝進盤子裡。

李晴早就被甜甜的味道饞得口水直流，鶯歌和葡萄也用渴望的眼神瞅著一塊塊散發著香甜氣息的米花糖。

四娘瞧著幾人跟饞貓似的神情，好笑道：「姊姊正在減重，這米花糖的糖分太大，不能多吃。今日就許妳吃三塊，若是姊姊不聽話，以後別想再吃到我做的任何吃食。」

李晴只能連連點頭。「我知道了，快給我嚐嚐！」一口米花糖入口，酥脆的米花和已經變硬的糖漿在嘴巴裡交匯出甜蜜的氣息。米花醇香，糖漿帶著些許的焦糖味道，點綴的葡萄乾又散發出另一種香氣。李晴幸福地眯起眼睛，太好吃啦！

四娘另裝了兩盤給鶯歌。「一盤給乾娘和榮婆婆送去，記得配上一壺大紅袍。不許兩人多吃，就說我說的，甜食吃多了會得病。另一盤妳倆分了吧！葡萄，妳家小姐若是搶妳的米花糖，只管告訴我！」她又裝了滿滿一盒子，打算晚些時候讓鶯歌給何思道送去學堂，讓他給老師、同窗們分一分，畢竟在李府的家學，何思道一個外姓人，有必要跟他們打好關係。

涂婆婆捏起一塊米花糖放進口中，嚐了嚐味道後，點點頭說：「我這閨女真是手巧，做出的吃食極美味。榮姊姊快嚐嚐，咱們在宮裡時也沒吃過這樣的，多巧的心思啊！」

「妳閨女哪裡都好，妳真是有了閨女眼裡就沒別人了！不過四娘是可人疼，這麼能幹又好看的女孩兒哪裡找去！哎喲，這米花糖太好吃了！怎麼就給了這一小盤？都不夠我倆老婆子塞牙縫的！」榮婆婆一邊吃、一邊瞅著盤子裡的十來塊嫌少。

鶯歌在一旁硬著頭皮回答道：「姑娘說，今天兩位婆婆只能吃這一小盤，糖分太高了，吃多了對您身體不好。還讓您兩位配著大紅袍，解解膩。」

「看看，我這女兒多貼心！不能怪我偏疼她，貼心極了是不是？」涂婆婆驕傲得宛如一隻護崽兒的母雞。

榮婆婆氣得直笑起來。「好好好，誰讓我沒閨女呢！說來我那兒子也不差，學堂裡先生都在誇，今年就要下場考秀才了，咱們都等著以後享兒女的福吧！」

第二日一早，四娘便趕到芳華閣。上午多加了李晴表姊的一個妝容設計，她必須要加快速度，把時間擠出來。

李晴帶著邱如玉趕到的時候，四娘正好給上一個客人化好妝。讓孫小青帶著客人去試繡娘改好的衣服，四娘過去跟李晴兩人打招呼。

「晴姊姊，想來這位便是妳口中常提起的玉表姊了吧？邱小姐好。」

邱如玉一張容長臉，膚色有些泛黃，細條條的身材。聽李晴說她是才女，一般才女都是極清高的，是以四娘一眼便能瞧出邱如玉臉上淡淡的、帶著抹客氣疏離的笑。

「麻煩妹妹了，我下午有個極重要的詩會。晴妹妹極力推薦我來芳華閣，沒想到掌櫃的這麼年輕，竟然比我還小。」邱如玉一見到四娘便暗暗打量了一遍。

小小年紀，看起來挺漂亮的一個姑娘。邱如玉在夷陵一眾姊妹的圈子裡聽說過新開的芳華閣，一直以為是個普通的賣胭脂水粉的鋪子罷了，今日一瞧，倒是有些意思。

四娘請邱如玉坐下，讓李晴放心地去二樓泡藥浴，這裡有她呢。

「敢問邱小姐，想要個什麼樣的妝容？」四娘想先了解一下情況，再設計適合的妝容。

「是去參加詩會的，今日會上要以花作詩，我想著便素淨一些吧，莫要奪了花的顏色。」邱如玉回答道。

四娘心裡知道，邱如玉這是要讓自己往清新脫俗上打扮了。也是，說起才女，四娘第一個想到的便是林黛玉林妹妹般的妝容。

心裡有了打算，便讓侍女端來熱水，先給邱如玉淨面上底妝。

邱如玉有些太瘦了，是以面色有些發黃。粉底打得稍厚些，然後用不加珠光的蜜粉定妝。眉毛稍微修了一下，用青黑色眉黛描得細細彎彎的。眼睛這裡不要打眼影，只畫了拉長稍微下垂的眼線，顯得眼睛楚楚可憐。嘴巴有些稍大，唇周打上粉底，遮蓋一下再上口脂，顯得櫻唇一點點。腮紅更是往淺淡了去掃，最後再修飾一下臉型。

妝容完畢，讓侍女給邱如玉盤了個墮馬髻，一支碧玉釵，耳畔兩顆圓潤的祖母綠耳墜，清爽簡單。

衣服四娘幫邱如玉選了白色綢菱紗裙，裙子腰間那裡在後面縫上長長的湖藍色飄帶。裡面小衣選了桃紅色，稍稍露出一點紅色的邊，搭了件蛋青色的窄袖上衣。四娘讓繡娘把這窄袖放開，改成微微的喇叭袖，再在裡面綴上一圈紗製稍長的袖邊。

邱如玉換好衣服後，四娘讓她在鏡子前走動幾步。

蓮步輕移，隨著走動的步伐，袖口的長邊和裙上的飄帶隨風而動，如風中弱柳一般。配著那風流婉轉的妝容，加上邱如玉本身瘦弱的體型，這一身裝扮，邱如玉滿意極了。

邱如玉矜持的臉上稍稍露出一點讚嘆。「不錯，掌櫃的好手法，這正是我想要的裝扮。」

「邱小姐滿意便好，也不枉晴姊姊央我許久了，直說一定讓我拿出十分力氣來幫您裝扮。邱嬸娘也交代過了，您今日的費用都記在她的帳上。」四娘想在邱如玉面前多說一說李家的好話，畢竟若無意外，以後邱如玉與李晴他們會是一家人。

誰知，邱如玉聽到後眉頭一蹙，臉上似是露出一分嫌惡的表情，很快便消失無蹤了。

「既如此，替我多謝姑姑了。我急著趕赴詩會，便不等晴妹妹了，麻煩掌櫃的替我告知晴妹妹一聲。」

四娘壓下心頭古怪的感覺，送邱如玉出門。

李晴不是說兩家都相看好了嗎，怎的這邱小姐對李府不怎麼熱絡的樣子？那個嫌惡的表情雖輕微，但四娘自認應該不會看錯，難道這其中還有什麼內情不成？

四娘去了二樓找到正在按摩的李晴，問了問她感覺如何。

李晴正舒坦得昏昏欲睡。「妳這裡面的侍女調教得真好，力道正舒服，我每次沒按完就睡著了。」

「邱小姐已經裝扮好走了，讓我轉告妳一聲。對了，妳這表姊可有和李昭大哥見過面？」四娘決定側面打聽一下。

「我們是親戚，當然見過啦！過年過節，我娘都會帶著大哥和我回外祖父家呢！」李晴隨口答道。

「我不是說兒時，我是說如今。妳大哥年紀大了，邱小姐也是正當年華，內宅裡男女都要避嫌的不是嗎？」

「便是都長大了，不在一處用飯玩耍，也是常見的呀，給外祖父請安時都會見的。」

這就不對了，又不算盲婚啞嫁，怎麼邱如玉一副不怎麼情願的樣子？難道是邱如玉看不上李昭？但就憑邱如玉的一個表情也不能做判斷，便是有什麼不妥，還有邱府和李府一眾人呢，也輪不到自己操心，四娘遂把此事放進心底。

第八章

京城，何思遠告別了睿侯，一匹馬急匆匆地往楊城趕去。

朝中正在商議攻打突厥都城的事宜，若是商定好了，自己這次肯定還要去的，畢竟已經摸熟了突厥的地形。

一旦打起仗來，不知道又要幾年的時間，因此這次回楊城必須快馬加鞭，找到家人的消息。但願爹娘弟弟都還在，都還在等著他歸家。若是一家人都完好，他才能安心上戰場。

陽春三月，微風不急不緩，馬蹄掠過草尖。

何思遠一路疾馳，漫長的道路在腳下漸漸延伸，原本五天的行程硬生生被縮短至三天。

刮掉的鬍子一夜之間又長了出來，面上輪廓一片陰影，眼裡滿是血絲。

楊城漸漸近了，隔得老遠，便能看到殘破的城門。暗黃色的土城牆上面，稀稀疏疏地長出幾株野草，有枝野花在風中顫巍巍搖擺。

楊城的封城令已經撤了，據說瘟疫已經平息。可是，這座曾經美麗的小城，彷彿沒有了生機。

往昔的楊城每年這個時候，城門口到處是排隊進城的人們。許多附近的村民會挑著擔子，裡面裝著滿滿的新鮮蔬菜，還帶著清晨的露水。

春日許多野菜瘋長，娘最愛芥菜，常從那些挑擔子賣菜的老農那裡買上滿滿一背簍。爹總是埋怨娘每次都買這麼多，接下來好幾天都是吃芥菜，嘴裡淡得不行。

如今，城門口空空蕩蕩的，守城門的人就斜靠在城牆上，在陽光下瞇著眼睛曬太陽。

何思遠走到跟前，那人掀起眼皮，懶洋洋地看過來。

「何處來？進城做何事？」楊城已經很久沒見過生面孔了。

何思遠掏出腰牌，遞給那人。

守門人看了一眼，慌忙地站直，行了個禮。「小的眼拙，不知將軍來楊城有何事？」

「尋親。楊城乃是我的故里。」幾個字沈甸甸的，彷彿從牙縫裡擠出來。

「將軍，楊城瘟疫剛剛過去，還請將軍小心。」守門人把腰牌還給何思遠。尋親？楊城的人都快死光了，能不能尋得到還是兩說啊……

何思遠牽著馬，一步步走在楊城的街道上。往日最熱鬧的街道，如今商鋪大門緊閉，門前的旗幟破舊不堪。閉上眼睛，彷彿還能回憶起之前人潮如織的景象，而今卻是一片荒涼。

街上稀稀疏疏的，基本上沒有人影，偶爾有一、兩個掩著面的低頭匆匆走過，餘光看到有陌生人走在大街上，竟彷彿受驚的兔子一般，逃也似地鑽進了小巷裡。

近鄉情更怯，何思遠終於理解了這句話。站在自家的巷子口，他許久都沒有前進一步。

驀地，一陣枴杖的篤篤聲從身後傳來，而後是一聲蒼老的呼喚——

「思遠？」

何思遠回過頭望去，任他在戰場殺人無數，此時也不禁後退了一步。

巷口，一個背彎得極厲害的男人，佝僂著扶著枴杖，臉上密密麻麻滿是坑坑窪窪，不知是怎麼留下的傷疤，彷彿一張臉被大火燒過，扭曲地拼在一起。

「可是思遠姪兒？你不是死在青峰山斷崖了嗎？莫不是我眼花了？」

從那把嘶啞的聲音裡，何思遠漸漸感到一絲熟悉，他試探著喊了一聲。「堂叔？」

來人正是何師爺！只是不知為何成了如今的模樣？分明年紀比爹還要小幾歲啊！

「是我。好孩子，你真的沒死？你爹娘若是知道了，該有多高興啊！」何師爺伸出手想要去拍一拍何思遠的肩膀，忽地看到自己滿手的傷疤，又慢慢把手放下。

「堂叔，您如何成了這樣？我爹娘……」話到嘴邊，哽咽了喉。

「好孩子，嚇到你了吧？莫怕。我這已經是命大，僥倖從閻王爺手裡撿了一條命回來。那瘟疫極是可怕，先是高熱，然後滿身都起滿了可怖的水泡。許多人都死了，我也不知是怎麼活下來的，好了便成了這樣。」何師爺已經算是幸運，至少還活著。許多人家，都是全部死絕，人間地獄一般的景象啊，實在不敢回想。

何思遠忽然明白了在街上遇到的幾個人為何都掩面而行了，瘟疫即便沒有把人殺死，留下的後遺症也足夠摧毀一個人。

何思遠扶著何師爺走到巷口大樹下，找個石墩坐了下來。

「我爹娘和弟弟可有染上瘟疫？家裡人可好？」終是問了出口。

「莫擔心，封城前一日，我偷偷通知了你爹，當天夜裡，你爹娘和弟弟們便都出城了。聽你爹說要去夷陵，如今應該早就在夷陵安家了。」

何師爺一番話說出口，何思遠驀地鬆了一口氣，手心滿是冷汗。只要人沒事就好，只要活著就好。「那堂叔怎的不走？您既然提前得到了消息，怎麼不遠遠避開？」

何師爺啞啞地笑了一聲。「如何走？我一家上上下下十幾口人，提前得知這些消息的衙門中人，家中私宅早就被控制住了，若是敢私自逃走，滿門抄斬。我不想連累了族中眾人，再說，能走到哪裡去？我在楊城過了半輩子，就這樣吧……」

何思遠說不出話來，堂叔是看著他長大的，因為跟爹性情相投，是以待他極是親近。如今雖然留了一條命在，但這樣的活著，必定是極難過的。

「思遠，你如何今日才回來？你可知，得到你身死的消息，你爹娘有多傷心，你娘都哭暈過去幾回了。」何師爺問道。

何思遠把在突厥的經歷講給堂叔聽。

何師爺不禁感嘆道：「造化弄人啊！你娘以為你年紀輕輕便無後身死，怕你以後無人祭拜，還給你說了一門親事呢！是個極好的姑娘，如今，跟著你爹娘，應該在夷陵過得很好吧。」

何思遠有點沒反應過來，說了一門親事是什麼意思？自己這是突然成了有媳婦的人了？

何師爺便把黃家四娘如何來到何家守寡的原委講給何思遠聽。「說來，那姑娘你應該也見過，小時候常跟思道一起玩耍，不知你可還有印象？」

何思遠想了半天，腦海裡隱隱約約浮現出一個模糊的影子。小小的、瘦瘦的，老是穿著一身寬大的灰色衣服，總是低著頭，只能看到一頭細軟的枯黃頭髮，木木的樣子。

媳婦？那個小丫頭嗎？何思遠不禁苦笑，爹娘真是亂來，那麼個一陣風都能吹走的孩子，比自己還小七歲呢，怎麼想的？

算了，如今得知爹娘和弟弟無事便好。夷陵路程太遠，如今還有幾日便要趕回京城了，等自己打完突厥這一仗，再去夷陵找爹娘吧。到時候跟爹娘好好說說，給些銀子，打發了那姑娘便是。對著那營養不良的小丫頭，自己怎麼能下得了手？

夷陵，芳華閣。

已經是月上枝頭的時分，盤點完一月的帳目，四娘揉了揉僵硬的腰。

涂婆婆看著可觀的帳目，點點頭。不錯，一個月能有這樣的收入，四娘在做生意上很有天賦。親眼見著四娘從店鋪裝修、產品研製、人員培訓，再到維護客戶、各種宣傳，這樣的年紀，能擔起這麼多事情，真是能幹。

「這一個月妳便有大把的銀子進帳了，除去那些成本開銷，這個月淨賺了二萬多兩銀子，我閨女真是厲害呢！」涂婆婆是不吝嗇誇獎四娘的，何況四娘真的是樣樣出色。

「還要多虧乾娘和榮婆婆的幫忙指教，別的不說，就是榮婆婆那些方子就幫了我大忙了。若不然，靠我自己摸索著弄，也只能出幾個產品啊！」四娘知道自己是運氣好，本來剛開始沒想過賺錢的大頭是面膜、護膚品這些，之前原本是想著主要精力放在妝容設計這一塊，再說，她是真沒有這麼多方子來做護膚品。「乾娘，我之前說的分紅是必須要給榮婆婆的，這些方子的價值不小。妳別多想，我是妳女兒，以後妳都由我來養，我在哪兒妳便在哪兒！」四娘這是怕乾娘吃榮婆婆的醋呢！

誰知涂婆婆卻笑出聲。「妳這丫頭，說什麼胡話？若是妳非給我分紅銀子，我才要打妳呢！哪有當娘的跟自己閨女算得這麼清？再說，我也不缺這些銀子，妳娘我身家豐厚著呢！這些年，也不是白白在太后身邊伺候的！」

這些帳目盤點好後，還要抽空去趟李府，給邱氏交一下帳，畢竟邱氏有三成的股份在裡面。

大姊也該顯懷了，這都五個月了！最近忙得也沒去看看。明天帶上銀子去趟大姊家，也讓大姊和她婆婆高興高興！

李府。四娘給邱氏交完帳，邱氏看著面前的六千兩銀票，有些吃驚。

雖然知道芳華閣生意不錯，但真沒想到竟這麼賺錢。這才一個月，自己三成的股份就有六千兩銀子。六千兩，自己給四娘的那間鋪子都能在夷陵買兩間了！

「真是能幹，嬸娘還真小看妳了。好孩子，辛苦了。」

「嬸娘別誇我了，還要感謝您雪中送炭，給了我一間這麼好位置的鋪子呢！不然就像您說的，沒有這樣氣派的鋪子，也吸引不來這麼多有錢人家的夫人、小姐們。」四娘謙虛道。

「妳是有真材實料的，別的不說，晴兒這一個月都瘦了有十斤，我都能親眼看見她變得苗條。還有妳那些面霜什麼的，摸著良心說，是真的有用。那些相識的夫人們都在跟我誇呢，說是再沒有用過這樣好用的東西了。」邱氏誇得真心實意，自己入了股的鋪子，口碑生意這樣好，她臉上也有光。

「還要跟嬸娘說一聲，那些系列的護膚品需求太大，我跟榮婆婆兩人已經忙不過來了。我準備單開一個作坊，專門做這些護膚品，名聲打出去之後，不僅是夷陵，外地我也準備去鋪貨。」四娘看到了化妝品的廣大市場，因此準備再開一個化妝品的生產線，在大越朝打出名氣來。護膚品、化妝品，都可以做。

邱氏是服氣的，難得四娘還有頭腦，知道擴大經營範圍，真是該得她發財。

「我來是想問問嬸娘，這做護膚品的作坊，嬸娘可還想入股？」

邱氏不解。「妳如今一個月便能賺這麼多銀子，不管是買房子還是租鋪子，都是不愁的，如何還想著拉我入股？」

四娘喝了口茶。「嬸娘是個明白人，如今我芳華閣開業一個月，夷陵城大小人家都知道這鋪子是有您的股份，知道我與李府關係親近。若是沒有李府這棵大樹，我的生意怎會如此順利呢？再者，這些護膚品我是想要售往大越朝各地的，叔叔的商鋪遍佈大越朝，又有這麼便利的運輸條件，若是您入了股，還要麻煩您幫我跟叔叔說一聲，給咱們的護膚品留一條線路，我可是想要我朝的每個府城都能買到咱們的東西呢！」四娘的眼睛閃亮亮的，瑩潤的小臉像是潔白的瓊花，讓人挪不開眼。

邱氏不由得感嘆，這眼光、這魄力，誰能想到是一個極漂亮的十二歲姑娘想出來的？說到底，便是不讓自己入股，讓何旺憑著救命之恩去找李青山，這忙李青山也肯定會幫的。但四娘還是要帶著自己賺錢，眼前不只看著那一點銀子，這樣的商人，才能做長久的生意。

「好，既然四娘這樣說，那我便從善如流。需要我入多少股妳說了算，算好銀子告知我就行。以後不必一個月與我交一回帳，三個月交一次就可以，這樣妳鋪子裡還能留些流動的銀錢。另外妳叔叔那裡妳也不用擔心，都交給我。凡是李氏商貿走得到的城池，都會有芳華閣產品的一席之地。」邱氏也給出了極大的誠意，這樣的生意，想一想都讓人激動。

與邱氏短短半個時辰便敲定了之後的生意，四娘離開時心滿意足。

有李青山的商貿在，自己做出來的東西不愁不在大越朝遍地開花。反正都是李氏商貿一早便打出來的路，分給邱氏的股份銀子不算什麼，這幫自己省了多大的力氣啊！

張家，下午的太陽暖洋洋的。吳氏搬了把躺椅在院子裡，讓黃大娘曬曬太陽。

院外，張老漢和張伯懷正一起往車上裝酒，有家飯館訂了一百罈的葉兒青。

由於張家釀酒的味道極好，是以酒窖一開始出酒便香飄十里。張老漢又是個會做生意的，凡是尋香而來的便一人送一兩酒，嚐著滋味不錯的便都會來買，漸漸地，張家釀好酒的名氣便在夷陵傳開了。許多飯館、食肆也逐一找上門來談合作的事情。張老漢是只管釀酒的，談生意的事便都交給張伯懷。反正以後家裡的鋪子都要交給他，也該讓他獨當一面了。

四娘看著大姊在陽光下閉著眼睛曬太陽，一隻手放在隆起的小腹上，臉上滿是母性的光芒。黃大娘養得不錯，胖了一些，氣色也好。

四娘輕手輕腳地給大姊掖了掖薄毯子，太陽雖暖，但三月裡的風還帶著絲絲寒意，莫要感冒了。

吳氏瞧見四娘便樂開了。「我就猜妳要來，這都開業一個月了！連我這個老婆子都聽說夷陵有家芳華閣，有錢的夫人和小姐都愛去，生意好得不行呢！」

「吳婆婆真是聰明，四娘這不就是給您送銀子來啦！」四娘在大姊身邊坐下，從懷裡掏出兩張銀票。

吳氏接過來，隨口說道：「不錯不錯，這一個月我便能分到四百兩，連本帶利都回來了……老天爺！這是……二千兩?!」

吳氏突然拔高的嗓門把黃大娘給驚醒了，睜開眼看到四娘坐在一旁，忙摸摸她的臉。「四娘來啦？忙不忙？今日怎麼有時間來？」

吳氏站起身，趕緊把大門關上，做賊一般又四處瞧了瞧。

四娘不禁失笑。「我給大姊和吳婆婆送銀子來，倒是把吳婆婆給嚇著了。」

「四娘，我不是在作夢吧？大娘，快掐我一把！這可是二千兩的銀票啊！老天爺！我活了一輩子，連一千兩都沒見過！」

黃大娘也嚇了一跳，二千兩？這麼多銀子，四娘這就賺到了？

「是二千兩，這是你們一成股份該得的，我乾娘都算清楚了，沒錯的。以後，每個月都有呢！」四娘笑著說。

吳氏拉過四娘左瞧右看。

黃大娘問道：「娘這是看什麼呢？四娘莫不是有什麼不妥？」

「我看看這莫不是觀音座下的玉女轉世啊？要不怎麼這麼大的能耐，一個月便給我賺了這麼多銀子？等我孫女生出來，可是要多沾沾她小姨的福氣呢！」吳氏簡直要魔怔了。

張伯懷剛裝完貨推門進院，聞言道：「娘，大夫不是都說了，這胎是男娃，妳怎麼說是孫女？」

吳氏白了張伯懷一眼。「有了孫子我還想要孫女呢，要是有四娘一根手指的能耐，生十個孫女我也不嫌多！」

四娘拉住吳氏的手。「婆婆，咱們說好的妳可還記得？這裡面可是有我大姊的半分股份的。」

「哎喲，我老婆子說話算話，妳大姊給我張家生兒育女，這胎長孫已是有了，我以後還盼著有個長孫女呢！」吳氏說著，便把一張銀票遞給黃大娘。「兒媳婦，這一千兩拿著，莫要亂花，以後給我大孫子買果子吃！」

黃大娘有些手足無措，她連一百兩都沒見過，更何談這一千兩？立即求助似地看著四娘和張伯懷，不知道該不該接？

「大姊，快拿著！嫁給張家妳真是有福，瞧，吳婆婆這麼好的婆婆哪裡找？給妳就是妳的，姊夫可不許搶啊！」四娘打趣道。有了這銀子，以後黃大娘自然會慢慢的有底氣，四娘想讓大姊活得再自在一點。

「都給娘子，我不要。妳收好了，想買新衣服還是什麼，妳說了算！」張伯懷說道。一千兩是不少，但是個男人就不能眼紅媳婦的銀子。再說，自己也能賺呢，雖賺得慢些，但養老婆、孩子和爹娘已足夠了。

黃大娘紅著臉收下銀票，婆婆慈愛，丈夫體貼，這樣的日子真好。這銀子自己便先收下，若是四娘以後有用，也能應急。

四娘走的時候，吳氏塞給她一籃子新鮮的芥菜。「這是我早上去城外挖的，不值什麼，帶給妳爹娘嚐嚐鮮。都是極嫩的，妳手藝好，隨便做一做都好吃。」

「我正想著芥菜呢！這個時候的芥菜極好吃，多謝吳婆婆了。」四娘前幾日便想著瞅機會帶著鶯歌去野外挖點野菜來吃，只是一直忙著芳華閣的事情走不開，今天正好有口福了。

何家，王氏正和鶯歌一起在廚下商量著晚上做什麼吃的。

「四娘怎麼今日回來得這麼早？鋪子今日難得不忙了？」

「我今日去給各家送分紅銀子去了。娘瞅瞅，吳婆婆給了我一籃子芥菜，晚上我給咱們做芥菜吃！」四娘晃了晃手中的籃子。

「那敢情好，今日妳有時間下廚，妳爹和思道都該樂壞了！鶯歌，快來，咱倆把這芥菜洗一洗。」王氏招呼鶯歌接過籃子。

「不著急，讓鶯歌慢慢弄就好。爹呢？我找你倆說點事情。」

「在後面院子裡翻妳留的那塊地呢！妳不是想種點花草什麼的？種子都買好了。」

正廳裡，四娘把銀票和帳本遞給前來的何旺。

「爹，這是這個月的帳目，你和娘看看。邱嬸娘那裡分了六千，吳婆婆分了兩千，另有四千是給榮婆婆的。還剩下一萬兩銀子，都在這裡了。」

何旺一頁頁地翻看著帳本，帳目清晰，一筆筆都寫得極是整齊。

「這麼多？這不是才一個月？這鋪子這麼賺錢？」王氏不敢置信。

「是呀娘，我說過會給妳賺多多的銀子的，這才剛開始呢！」四娘笑著對王氏說。

「不錯，開門紅，四娘做生意果真有天賦。也是有貴人幫忙，妳乾娘和榮婆婆幫了妳不少吧？」何旺感嘆道。

「的確，若是沒有乾娘和榮婆婆，我也賺不了這麼多。如今鋪子裡最賺錢的便是護膚品，那些夫人、小姐們買起來都不眨眼的。我還想和爹娘商量一下，我準備和榮婆婆一起再開一個專門做護膚品的工廠，我想把芳華閣做成大越朝人人皆知的牌子。下午我找邱嬸娘談過了，依舊讓她入股，這樣便能藉著李氏商貿的商路，把芳華閣這個品牌推出去。」

四娘一番話說出來，何旺和王氏都沈默了。

看著沈默不語的何旺，四娘有點不知所措。「爹，是不是四娘做錯了什麼？你說出來，我哪裡做得不對的我都改。」

「這孩子，妳想哪裡去了？我只是覺得，委屈妳了。」何旺嘆了口氣。

「怎麼會？爹娘都待我如親生，我每日過得不知道有多開心呢！」

「妳這麼年輕，又能幹，短短一個月的時間就賺了這麼多銀子。爹和娘當時讓妳來到何家，原本只是為了給我家思遠守著，以後年節裡也有個祭祀的人，現在看來，爹娘是撿到大便宜了。只是妳這樣的能力，不應該一輩子守寡，所以才說委屈妳了！」何旺是真的從心裡覺得對不起四娘。「爹和娘也沒有別的意思，妳既然已是入了我何家，別的我們也給不了妳，以後，這些帳本和銀子也不用再跟我們報備了。我和妳娘老了，思道還沒有撐起這個家的能力，這個家，爹娘就交給妳了。等有天思道娶了媳婦，成家立業後，給他們一份家業，妳便過妳想要的日子去吧。」

四娘聽到何旺的話，有些愣怔。「爹這是？你真的放心把這個家交給我？」

王氏摸了摸四娘的頭髮，這個剛來何家時瘦得只剩下一把骨頭的女孩兒，如今出落得耀眼無比。「妳爹說的話妳都聽到了，這個家以後便交給妳了，妳是我何家的當家媳婦。好孩子，妳一定不會讓爹娘失望的對不對？」

四娘跪在地上，端正地磕了一個頭。「爹娘放心，四娘定不負爹娘所託，會看顧好何家。」

今日開心，銀子賺得盆滿缽滿，爹娘又徹底認可自己，把何家的未來交給她，因此四娘準備把晚飯做得豐盛一些。

擼起袖子，把一塊上好的五花肉剁得碎碎的。

芥菜已經洗乾淨控乾了水分，一顆顆青嫩碧綠，極是好看。拿出一半切碎，和五花肉拌在一起，撒一把蝦米皮提鮮。接著放五香粉和秋油，攪拌均勻。

舀出麵粉和麵，麵要軟硬適中。切成大小均勻的劑子，拿出杖，擀成比餃子皮稍大一些的麵皮。

麵皮好後再在餡料中放鹽，放得早了會讓芥菜出水，包出來便會軟塌塌、黏糊糊的。

四娘十指翻飛，一隻隻柳葉小餃在她手中一個個成型。

鶯歌在一旁驚嘆，真好看！姑娘真是厲害，這麼漂亮的餃子，都不捨得下口了。

一盆餡料包完，柳葉小餃放在案上撒上麵粉，免得黏連。

拿出一個特製的平底鍋，讓鶯歌點了炭爐。鍋熱倒油，把一隻隻柳葉小餃放在鍋底煎。

時間差不多的時候煎餃出鍋，掰開一隻給鶯歌嚐嚐鹹淡。

一口咬下去，外面的麵皮已經被熱油煎得焦酥，裡面的五花肉肥而不膩，芥菜吸收了五花肉的油脂，嚼起來脆脆的，帶著一股清香，蝦米皮更加提升了餃子的鮮味，所有的食材都搭配得恰到好處。

鶯歌幾乎都要熱淚盈眶了。「姑娘，我從沒吃過這樣好吃的餃子，香得都要把舌頭吞下去了！」

四娘看著鶯歌的樣子，不由得失笑。「值當的？跟著妳家姑娘，以後好吃的多著呢！」

剩下的芥菜，四娘準備涼拌。

熱水下芥菜，稍微滾一下便撈出，再過一遍冷水。簡單地放鹽、醬油，攪拌均勻。然後切乾辣椒絲和幾顆花椒灑在芥菜上面，放在一邊備用。燒一勺熱油，油熱後澆在芥菜上面。熱油呲啦一下，乾辣椒絲和花椒立即不停地跳舞，一股香麻的香味飄出。

小鍋裡煮的山藥白米粥也差不多好了，讓鶯歌把粥和菜擺出去，四娘再隨意炒兩道小炒就準備開飯。

何思道一進門就被煎餃的香味吸引了來。「今天的晚飯肯定是嫂子做的吧？我一聞就知道，總算能吃到嫂子做的新菜啦！」

王氏笑罵道：「這麼大的人，整日還跟饞貓似的，也不知穩重一些。」

「嫂子做的就是好吃，上次讓鶯歌姊姊送去我學堂裡的米花糖，同窗和夫子都愛吃，直問我是在哪裡買的？夫子一個人就吃掉一盤，吃完連灌了兩大杯濃茶，他也不嫌膩。同窗都羨慕我有個會做菜的嫂子，還有好幾個人厚著臉皮要來咱家蹭飯呢！」何思道得意極了。嫂子送去的零食可是讓自己出盡風頭，這些他們見都沒見過呢！

再有幾天便是清明節了，那天許多人家都要出門去踏青，是以四娘準備提前把鋪子裡的事情安排好，帶著家人出門遊玩。

孫小青極是能幹，四娘以後還要開化妝品的工廠，攤子鋪大了之後自己也不能隨時守在芳華閣，所以要提前讓孫小青熟悉一下，自己以後若是不在，鍛煉鍛煉她管理芳華閣的大小事情。

三月十二日，清明節。

綠草發芽，野花綻放。一夜之間，彷彿春天便轟轟烈烈地來了，空氣裡都是醉人的花香和青草氣息。

四娘提前一日準備了許多食物，馬車上放了大大小小幾個籃子，裡面有包好的青團，還有四娘帶著一家人做的壽司。

做壽司的時候，一家老小都上陣了。

四娘和王氏都不必說，在廚事上極有天賦，做起壽司來又快又好，連鶯歌也上手得極快。

何旺與何思道十個手指頭都是短短胖胖的，拿著烤好的紫菜，怎麼都沒法捲成渾圓的長條。

何思道喪氣地拿起一根切好的醃蘿蔔條，狠咬了一大口說，看起來明明很簡單，怎麼就是在他手裡不聽話！

鶯歌忍著笑，低著頭，肩膀一顫一顫的。

四娘笑著勸他說，他這是拿筆的手，以後是要考狀元的，這些不會也沒關係，有嫂子在，還能虧了他的嘴嗎？

最後何旺站起身，清了清嗓子，喊了何思道，說他們爺倆去後院給那些花草澆澆水，順便讓何思道給他背幾首清明的詩詞。

何思道跟著何旺去了後院，王氏看著案上慘不忍睹的兩個壽司卷，大笑出聲。

何家眾人一早便在城門口和涂婆婆、榮婆婆會合，此行，榮婆婆也叫上了她過繼的兒子榮夢龍。

十四歲的少年，如一棵挺拔的青竹，青澀而俊秀的面龐，一笑便有兩個淺淺的酒窩浮現。

榮夢龍見何家馬車駛來便上前去，對著一側騎馬的何旺行了個晚輩的禮。

「何家叔父好，家母與涂姨在前方馬車上，讓小姪來迎一迎諸位。若無事，咱們這便出發吧？」

何旺應了好，一行人便往城外走去。

此行目的地是在滄河畔的一處河灣，地勢平坦，河邊還有一片極大的桃花林，此時桃花都開了，不知有多美。

到了地方，何思道先扶王氏下車。

四娘掀開車簾，一片粉色的花海映入眼簾。桃花開得正熱鬧，蜜蜂、蝴蝶飛舞其間，微風吹過，花瓣紛紛揚揚，四娘不禁看呆了。

「妹妹可要幫忙？」

一聲帶著些許變聲期沙啞聲線的詢問打斷了四娘的思緒。四娘回過神，對著一旁立著的少年笑了笑。「你便是榮家哥哥吧？我聽榮婆婆提起過。車後面有幾個籃子，麻煩榮哥哥幫我搬下來。」

榮夢龍看著露出笑容的四娘，瞬間失神。櫻粉色衣裙，一雙鳳眼裡面恍若有萬千星辰。一陣風吹來，髮上的嫩綠色髮帶隨風飄舞。

榮夢龍忽然間有些窘迫，低下頭掩住發燙的面龐，去馬車後面拎籃子了。

四娘指揮著鶯歌在草地上鋪好毯子，王氏已經和涂婆婆、榮婆婆熱切地攀談了起來。

「妳家小子可真是出色！聽說在官學裡讀書，今年便要考秀才了？」

榮婆婆笑道：「夢龍在讀書上是有些天賦，官學每年只有五十個名額，這孩子自己考進去的。先生說，今年的秀才試可以試一試。」

「真是讓人省心。我家思道不知道什麼時候能考秀才呢，聽夫子說，估摸著還得一年時間磨練。」王氏羨慕地說。

「妹妹著什麼急？我看思道雖活潑了一些，但也是個肯用功的好孩子，年紀還小呢，慢慢來吧。」涂婆婆安慰道。

「娘、乾娘，咱們去那邊的林子裡走走吧，妳們看這桃花開得多好看呢！」四娘遠遠地招呼著幾人。

置身桃林之中，如夢似幻。不少人家的小姐都來遊玩，各色衣裙穿梭其中，嘰嘰喳喳，笑聲不停。

王氏幾人走得慢，四娘帶著鶯歌越來越往裡，人也漸漸少了起來。

前方十幾步的地方，彷彿有兩個人躲在樹下。那是一棵極粗的老桃樹，密密麻麻的枝椏遮住了大部分身形，四娘以為是一對小情侶在互訴衷腸，便想走遠一些，怕打擾了人家，誰知卻聽到了一個熟悉的聲音——

「孟哥哥，如玉不想嫁去李家！那李家乃商賈之家，雖富足，但卻滿地銅臭。奈何卻是父母之命，我那姑母又誠心求娶，我爹娘及祖父都應了……可是如玉心裡只有你啊！」

四娘心裡一個咯噔，果真是邱如玉！那她口中的孟哥哥又是誰？邱如玉與李昭的婚事基本上都已敲定了，若是邱如玉不同意，大可跟家中父母述說，又為何私下與這男子私會？

拉住鶯歌，四娘決定往前走一走，聽聽兩人還要說什麼。

男子出聲了。「如玉，我知委屈妳了。但孟某只是個秀才，得妳祖父的青眼才能在衙門做一些抄錄的事情補貼家用。我家門楣與邱家天差地別，我不能耽誤了妳。」

「孟哥哥，你不是今年便要下場考進士了嗎？若是能考上，你去我家求求我祖父，祖父愛才之心，定會准許的！」邱如玉的聲音楚楚可憐。

「但，家母身體一直不好，我在衙門賺的那些銀子根本無法找個好大夫給我娘看病。我娘這樣病著，今年的進士考我哪有心情準備？如玉妹妹，我知妳對我的心，讓妳錯愛了，妳還是找個更好的人吧，我配不上妳！」

邱如玉一把擼下腕上的翡翠鐲子，並荷包一起遞給男子。「孟哥哥，這些你都拿去，換了銀子給伯母看病！若是不夠，再跟我講！」

「這、這怎麼好？我不能拿妳的東西……」男子推辭了幾下。

邱如玉一把抓住男子的手。「孟哥哥莫要跟如玉客氣，如玉知道你只是懷才不遇，家中拖累而已。如玉便是喜歡孟哥哥這樣滿腹詩書的男子，若是能跟孟哥哥在一起，多苦如玉都不怕！」邱如玉偎進了那男子懷裡，滿臉嬌羞。

四娘肺都要氣炸了，好一對不要臉的野鴛鴦！

旁邊的鶯歌也氣得滿臉通紅，邱如玉給那男子的玉鐲鶯歌認得，那是邱氏經常戴的一只鐲子，應是當兩家說好了李昭與邱如玉的婚事後，邱氏給的信物，居然就這樣被邱如玉給了那男人！

若是邱如玉真的喜歡那男子，大可在家中提出與李府結親的時候表明心意。即使家中不許她與那孟哥哥的事情，但也不會這麼快就與李家把婚事說定。現在兩家都說好了，而且聽李晴說，李昭彷彿也很滿意的樣子，如今又鬧出這一齣是要幹什麼？

那男子聽起來也不是個好人，家貧不可恥，但跟一個傾慕自己的女子說這些，讓女人給自己銀錢，真是不要臉！

四娘示意鶯歌靠過來，悄悄地告訴鶯歌一會兒跟著那個姓孟的，先看看他住哪裡，打聽打聽他的情況再說。了解清楚後，再從長計議。

因為實在不想看兩個人在那裡噁心人，四娘拉著鶯歌往後退到看不見的地方，然後放聲喊：「娘、乾娘！快來，這裡的桃花比林子邊開得好呢！」

樹後的邱如玉和那男人受到了驚嚇，怕被人看到，匆匆的分開了。

鶯歌提腳，不遠不近地跟上那男子。

四娘作出若無其事的模樣與王氏她們會合，王氏問起鶯歌怎麼不見了？四娘說芳華閣有些事情，讓鶯歌去看一眼。

只有涂婆婆瞅了一眼四娘，沒有作聲。

河灘上的食物都已經擺好，幾人席地而坐。

微風拂面，陽光煦暖，空氣裡飄來花草香。

四娘被這陽光曬得昏昏欲睡，又加上喝了兩杯果酒，有些微醺。她站起身來，想去河邊洗洗臉。

算算時間，鶯歌也該回來了。只是這件事要怎麼告訴邱氏？一邊是親兒子，一邊是娘家，一個不小心，鬧起來可是太難看。

心裡想著事，走路便有些不經心，腳踩到一塊光滑的鵝卵石打了滑，腳踝一拐，鑽心的疼。四處沒有東西可以扶著，眼看便要摔倒，身後突然伸來一隻清瘦有力的手，扶住了四娘。

榮夢龍不知道自己是怎麼跟著四娘走到這邊來的，還沒反應過來的時候便看到四娘身子一歪，就要摔倒，於是他快步上前，抓住了四娘的胳膊。

隔著薄薄的衣料，掌心還能感受到四娘身體的溫熱，髮絲的香氣好像是木蘭花的香味，一陣陣地往榮夢龍鼻子裡鑽，榮夢龍的臉立即火燒般地紅起來。

四娘感激地對著榮夢龍道謝。「麻煩榮家哥哥把我乾娘叫來，我彷彿是拐了腳了，走不得。」

榮夢龍扶著她小心地在石頭上坐下，而後一言不發地轉身去找涂婆婆。

涂婆婆眾人過來後，小心地幫四娘脫掉鞋襪，榮婆婆扶著四娘的腳，左右轉動了幾下。

「骨頭無礙，只是扭到了。這幾天不要使勁兒，等回去我給妳幾帖膏藥，貼幾日就能好了。」

「妳這孩子，走個路也不小心，又不是小孩子了，真是不讓人省心！」涂婆婆一邊心疼，一邊唸叨。

「乾娘，我又不是故意的，妳快別說我了，我可疼呢！」四娘朝涂婆婆撒嬌，實在是怕了乾娘的唸叨。

「好好好，這也差不多了，咱們回去吧！讓妳爹把馬車趕過來，妳不要亂動。」

一眾人這便往回趕，路上四娘看著腳腕已經腫起來了，疼得直吸氣。

到家之後正好遇到剛進門的鶯歌，四娘顧不得許多，便讓鶯歌扶著回了房間。

「怎麼樣了？都打聽到了嗎？」四娘問道。

「姑娘妳這腳是怎麼了？我才離開一會兒妳怎麼就拐了腳？」

「我腳不礙事，休養幾天就好了。妳快告訴我都打聽到了什麼？」

鶯歌跟著那男子進了夷陵城，得知那男子叫孟倪，住在衙門後的小巷子裡。孟倪自小父親便去世了，由寡母撫養長大，今年十九歲。兩年前考取了秀才，之後被邱氏的父親邱同知偶然間遇到，憐他孤兒寡母過得不易，且孟倪也有幾分才學，一筆字寫得極好，便讓他在衙門做一些抄錄文書的活，賺幾個銀子補貼家用。

因他極會鑽營，有時也會到邱同知家裡送一些寡母做的吃食，順便請教學問，是以認識了邱如玉。邱如玉本就對讀書人極有好感，又在一眾姊妹中以才女自居，所以便對孟倪漸漸動了心。

鶯歌打聽到那孟倪的寡母極其凶悍，孟倪讀書時她攬了一些洗衣、縫補的活計。等到孟倪中了秀才，又跟邱同知拉近了距離去衙門做事之後，便趾高氣揚起來。

聽鄰居說，孟母極愛占便宜，買東西的時候總愛占人家好處，若是賣東西的不願意，孟母便掐起腰、一臉惡狠狠地罵「呸！不識抬舉的東西！我兒即將飛黃騰達，我家孟倪年紀輕輕已是秀才，待考了進士，再娶了同知家的小姐，你們來提鞋都不配」！

四娘聽了這許多，心裡大概有了個數。這件事，她不能插手做些什麼，還是要告訴邱氏，讓她拿主意吧。

接下來幾天，四娘便在家休養，店裡的事情交給孫小青和涂婆婆看著，她正好趁這幾日好好合計合計工廠的事情。

選址儘量擇安靜的地方，空間要夠大。工人招募還是儘量選女子，這個年代的女子生活不易，四娘還是願意多給女子一些機會的。

還要聯絡燒瓷的窯廠訂做大批的瓶瓶罐罐，還有瓶子上面的商標設計，一定要好看高雅。芳華走的是高級路線，包裝很重要，不能看上去不倫不類。

春日裡，許多花都開了，很多護膚品裡要用的鮮花和香料也可以準備起來了。這些需要聯繫原材料的都交給何旺，山地裡種的許多花能用上的都用上，沒有的就去外面鋪子裡找。

三、四天後，四娘的腳大致也能走了，雖不能太用力，但走動還是無礙的。

來到芳華閣，涂婆婆正在櫃檯後記帳。孫小青幾人忙得腳不沾地，見到四娘也只是匆匆打了個招呼便繼續去忙了。

「腳還沒好透呢，怎麼不在家多待幾天？鋪子裡有我盯著，妳還不放心？」涂婆婆趕緊讓四娘坐到櫃檯後來。

「乾娘在呢，我哪會不放心？我在家快憋死了，腳也好得差不多了。我可小心呢，一路上都是鶯歌扶著我的。我這不是好幾天沒見到乾娘了，想妳了嘛！」四娘笑著哄涂婆婆。

涂婆婆白了她一眼，到底是捨不得罵，便對站著的鶯歌說：「妳也不看好妳家姑娘，瞧她沒好透便是摁也要摁住啊！這般到處亂跑，腳沒好全的話，以後都成個小瘸腿了！」

鶯歌在涂婆婆面前縮得跟隻鵪鶉似的，忙求救地看向四娘。

「乾娘別怪鶯歌，她哪敢不聽我的話？是我非要來瞧一瞧的。一會兒我還要去李府一趟，有些事要跟邱嬸娘說。」

涂婆婆盯著四娘看了一會兒，道：「莫要爛好心多管閒事，妳就不怕自己被牽連？」

四娘知乾娘瞧出了什麼，便笑著對涂婆婆說：「我心裡有數呢，乾娘，於情於理我都應該把我知道的事情告訴邱嬸娘的，否則不管不問，以後若真的出了什麼事，我會後悔的。」

「罷了，我也不勸妳，妳自己知道便好。我不攔著妳，只是不許走著去李府。鶯歌去叫輛馬車來，小心伺候妳家姑娘。」

鶯歌立即小跑著去了。

四娘還想走一走曬曬太陽呢，奈何乾娘盯著，也只能作罷。

李府。邱氏先是關心了一番四娘的腳傷，知無礙後便問四娘此次的來意。

「此次前來，一是工廠的事情我已經捋出來個大概，跟嬸娘講一講，咱們也好合計合計。」四娘端起茶喝了一口。「二是四娘偶然知道了一些事情，是關於邱府如玉小姐的，想了幾日後，還是決定告訴嬸娘……」

四娘這廂講完來龍去脈，那廂邱氏便氣得砸了杯子。

一旁的李嬤嬤趕緊拿巾子擦了擦邱氏身上的水漬。「太太莫生氣，這件事咱們知道了總比不知道好，若是兩家都下了定才知曉，那才叫一個噁心。」

「大哥養的好女兒！我想著大姪女為人端莊賢淑，嫁人後相夫教子極其賢良，便想著一母的姊妹，如玉跟她大姊也許差不離。正好她跟昭兒年齡合適，又知根知底，咱家也不會委屈了她，嫁過來便是我李府未來的當家主母。誰知道，她竟做出這樣的醜事！」邱氏一掌拍在桌面上，指甲都斷了兩根。

四娘看邱氏氣得不輕，便出聲勸道：「嬸娘保重身子，千萬不要太過生氣。上次邱小姐來店裡化妝，我提起李府時便看見她面色不對，但那會兒沒多想。這次也是因緣巧合讓我撞見了，於是我便讓丫頭悄悄地去打聽了那孟倪。

「論起來，此事是李府和邱府的私事，我一個外人不好插手。但我想著自我家來到夷陵後，受嬸娘幫扶許多，我不能眼睜睜看著以後此事不可收拾，便還是覺得跟您說一聲為好。嬸娘既然知道了，不怪我多嘴就好。您總歸和邱府是極親近的，這件事您慢慢緩著來，莫要急壞了身子，反而讓李昭大哥不安心。」

邱氏拉著四娘的手。「好孩子，我知妳的心。此事還要多謝妳告知我，不然以後可不是要委屈了我的昭兒？工廠的事妳看著準備，我在夷陵城南有一塊閒置的地皮，我叫相熟的經紀找人把房子蓋起來，不需多繁瑣，開闊便好。細節的東西妳和他交代，我還是拿房子來入股，妳算好分成告知我一聲便是。妳辦事我是極放心的，放手去做吧。」

「這樣極好，嬸娘又幫我解決了大問題。那四娘便不叨擾了，告辭。」

看著四娘的身影消失在門外，邱氏長出了一口氣。此事不能忍，也忍不了！李家雖是商戶人家，但在夷陵也是有頭有臉的人家，這樣丟人的事情，大哥必須給自己一個交代！

「李嬤嬤，備車，去邱府！我要去會會我那好姪女！」

第九章

邱府。門房看到李府的馬車便急忙開了大門，迎了邱氏進府。管事殷勤地前來問安。李府生意做得大，邱氏出手也大方，往日裡伺候得好，姑奶奶總會給豐厚的打賞。

「我大哥在哪裡？告訴他我來了，有事相問。」邱氏也不多言，寒著臉，端坐在前廳。

「大爺此時在書房，姑奶奶稍等，小的這便去通報。」管事見邱氏臉色不對，一溜煙地去了。

邱府老夫人生了邱磊與邱氏兩個嫡出的孩子，本來上面還有個大姊，但小時生了一場急病沒留住，是以老夫人與邱同知極寵這個唯一的女兒。之前沒出嫁時，府裡都知邱家大小姐受寵，後來爹娘怕她性子養得太過驕縱，嫁去官宦人家會受委屈，便挑了李青山。

李青山當時生意已經做得不小，一百八十多的個子，濃眉大眼、一表人才，加上父母早去，邱氏嫁過去不用伺候公婆。邱氏親自相看過，點了頭，這才嫁過去的。

邱氏嫁人後，夫家生意做得更大，邱氏也與娘家走動得很勤。如今邱府上上下下都知道李府要與邱府親上加親了，都說二小姐命好，李府表少爺長得斯文，且年紀輕輕便跟著姑爺做生意，管著一攤子事呢，嫁過去還不是金山銀山的花用不盡。

邱磊來到前廳，看見邱氏獨坐著飲茶。

「妹妹怎麼突然來了？可是有什麼事情？也不叫妳嫂子來陪妳說說話，如玉也在後面呢！今日叫了裁縫來量衣做春裝，有許多的好料子，妹妹要不要去看看挑幾疋？」邱磊極寵妹妹，依舊把邱氏當小女孩哄。

邱氏聽到大哥熟悉的寵溺聲音，嘆了口氣。「大哥，我今日前來是想問一問你，我那姪女和我家昭兒的婚事。」

邱磊不解。「咱們不是已經說好，信物也已經交換了，只等好日子便正式下定嗎？妹妹這是怎麼了？莫非是昭兒不願？」

邱氏一聲冷笑。「我家是商戶人家，哪敢挑剔邱府？我家昭兒那傻孩子，自從知道要與如玉定下親事後，極是開心，傻樂了好幾天呢！」

「那是因為什麼？妹妹倒是說清楚，大哥都糊塗了。」

「大哥，自小你便待我極好，有什麼都想著我。我嫁給李青山後，凡是受了一點點委屈，大哥都要上門去替我討公道，妹妹心裡也感謝大哥，所以我家昭兒到了婚期，我首先想到的便是大哥家的如玉。我想著，如玉以後若能嫁來我家，我一定不讓她受委屈。」邱氏停了幾秒，儘量不失態。「但大哥，結親不只是父母之命，還要看孩子們是不是樂意，若是有一方心懷怨懟，那便成了結仇。今日，我知曉了一件事情，便想著來問問大哥。你們在說如玉和昭兒的婚事時，可有問過如玉的意思？她是否願意嫁到我家？」

難道是如玉這裡有什麼變故？邱磊認真地回想了一下。「我與妳大嫂告知如玉此事的時候她並未反對啊！妹妹也知道，妳姪女性子內斂，她只說但憑父母作主，並未提出異議。」

「那便奇了怪了，據我所知，如玉已心有所屬。」

邱氏一句話說得邱磊面上瞬間變色，立即揚聲喊管家。「叫太太和二小姐過來！」又對邱氏說：「妹妹放心，若是真有什麼不妥，我一定給妹妹一個交代。還請與我一起問問如玉再下結論，如何？」

邱氏點頭。「如此甚好，我也想當面聽聽如玉怎麼說。」

管家告知邱如玉與大太太，邱氏來了，在客廳與大少爺說話，請她們過去。還說了邱氏看起來臉色不太好，不知道有什麼事。

邱如玉的臉上瞬間便有些不自然。「告訴父親，我身上不太舒坦，怕過了病氣給姑母，就不去了，還請姑母見諒。」

大太太不知小姑子這個時候來幹什麼，婆母、公爹和丈夫對小姑子極是上心，自己和小姑子的關係也還算過得去，二女兒和李昭的婚事也都差不離、說定了，莫不是有什麼變故？難道李家想悔婚？「如玉，跟娘一起去，不許耍脾氣。難道李家不想求娶了不成？我倒要看看妳那好姑母要幹什麼。」

邱如玉無奈，只得跟著母親去了客廳。對著邱氏和父親行了一禮後，她安靜地站在大太太身邊。

「妹妹最近來得倒是勤快，正好我在給我家如玉做新衣，想著如今就這一個女兒在身邊，過不了多久便要出嫁，想給她多陪嫁一些料子什麼的，正在後面選著呢！」大太太不知道現在是什麼情況，便先聲奪人。

邱氏剛壓下去的火氣，在聽到大嫂說出這一番話的時候，蹭的一下全都湧上來了。「那可是極應該的，一個寡母撫養長大的窮秀才，大嫂是應該給我的好姪女多備一些嫁妝，免得嫁過去後吃苦受罪！」

邱如玉聽見這句話，臉上的血色瞬時全失！姑母……全都知道了?!

「妹妹這是什麼意思？這樣的話怎麼能隨便亂說？我家如玉哪裡做得不好，叫妹妹這樣往如玉身上潑髒水？」大太太氣得直發抖。

「我說的句句屬實，若是道聽途說，我也不敢就這樣過來了！大哥和大嫂不如好好問問姪女，我說的到底是真是假？如玉彷彿極喜歡那個叫孟倪的秀才呢！」

見邱氏連姓甚名誰都打聽到了，邱如玉的腦子更是一片空白，兩隻手不停地絞著帕子，骨節泛白。

邱磊看見女兒這樣的反應，還有什麼不明白的？看來真有此事！他氣得當場一巴掌打在邱如玉臉上。

邱如玉哪裡受得住這樣的大力？身子晃了一晃便撲到了桌子上，嘴巴裡瀰漫著血腥味，邱磊這一巴掌用盡了力氣。

「如玉！老爺，還沒有問清楚便這樣打女兒，你還不如把我們娘兩個都打死算了！」大太太心疼地撲上去撫摸女兒的臉，五個指印在臉上慢慢浮現出來。

「妳教出來的好女兒！丟人現眼！不知廉恥！真是把我們邱家的門風都敗壞了！」邱磊聲嘶力竭地罵。

邱氏拿帕子摁了摁嘴角。「大哥還是不要動怒，先把來龍去脈問清楚吧。我只是想問姪女一聲，若是對我家昭兒無意，為何要收下我給妳的鐲子？那可是李家老太太給李家媳婦留下來的傳家寶。既然收了，妳不好好留著，竟還轉手送給妳那孟哥哥，當我李家是好欺負的嗎？」

邱如玉抖得如同風中殘草，她哪裡知道姑母居然這麼快便上門來了！本是想著，先拖著李家，若是孟倪能中了進士，自己便想辦法把李家的婚事給推了，畢竟做官太太總比做商家婦體面，大姊嫁去夷陵知府家，每次聚會，不知多少人捧著呢，好不得意。若是孟倪中不了，那自己退而求其次，嫁去李府，也算是一輩子吃穿不愁。誰料到，這事就這樣被發現了！怎麼辦？邱如玉張不開口，只知道哭。

邱如玉哭得邱氏頭疼，邱氏站起身道：「看來我這個外人在這裡，姪女是不能跟我說實話了。我李家是商賈之家，配不上邱府的門第，兩家婚事就此作罷吧！但我李家祖傳的鐲子還請大哥問清楚後討回來，若是有一點點損傷，我拚了命也要鬧出去，到時看看到底是誰丟臉！」邱氏撂下一段話便走了。

邱磊臉上青黑一片。自己家的女兒做了如此丟人的事情，他對不起妹妹，好好的兄妹情分，就要因為此事起了裂痕！

不說邱磊如何修理邱如玉，邱氏出了邱家大門才出了憋在心裡的一口氣。邱如玉竟然敢！這樣的媳婦幸虧沒有娶進來，若是成了親再鬧出什麼醜事，那邱家和李家的臉都要丟盡了！如今撕開了也好，總歸自家不理虧。昭兒那裡，她一定要慢慢地選個好的，品行不端的女子，就是個天仙李家也不能要！

京城。十萬大軍征戰突厥，即日便要出發。

此戰由睿侯統領大軍，何思遠為副將。

一身銀色盔甲在陽光下泛著寒光，棗紅色戰馬打著響鼻，不停地踢著腳下的土地。何思遠望向南方，那是夷陵的方向。

此戰或許要漫長的兩、三年，待平定了突厥，自己定要趕到夷陵把父母和弟弟接到京城，一家人再也不分開了。

到時候，自己娶個溫柔賢慧的女子，生他一窩孩子承歡膝下，日日陪在父母身邊。弟弟想做什麼都讓他去做，自己血海裡拚出來的戰功，足夠護著一家人了！

隨著軍號聲聲，夕陽下，大軍蜿蜒行進。

睿侯望著一望無際的大片麥田，對何思遠說：「如是能攻下突厥，你還能再進一步，榮華富貴指日可待！你可做好了準備拿你的命去搏一搏？」

「末將是死過一次的人了，不敢說一口氣打下突厥，但突厥多次犯我邊境，在大越朝的土地上燒殺搶掠，我還殺了他們的王子，所以此一戰，你死我活，便是啃也要一口口地把突厥啃下來！末將還想留著命好好見識見識京城的繁華，我爹娘也在等我呢，還請侯爺多多關照了！」何思遠深邃的眼睛裡閃著光，堅毅的面容上帶著一絲溫柔。

「哈哈哈哈，好！你同本侯一起大殺四方！若是凱旋，本侯一定請你在京城喝最好的美酒，看最美的姑娘！」笑聲驚起一片飛鳥，漸漸遠去。

清明節過後，天氣一天天的熱了起來，四娘極怕熱，早早的便換上輕薄的春衣。

這些日子基本上都在忙城南那片地，房子已經漸漸蓋了起來，裡面的空間設計四娘儘量想安排得合理一些，招工的告示也已張貼出去。

李昭來過何家兩次，送來邱氏給四娘的東西。四娘沒有問過關於他和邱如玉的事情，但想必邱氏已經處理好了。

李昭臉上依舊掛著和煦的笑，但不知為什麼，四娘總覺得李昭更成熟了一些。或許這件事對李昭來說也算是一種成長吧？

何旺這些日子極忙，山地裡種的鮮花都次第開放了，要尋人把花採下，還要按照榮婆婆給的法子，該存放的存放、該發酵的發酵。有些自家沒有種的花便去外面找，今年不太多，那就和花農簽訂第二年的契約，保證能長期供應。

四娘打算把工廠裡面做成流水線，每個人負責一個環節，最重要的比例核心部分自己和榮婆婆親自上場，這樣可以避免秘方傳出去。

到了四月十六這日，工廠開張。

依舊是「芳華」兩個大字刻在門頭上，走過前院一排排曬鮮花的架子，一進門便是極大的一間廠房，裡面壘了大約十個灶台。不管是做花露還是香膏，鮮花的第一道工序便是蒸煮提純。

再往後面走去，一間間負責藥材、香料、打磨、調試、裝瓶、打包的廠房順次排開。

院子最後面是倉庫和廚房，倉庫後面還有個後門，鄰著街，方便出貨。

倉庫與廚房中間隔著一間屋子，四娘用它來辦公，文房四寶在桌面上擺開，一張小几上還擺著一瓶頗有野趣的野花，開得熱熱鬧鬧。

隨著動靜極大的鞭炮聲和四娘的一聲「開工」，所有的女工便忙碌了起來。

大灶熱氣升騰，一袋袋洗淨晾乾的鮮花投入大蒸鍋裡，煙霧瀰漫中，各種花香升騰而起。

開始幾日，四娘和榮婆婆要盯緊每一道工序，讓女工們能做到熟悉。到後來女工上手之後，她們便只在調比例的時候忙一忙便好。

由於四娘廠裡要用到不少名貴的香料和藥材，所以防止夾帶就是一件麻煩事。別的不說，光是面霜裡面要用的珍珠，在這個時代都是價值不菲，若是有人藏起一顆悄悄帶出去，也不是不可能。

是以四娘在和這些女工簽契約的時候便寫清楚了，若是有偷拿夾帶原材料的事情發生，一旦證據確鑿，便會扭送官府，是要坐牢的。

這些女工大多是窮苦人家出身，想著自食其力，出來賺些銀子補貼家用。雖家窮，但也十分知廉恥，再加上四娘說抓到偷盜的人要送去坐牢，因此一個個都十分老實。

四娘還在後院設了廚房，每天管中午一頓飯，一葷一素一湯是必定有的。一個月一兩銀子，又有這麼好的福利，這些女工都勤勤懇懇，幹活十分認真賣力。

三天後，第一批產品便擺到了四娘的桌子上。

四娘把護膚品做成三個系列，分別是如花似玉、瑩潤珍珠、國色天香。

這三種護膚品主打不同膚質，如花似玉適合基礎補水；瑩潤珍珠針對美白功效；國色天香就是抗衰老除皺。

三種產品的瓶子分別是粉色、白色和天青色。小巧的瓶身配著上面手繪的各色花卉，十分清雅脫俗。每瓶產品的內部瓶底，四娘都做了防偽標記，若是以後芳華的名氣打開，避免不了會有各種假貨出現，為了將來便於分辨，四娘絞盡腦汁想了許久。

隨手打開一瓶國色天香的面霜，一股淡淡的芍藥花香飄散出來。膏體呈淡淡的粉色，在手腕上試了一下，極易推開，不黏膩，好吸收。

四娘點點頭，做得不錯。按這樣的進程，七天內便能出幾百套貨。李氏商貿也已經提前談好，李青山把合作的事情交給李昭，這些產品的出貨和各地供應等事，四娘都要和李昭細談。

李昭坐在四娘工作的屋內四處觀望，房間擺設很簡單，白牆上面掛了一幅簡單的春日圖，地上鋪了地磚。一張大大的曲柳木桌，桌上擺了幾套產品。

室內有張茶台，四娘在對面坐下。沸水澆入茶盞，清香溢出。橙黃色的茶湯注入白瓷杯內，四娘遞給李昭一杯。

一口茶湯入口，李昭品出是來自嶺南的鐵觀音。

「還以為四娘喜歡花茶，沒想到妳喜歡喝這鐵觀音。」

四娘笑道：「我是個俗人，並不拘泥喝什麼，凡是帶著香氣、入口不苦澀的，我都喜歡。」

「我已在我娘那裡聽她說起過妳有多能幹，以往芳華閣開業，因是女子聚集的地方，我不便去參觀，此次到工廠裡看了一圈，才發現四娘的確厲害。」李昭此話發自內心。小小年紀，開鋪子、建工廠，四娘做了許多男子都做不成的事情。

「此次請李昭大哥來是想談一談芳華這些產品銷路的事情，我想邱嬸娘大概和大哥說過，我有一些想法想說一說。」四娘直奔主題。

大越朝水路發達，基本上每個大的城池都有河流從附近經過，所以李家商貿的商船可以說差不多能到達大越朝的每一個地方，他們的商路鋪得極廣。

四娘打算先在每個城市的一些高端店面進行鋪貨，芳華的產品都是走高端路線的，賣得並不便宜，當然，芳華所用的東西都是真材實料。

先是每家店放幾十套貨，不用商家提前付貨款，算是試賣。每種產品都能放一套試用品。相信以芳華產品的新穎不同和效果顯著，用過的很快都會回購，到那時，李氏商貿要專門開一條商船給芳華出貨用。

四娘打算和李氏商貿的合作方式，便是讓李氏商貿做芳華的經銷商，芳華的東西四娘有定底價，對外賣多少銀子都要看李昭怎麼定價。多賣得的銀子，都是李昭的。

李昭看著面前的少女侃侃而談，眼睛裡滿是自信的光芒。跟出色的外貌比起來，四娘的話語更有一種打動人心的力量，讓人會不自覺地隨著她的話去暢想。

「李昭大哥，你覺得如何？這樣的方式可能合作？」四娘問道。

李昭突然就有了興趣。「妳一套如花似玉的產品底價便是十八兩銀子，國色天香更是賣到三十八兩，這樣貴的東西，能買得起的人不多，妳怎麼能夠篤定芳華可以大賣？」

四娘微微一笑。「因為我有芳華閣的一群客戶。李大哥可知道我芳華閣最賺錢的是什麼？就是這些護膚品。女人，不論是十八歲還是二十八歲，都很在意自己的容貌。芳華的產品，別的不說，方子出自宮廷，加上我和榮婆婆的改良，前期用過的客人們都一致好評，回購無數。我的東西是賣得貴，但一開始我所針對的客群便不是平民。有錢人家的夫人、小姐，若是每日常規的護膚程序便能使她們的容貌變得更好，誰會在意這幾十兩銀子？」

李昭點點頭。「妳說的有道理，不過我有個要求。」

「李大哥但講無妨。」

「若是與我李氏商貿合作，我要芳華的全部經銷權。除我李氏商貿之外，不能再與第二家商貿合作。」李昭此時露出了商人特有的本質。

四娘哈哈一笑。「李大哥，在商言商。這些產品只是第一批，我會每年都推出新的產品，並且根據使用者的使用不斷更新產品。我只能先跟你簽一年，若是這一年內，李氏商貿把芳華賣得極好，我會考慮第二年的經銷權也簽給李氏商貿。」

李昭拱了拱手。「四娘，我真是服了妳，以後大越朝的商場必定有妳四娘的一席之地！若不是跟何家熟悉，我簡直不能相信妳一個女子能想出這些。好，一年便一年！一年後，我要妳心甘情願和我續訂下一年的契約！」

生意談成，兩人都十分輕鬆。李昭又和四娘說了些管理的建議，芳華以後若是賣得好，廠子還要擴大，到時候便不是這樣一個只有二、三十人的工廠，管理很重要。四娘需要從現在開始考察這些女工，務求能培養出一批未來可以獨當一面的管理者。

四娘極認真地聆聽，管理是自己的短項，還需要仔細思考。大不了讓榮婆婆和乾娘挑幾個好苗子，她們兩人眼光毒辣，閱人無數，相信不會走眼。

過了一會兒，李昭突然對四娘道謝。「邱府的事情，多謝妳！」

四娘知道是指邱如玉的事情。「李大哥無事便好，我還擔心若是因為我多嘴，惹得婚事不成，李大哥要傷心呢！之前聽晴姊姊說，李大哥極是滿意如玉小姐。」

李昭自嘲地笑了笑。「滿意嗎？算是吧。我李府雖生意做得大，但也不能與官宦人家相比。夷陵乃是我李氏商貿的根本，自古官商不能分開，我外祖是夷陵同知，若是能與表妹結親，對我李氏商貿的發展是極有利的。若是說心儀，也就那樣吧，如玉表妹一直都是個喜愛詩書的女子，我原本還擔心若是成婚後她不喜我滿身銅臭該如何是好？如今，倒是正好了……」

「那如玉小姐此事是怎麼解決的？」

「我舅舅去找了那孟倪，要回了我娘的鐲子，又讓我外祖父攆了那人，不許他再在衙門做活，以後也不要進邱家半步。至於如玉表妹嘛，或許是傷心吧，若是真的非卿不可，想必她也能如願。」李昭明白邱如玉的打算，自己不過是她留的退路而已。如今退路已失，若是真的喜歡孟倪，不管是以死相逼還是上吊投河，總能逼得父母就範。就看看自己這表妹，能不能為了孟倪做到如此地步了。

四娘有些悵然若失，李昭不過十五、六歲的年紀，便要為家族考慮，連自己的親事也是不管有沒有感情基礎。如同合作一般的婚姻，又有什麼趣味？

「李大哥莫要低落，好女子多著呢！你這麼一表人才，總會遇到一個知你懂你、能說到一起去的女子。」四娘勸道。

「哈哈哈，倒是讓妳來開解我！我無事，這些事情都不用放在心上。今兒談成這筆生意，咱們以茶代酒乾一杯。俗氣一點，就祝芳華大賣，咱們一起財源廣進！」李昭極是灑脫地說道。

「芳華大賣，財源廣進！」

兩只白色的茶杯輕輕碰撞，杯中茶湯蕩起細細波紋。

大越朝的商場版圖，自這一間小小的工廠開始重新洗牌。

即將進入五月，夷陵已經炎熱起來。隨著旭日暖陽一起撲面而來的是芳華的火熱銷售。

芳華閣不必說，經營得有聲有色。工廠內，四娘忙得腳不沾地。

第一批試賣的產品隨著李氏商貿的商船一圈走下來，後續的訂單如雪花似地飛來。

四娘一邊統計著訂單數，一邊盤算著下一批貨物需要多久出貨，管事的女工則在一旁匯報著今日出貨的數量。

「訂單量大，但是我們不能著急，要嚴控質量這關。妳告訴最後把關驗貨的工人，一定要仔細，我們剛剛把市場打開，萬不能在此時砸了招牌。再者，我也不打算按照各商鋪要的量給貨。」四娘長出一口氣，灌下一杯涼茶。

管事有些疑惑。「掌櫃的，為什麼不給他們足夠的貨？放著銀子不賺，這……」

再沒有人比四娘更懂得饑餓行銷的套路了，芳華畢竟價格高，前期那些商鋪見芳華銷量好便想大批囤貨，但是四娘卻不能讓他們手裡握太多存貨，要儘量讓他們走預訂的路。供不應求才能讓客人感受到芳華的珍貴與難得，熱度與輿論一個都不能少，這樣芳華才能走得長久。

「就按照我說的來，一家商鋪最多給三百套貨，下次的訂單再慢慢往上加，不能一口吃成個胖子。照這速度，讓工人趕一趕，十天內把貨備齊。告訴咱們手下的人，辛苦幾日，月底每個人都有紅包拿。」

管事高高興興地下去了，掌櫃的真是大方又體貼，再也找不到比芳華更實惠的地方了。每個月除了該得的工錢，每日的飲食也從不虧待，若是趕工，還有紅包可拿，按掌櫃的說，這叫加班費！如今在芳華廠裡工作的女工，個個都底氣十足，無他，多少人眼紅這樣的好工作呢！

涂婆婆今日也跟著榮婆婆來幫忙，還在廚房給四娘燉了一鍋冰糖燕窩。趁著四娘閒下來的空隙，趕緊盛了一碗塞進四娘手裡。

「快吃，瞧妳這一頭汗。雖是熱了，也不能貪涼，這涼茶妳少喝。」

四娘接過燕窩，一口口放進嘴裡。「乾娘，馬上就是端午節了，我想著那天歇息一日，咱們在家一起包粽子吧？工人們也都要發節禮，工廠放假一天。最近忙活這麼久，銀子是賺不夠的。」

「妳是掌櫃的，妳說了算。妳想包什麼餡兒的，乾娘給妳提前備好東西。到那一日不如都去妳榮婆婆那裡，把妳爹娘和弟弟叫上，人多也熱鬧。」涂婆婆能滿足四娘的都毫不含糊的。

畢竟還是個才十二歲的小姑娘呢，再能幹，骨子裡還是有點孩子氣，看著一天天忙得跟個陀螺似的，涂婆婆心疼極了。

端午節前一日，四娘就給芳華閣和芳華廠的眾人發了節禮。

每人十斤大米、一份尺頭、一罈酒。酒當然是從張家酒坊裡拿的，自家親戚的生意肯定要照顧，加上張家的酒如今也小有名氣。

女工們一個個拎著滿手的東西回家，興高采烈的。

路上的行人都在談論——

「這一看便是在芳華做工的女子啊，瞧這一身天青色的衣服就知道。芳華的待遇真是沒話說啊！」

「可不是嗎？我家隔壁的二丫頭，家裡窮得叮噹響，芳華招工時去報了名，就被選上了。如今啊，每個月往家裡拿銀子不說，人家廠子還管飯呢，瞧這一個多月來，臉上都長肉了！」

「要早知道，當時我也讓我家閨女去了，誰能想到芳華這麼能掙錢呢！」

「別急啊，聽我家的說，芳華廠可能還要招工呢！最近李家商貿的港口單給芳華準備了一條商船出貨，那說明芳華的生意是越來越大了。這以前的二、三十人夠用，以後就肯定忙不過來了！要我說，盯好了芳華大門口的牆，哪天招工的告示一貼上去，就趕緊去報名！」

端午節，芳華閣和芳華廠放假一天，榮婆婆家的院子裡人頭攢動。

提前泡好的糯米、一疊疊肥大的竹葉、一盆紅棗，還有切好的五花肉、剝好的鹹蛋黃。

四娘挽起袖子，正往折成三角形的竹葉裡塞糯米，手指幾下一捏，再拿棉線一纏，一個小巧的粽子便包好了。

王氏與榮婆婆也在一旁幫忙，幾個人速度極快，一會兒旁邊的盆裡就堆得跟小山一般高了。

涂婆婆手裡拿著一小碗雄黃酒過來，用手指沾著，在四娘額頭上畫了個「王」字。四娘被雄黃的強烈氣味熏得打了個噴嚏，衝涂婆婆皺皺鼻子。「難聞死了，我都這麼大了，乾娘還把我當小孩子呢！」

涂婆婆才不管她的抱怨，扭頭喊著在書房一起溫書的何思道和榮夢龍出來，今天在場的小輩人人有份！

何思道和榮夢龍扭扭捏捏地走到院子裡，四娘笑嘻嘻地衝他倆眨眼睛。

四娘的臉頰被太陽曬得泛著紅，連帶眼角也被雄黃酒熏得紅紅的，鼻尖掛著幾顆汗珠，額上細細的茸毛在陽光下都一清二楚。榮夢龍看著，臉忽然就紅了。

「你這孩子，都十四了，瞅著還這麼靦腆！老婆子給你塗個雄黃酒而已，你臉紅個什麼勁？」涂婆婆說道。

「先生佈下的課業還沒完成，我、我先回書房了！」榮夢龍扔下一句後，落荒而逃。

豆兒和鶯歌在廚下把大鍋添上水，柴火燒得旺旺的，水一開便一盆盆地分開煮粽子。

過了會兒，榮家大門被敲響，張伯懷拎著東西，扶著黃大娘也來了。

四娘嚇了一跳。「大姊妳怎麼來了？我還說一會兒粽子好了後讓鶯歌給妳送過去呢！瞅妳這肚子大得，這都快生了還亂跑！」

黃大娘靦腆地露出一個笑。「還有兩個月呢，就是看著笨重了些。妳姊夫跟著呢，無礙。」

「我們先去了何家，敲門沒人應，就猜你們在這兒呢。妳大姊整日在家裡憋得不行，今日正好過節，所以我們也來湊個熱鬧。」張伯懷小心翼翼地扶著黃大娘在椅子上坐下。

「看這身形，肚子尖尖，是個男娃吧？」榮婆婆問。

「五個月時讓大夫看了，說是個男娃。」黃大娘笑著說。

「這下我那吳姊姊可開心了，張家有後了！」王氏跟著打趣。

張伯懷撓撓頭。「我娘說下胎是個女娃就更好了，兒女雙全，她就沒有別的不足了。」

王氏笑罵道：「你娘可真不貪心！有了孫子就想孫女，好事都給她占全了！」

四娘認真地對張伯懷說：「姊夫，生完這個，讓大姊過兩年再生吧。連著生孩子，對身子不好，對孩子也不好呢。」這個時代結婚早，有的女子十五歲便生了頭胎，自己的身子還沒發育好呢，孩子也容易不足早夭。接連生，更是對女子身體的一大考驗。

張伯懷聽到四娘這樣說，嚇得趕緊答應。「那就過個兩、三年再生，不著急、不著急！」

眾人哈哈大笑，黃大娘看著丈夫憨厚的樣子，用帕子掩住嘴，笑得滿足。

讓黃大娘坐著跟一眾人說話，張伯懷去後院找正在澆花的何旺去了。

半個時辰後，糯米的香氣和著紅棗的甜甜氣息傳來，粽子煮好了。

四娘各種口味的都挑了幾個，裝進竹編的精緻籃子裡，讓鶯歌往李府跑趟腿，給邱氏和李晴送過去。

何家和李家是極親近的關係，四娘常常送些日常做的吃食過去，邱氏和李晴也都喜歡吃。說起來，李晴已經成功地瘦了十幾斤，如今叫她一聲「窈窕淑女」是一點問題都沒有的。不知道是最近四娘太忙了，沒顧得上她還是怎的，李晴許久沒有露面了。

鶯歌送了一趟粽子，回來的時候又帶了兩人，李晴和葡萄。

「我正想著妳這些日子都沒個動靜呢，也不來找我玩。」四娘看到李晴便拉著她的手上下打量。李晴如今下巴尖尖的，瘦下來後更顯得眼睛又圓又大。

李晴長長的睫毛忽閃忽閃，嘴角一彎，露出個俏皮的笑。「我就知道妳想我了，這不就趕著來找妳了！怎麼，妳是歡迎不歡迎？」

涂婆婆讓她們兩個小姊妹到房裡說私房話去，院子裡的瓊花開得如雲似霞，中午便在瓊花樹下擺上桌子用飯。

李晴和四娘坐在榻上，一人面前放著一碗銀耳蓮子羹。

「我聽我大哥說，你們生意如今很是不錯，第一批就賣得極好，銀子賺了不少吧？」

四娘用調羹攪著碗裡的銀耳。「是還不錯，跟我預計的差不多。最近在趕訂單呢，照這情況，以後都閒不下來了。」

「我是不是要叫妳一聲黃老闆了？黃老闆發財呀！」李晴笑得像隻狸花貓兒。

「那我就卻之不恭了，等黃老闆賺得夠多，就把妳這個如花似玉的小娘子娶回家去！」四娘用手指勾起李晴的下巴，做出一副小惡霸的模樣。

「好呀，看我怎麼收拾妳！」李晴伸手便去撓四娘癢癢。

兩個姑娘笑倒在榻上，滾作一團。

鬧累了，李晴輕輕地嘆了口氣。「妳說，女子要是不用嫁人該多好？像妳一樣賺賺銀子、忙活忙活，過得也開心。」

四娘坐起來，理了理滾亂的髮絲。「妳見到了我如今自己做生意，手下管著一個鋪子、一個工廠的樣子，覺得我過得充實，那妳可知道我十歲之前過的是什麼樣的日子？從我生下來起，便被爹娘嫌棄，只因為我是我家的第四個女孩。我娘甚至想著不管我，若是餓死了便省心了。是我大姊把我帶大的，到我大姊出嫁後，我娘為了湊銀子去京城找我爹，又打算把我賣給牙婆，那牙婆是專門做煙花柳巷裡的生意的。要不是我拚著一口氣，嫁入何家守寡，我如今或許早就在那不見人的地方一日日熬著了。」喝了口銀耳蓮子羹，覺得嘴巴裡有了一絲絲甜意，四娘接著說：「若我像妳一樣，生在富貴人家，有爹娘寵著，我也不必這麼費盡心思地自己做生意。人和人是不一樣的，命更是不一樣。我若是不找點事情做，把自己關在後宅，一日日地枯守著，一輩子也就那樣了。但是我不甘心啊，我總得做點什麼，來打發我這漫長的一輩子，妳說對不對？」

李晴托著腮，有些詫異。她之前只隱約知道四娘是嫁到何家去替何家戰死的大兒子守寡的，倒是不知道四娘嫁入何家前過的是這樣的日子。「四娘，我不是故意勾起妳的傷心事，我只是……只是最近心裡有些悶。不知怎的，便覺得妳過得自在極了。」李晴自責地說。

四娘捏了把李晴的臉頰。「沒關係，我把妳當好姊妹才想跟妳說說心裡話。我如今是過得不錯，銀子大把的賺，家人也都過得很踏實。倒是妳，怎麼忽然這麼多愁善感起來了？」

李晴忽然有些臉紅，扭捏起來。「就是……就是最近我娘總跟我提什麼嫁人，我大哥的婚事我娘倒是不著急了，整日光盯著我。」

四娘突然想起了什麼。「是不是那個趙潤寶跟妳有新情況了？妳之前不是還討厭他來著？」

李晴捂住臉。「也不是啦，就是我娘總讓我倆往一起湊，熟了之後倒覺得他本身就是那麼個性子，沒心眼，倒不是故意氣我的……」

原來上次去寺裡惹了李晴之後，回到家趙夫人問趙潤寶覺得李晴如何？好不好相處？

趙潤寶撓撓頭說：「她路上差點踩了一隻青蛙，我扯了她一把，她險些摔倒。我也不是有意的，她便生氣了。娘，女孩子都這麼愛生氣的嗎？」

一段話說完，趙夫人一巴掌就搧到趙潤寶的腦袋上。「你個渾小子！我叫你去是給我找兒媳婦的，你為了一隻青蛙，把人家姑娘差點扯倒？你這腦子裡都裝些什麼啊？以後你要是打光棍，我一點都不稀奇！你個不爭氣的臭小子，氣死你老娘了！」

趙潤寶捂住腦袋四處逃竄，遇到從外面剛回來的大哥，立即拉住大哥趙潤清求救。

趙潤清問明情況後，先安撫老娘。「娘別生氣，寶兒還不開竅呢，只當是去玩的，哪裡想到那麼多？我來問問他。」把趙潤寶扯來端正站好。「大哥問你，你覺得那姑娘好看不好看？」

趙潤寶歪著頭想想。「挺好看的，就是生起氣來，氣得跟青蛙似的，怪好玩兒的。」

趙潤清朝按捺不住、手心癢癢又想揍人的趙夫人使了個眼色，又開口問：「那你覺得，你以後是想跟一個文文靜靜、大家閨秀般的姑娘過一輩子，還是這樣有點小脾氣、小性子的姑娘在一起？」

趙潤寶這次沒有遲疑。「我才不要跟個木頭在家裡呢！我就喜歡那種開心就笑、生氣就罵的。我帶著她去吃好吃的、玩好玩的，那該有多開心啊！」

趙夫人長出一口氣，這就行了，看來自家這渾小子還沒傻到家，至少對李家小姐印象不錯。

趙潤清又教趙潤寶一些訣竅。「女孩子嘛，都喜歡男人主動一些，你沒事便找機會約人家多出門玩一玩，瞧瞧她都喜歡吃什麼、買什麼，以後時不時地送些什麼過去，還要嘴甜，出門護好了人家，再不要冒冒失失的了。」

趙潤寶紅著臉記下了，踢了踢腳下的地磚。「那娘要多約一約邱嬸娘，沒妳倆帶著，我怕她還生我的氣，不肯見我呢。」

趙夫人心裡如同三伏天吃了冰一般的舒坦。「還用你說？只要你能趕緊給我娶個媳婦回家來，做什麼我都願意！」

那天之後，趙夫人便尋各種機會喊上邱氏一起出門，不是去賞花便是去踏青。每次趙潤寶都騎馬跟著，用趙夫人的話，就是雖然趙潤寶年紀不大，但有個男人跟著也安全不是？

趙夫人和邱氏同乘，說是要說些私房話。

李晴獨自彆彆扭扭地坐在馬車裡，趙潤寶騎馬跟在馬車旁邊。

一會兒後，他從車窗遞進來一杯甘草雪水。「妹妹渴了吧？剛經過一個攤子，那老農自家做了賣的。我瞧著還算乾淨，妹妹嚐嚐？」

李晴盯著那杯甘草雪水，沒有出聲。

葡萄掀開簾子接過來，擺在几上。

趙潤寶連李晴的臉都沒見著，也不氣餒。「妹妹還因為上次那件事生氣嗎？我娘回家便把我揍了一頓，可疼呢！上次是我不對，不該沒輕沒重地拉妳，下次不會了，妹妹就原諒我一回吧？」半晌都沒聲音，趙潤寶以為李晴不願意搭理自己，心想這姑娘氣性還挺大的，扭頭一看，就見李晴掀起了簾子一角，嘴巴裡叼著麥稈管，一口一口地嘬著甘草雪水，正瞪著眼睛瞧他呢！趙潤寶露出個傻笑，這是沒事了？

甘草雪水帶著絲絲的涼意，甘草煮出來的，並沒有加糖，只有微微的甜在舌尖纏綿。

「你娘打你哪兒了？你這麼大了還挨揍，羞不羞？」李晴刮刮自己的臉皮，露出一個調皮的笑意。

「打我頭了，我娘下手可狠呢，一巴掌打得我腦子嗡嗡的！本來就沒有我大哥聰明，再打可不就更傻了？」趙潤寶不好意思地撓頭。

李晴一口雪水噴出來。「哎呀我的衣服，新做的呢！都怪你，沒事做什麼露出傻樣來逗我……」

前面趙夫人和邱氏聽著後面兩人的說笑打鬧聲，對視著露出一個意味深長的笑——看來這兒媳婦（女婿）快要到手了！

自此以後，李晴便能時不時地接到門房送來的一些小東西，都是趙潤寶在街上瞧著有趣買了送來的。有竹子和草編的各色小動物、泥人娃娃、面具，零零碎碎快攢了一箱子了。

葡萄每次收拾屋子都要小心翼翼地把這些東西擺好，因為自家小姐時不時都要拿出來把玩的。趙家小少爺也真是的，怎麼不買一些姑娘家喜歡的胭脂、首飾什麼的？偏偏姑娘還對這些不值錢的小玩意兒愛不釋手，真是瞧不懂這兩個人。

四娘聽李晴紅著臉說完，當即捂住肚子伏在桌子上。

「姊姊這是春心萌動了！我看我快要多個姊夫了是不是？」

李晴捂住臉。「快不許胡說，我擰妳的嘴！什麼姊夫，八字還沒一撇呢！」

「既然你倆相處得不錯，那妳這心裡悶什麼？」四娘問。

李晴想了想。「都說女子嫁人如同第二次投胎，嫁過去要伺候公公、婆婆，還要管好自己的小家，我想一想都覺得忐忑。我在家被我娘寵了這麼久，若是嫁過去他家人對我不滿意可怎麼好？」

四娘忍住笑。「姊姊怎麼在這件事上倒是糊塗了？先不說趙潤寶對妳有好感，就說趙夫人吧，若是對妳不滿意，她怎麼會三番五次地叫妳母親帶妳出去和她兒子見面？趙家家風在夷陵人盡皆知，男子不許納妾。趙巡檢極尊重愛護趙夫人，趙夫人在趙家說一不二，她對妳滿意，便是趙家對妳滿意。」

李晴歪著頭，聽得認真。

「再說了，妳若是嫁過去，是小兒媳婦，一不用管理家事，二妳是趙夫人親自求來的，三妳李家在夷陵有錢有勢，趙家上上下下誰敢慢待了妳？到時妳只需和夫君安生過日子便是了，即便是有什麼委屈，妳爹娘和李昭大哥難道會眼睜睜看著？妳想想我說得對不對？」

四娘的話說得李晴頻頻點頭。「我娘雖也跟我講過，不需擔心什麼，若是以後受了委屈，李家會給我撐腰，但總沒有妳說得詳細，能讓我能安心。謝謝妳四娘，我心裡舒坦多了。」

葡萄急匆匆從外面進來。「小姐，太太讓我叫妳回家！趙家二公子送了滿滿兩簍子的粽子過來，老爺中午留他在家用飯！」

「這個呆子！粽子送這麼多做什麼？爹也是，這樣呆的人還留他吃飯！」

四娘再也忍不住了，笑著推李晴。「妳快收拾收拾回家去吧！我看送粽子是假，想瞧一瞧妳是真呢！」

李晴紅著臉走了，剛好午飯也好了，四娘到院子裡和家人一起用飯。

端午過完，四娘便又恢復了忙碌。

工廠日日趕工，終於在十日內趕出了訂單。驗貨、點貨、出貨、交接。

站在夷陵港口的碼頭，四娘目送張掛著李氏商貿和芳華旗幟的商船慢慢遠去。

「好風憑藉力，送我上青雲！四娘，這批貨鋪開之後，芳華便真的要大賣了。」李昭在一旁輕聲說。

四娘微微一笑。「李大哥，這還只是三個種類的護膚品而已。你等著瞧吧，總有一天，我要讓大越朝的人用的生活用品都是我芳華的產品！」

「喔？四娘可是準備好要開發新產品了？」李昭極是驚奇。

「我和榮婆婆除了在工廠做如今產品配方的比例之外，閒的時候都在實驗新品。我倉庫裡，還有花農那裡，已經預定了夷陵及周邊市面上能預定的所有鮮花。夏日已到，原料充足。接下來，便是芳華的胭脂、水粉、眼影等等要出世的時候了！」四娘的聲音裡滿是篤定的自信。

其實不止這些，還有香膏和香皂、花露水、身體乳等等，這些產品都已經有了大概的雛形，不過要分批推出來。若是一下子品項出得多了，工廠也會忙不過來。很快地，廠子就要擴大規模了。

京城，最有名的薈萃閣。

鋪子裡一個最顯眼的展台上擺著的，是芳華三套護膚品的樣品，瓶子做得好似藝術品一般，一眼瞧去便知價格不菲。

在掌櫃的示意下，夥計拿出一張紅紙在門口張貼，上面寫著「芳華產品今日到貨，數量有限，預購從速！」幾個字。

沒過一會兒，薈萃閣便擠滿了人。

「掌櫃的，我家夫人上次可是提前說過的，五套！快給我裝好，我好趕緊回去給我家夫人交差！」

「掌櫃的，還有我！我都跟一眾好姊妹說過了，效果這麼好的東西，我那些姊妹都等著用呢！我至少要八套，都要如花似玉的！」

「掌櫃的……」

不到一個時辰，剛到的三百套芳華產品就被搶購一空，沒搶到的還在拉著掌櫃的不停問下批什麼時候到貨？

掌櫃的緊了緊被扯得都變了型的衣服。「芳華這些護膚品本身做起來便工序繁瑣，裡面的材料又都是好東西，這三百套還是我千求萬求，人家看我薈萃閣鋪子大、有名氣才求來的。李家商貿的船每二十天到一次，再有想要的，二十天以後再來吧！」

「這是訂金，若是二十天後到貨，一定要提前給我留好！」一張銀票拍在掌櫃的面前。

後面一眾人立即有樣學樣，紛紛掏出訂金。

掌櫃的看著帳本上登記的預定數量，擦了把汗，嘆口氣。還是要想辦法去跟李氏商貿的人談一談，這若是每批只能給三百套貨，連預定的都不夠呀！更別提這些買東西的都是京城裡有權有勢的人家，哪個他都得罪不起啊！

第十章

時光匆匆，三年後，歸綏。

一隊馬隊搖搖晃晃地從城外的大路上駛來，為首的是一大一小兩兄弟。

年紀稍大一些的側頭跟年紀小的說話。「前方便是歸綏城門了，咱們這一路走來，這裡是咱們的貨物鋪得最遠的地方。要我說，此地根本不用過來的，近幾年我朝與突厥連年戰亂，總歸是不太平。這一路上為兄提心吊膽的，生怕妳有個萬一，妳娘回頭要活剝了我！」

年齡小的一身玄衣，面上一雙鳳眼微微挑起，露出一個笑。「一路上辛苦大哥了，不過既然出來一趟，總要都看過才放心。我這趟出來可是跟我娘千求萬求才求來的，下一次再出遠門便不知道是什麼時候了。大哥安心，咱們在此處停留幾日，我看過情況後，咱們便南下坐船回夷陵。」

兩人正是李昭與四娘。

三年來，芳華果真賣遍了大越朝各地。凡是有些家底的人家女眷都以能用芳華的妝品為榮，那些娶媳嫁女的人家，更是拿芳華的妝品做嫁妝聘禮。

此時的芳華不僅僅是做護膚品，各種香皂、洗面膏、香膏、牙粉、髮油……凡是日常能用得到的東西，芳華幾乎都含括其內。

更別提芳華閣在各個府城都開了分店，以前夷陵總店裡的孫小青、麥穗等人，早已經是無數個其他府城分店裡店長的師傅了。

四娘此次出門便想把芳華旗下的所有商鋪都巡視一遍，總歸這幾年一直窩在夷陵不停地拓展版圖，開發新品，如今基礎已經全部打好，四娘覺得是時候把自己開拓的江山都巡視一遍了。

李氏商貿與芳華合作得極好，李昭和四娘配合得天衣無縫。如今李青山已經把李氏商貿的主要生意都交給了李昭打理，李昭也想去瞧瞧各地商貿的運作情況。

於是一拍即合，兩人同行倒也能有個照應。

臨出門前，涂婆婆光準備行裝都打理了三、四天，恨不能把家裡所有平常四娘用的東西都打包帶上！

最後還是滎婆婆的一頓罵給勸住了，再收拾下去，光四娘的東西一車都拉不下。

滎婆婆給準備的東西就比較實用了，一堆的瓶瓶罐罐，裡面不僅有日常用到的各種藥品，甚至還有以防意外的蒙汗藥等。

一路上走走停停，從天寒料峭到如今炎炎夏日，用了大半年的時間，此處是最後一站了。

四娘也急著回夷陵，一是李晴在秋日裡便要出嫁，她與趙潤寶的婚期定在八月初八，四娘定是要回去添妝送親的，否則李晴能把她罵死。

二是黃大娘生的小外甥小酒馬上要三周歲生辰了，四娘走之前，搖搖擺擺的小外甥還拉著四娘的褲腿哭了一場，流著口水的小嘴一邊滴滴答答、一邊嚎著「小姨不走，小酒想小姨……」，還是四娘許了小酒一堆好吃的、好玩的，小酒才抽抽答答的作罷。

連已經是秀才的何思道都一臉擔心地叮囑四娘「嫂子一路上一定要小心，若是有什麼危險，千萬要躲到後面，莫要往前衝，爹娘都在家等妳呢」。

榮夢龍則是給了四娘一張地圖，上面標明了四娘所有要去的城池的陸路與水路的路線，四娘愛不釋手。

榮夢龍已經在準備今年的鄉試，百忙之中還能給四娘手繪這樣一份地圖，四娘十分感激。

何旺只是捻著鬍鬚，對著四娘說了句「天高任鳥飛，四娘，爹娘就祝妳一路順風，平安歸來」。

想起夷陵在等著自己歸家的親友，四娘馬鞭一揮，加快了行進的速度。

歸綏是邊城，出了城門往北便是突厥的地方，此地人大多身材高大、孔武有力。

歸綏城內人流並不少，來來往往的滿臉鬍子的漢子，還有牽著幼童的婦人，有時還可見一二輪廓深邃立體的異族面孔，頭髮微微彎曲。

李昭解釋，這些異族面孔其實是大越與突厥通婚後的後代，如今大越朝和突厥打仗打了三年了，大越朝早已關閉了和突厥的商道，是以歸綏基本上沒有地道的突厥人出現。

一行人來到歸綏城內最大的客棧，要了兩個安靜的院子，安頓下來。

四娘決定先洗漱休息，晚上好好逛一逛歸綏城，芳華閣待到明天再去也不遲。

李昭欣然同意。

歸綏因靠北，夏日的夜晚十分涼爽。在客棧好好泡了個澡的四娘精神奕奕地換了身寶藍色對襟長衫，頭髮用一頂金冠束起，依舊是男子的打扮。

鶯歌一路上雖已經見慣了自家姑娘的男子裝扮，但每次看到四娘挺起胸膛，拿一雙鳳眼對著自己笑的樣子，依舊會臉上發燙。

涂婆婆與榮婆婆這些年來把姑娘的身子調理得極好，膚色雪白，身材曲線簡直讓人流鼻血。姑娘也真是的，做女子裝扮的時候已經夠美了，沒想到扮起男裝來也迷人，讓人一瞧便以為是哪家富貴人家的公子，鳳眼微微一挑，眼角的紅痣風情無限，簡直能迷倒一眾姑娘。

出門前涂婆婆私下裡交代了鶯歌，看好自家姑娘，若是有危險，記得護好了姑娘。姑娘要是受了一點傷，回來就敲斷她的腿！

所幸一路走過來還算安穩，在歸綏再待三、四天便能回去了。鶯歌在心裡默唸：老天爺保佑，在歸綏也要安安穩穩的，莫要出什麼岔子！

「少爺，歸綏的當地人都長得凶神惡煞的，咱們別湊熱鬧，儘量不往他們跟前擠。安生地把這一站的事情辦完後，趕緊船回夷陵，我也好向老爺、太太交差啊！」鶯歌一路走一路唸叨。

四娘手中摺扇往鶯歌嘴邊一擋。「再囉嗦我直接把妳送回客棧去！到了此處不去體驗當地的特色，出這趟遠門做什麼？安心跟好妳家少爺，當心被人敲暈了搶回家做媳婦去！」

鶯歌嚇得趕緊貼緊了四娘，左右扭頭看到了趕來的一身白衣的李昭，眾人才鬆了口氣。

四娘一行路上請了鏢局護送，因如今財大氣粗不缺銀子，涂婆婆直接安排了十來個武藝高超的鏢師隨行。

四娘對著為首的魁梧漢子拱了拱手。「張大哥，路上辛苦了！今晚你們也隨便逛逛，聽說歸綏的酒極出名，兄弟們隨便吃喝，都算我的。」

張鵬遠回了個禮。「東家厚愛，只是臨行前涂夫人交代了，只要是出門在外，我不能離了少爺左右。讓其餘兄弟們去喝酒便罷了，我是一定要跟著少爺的，還請少爺見諒。」

四娘摸了摸鼻子，只好同意。

歸綏城最好的酒樓叫作四海樓，聽說此酒樓的幾道菜非常有名，特別是烤全羊，用八個月的羊羔烤製而成，一口咬下，外焦裡嫩，滿嘴流油，李昭與四娘晚上便準備在此處用飯。

正是飯點，四海樓內人聲鼎沸，幾乎都坐滿了客人。

小二殷勤地上去接待，李昭問了雅間，得知需提前預定，今日的已經滿了。

四娘扔給小二一塊銀子。「給我們幾個儘量找個安靜的位置，最好是視野好一些的。」

小二接過銀子掂了掂，至少有二兩，臉上立即堆滿笑，把四人帶到二樓一處臨窗的位置，這裡能看到樓下人來人往的大街，視野極好。

點了四海樓的幾個招牌菜，又要了一壺醉春風。

菜上得極快，一會兒便擺了滿滿一桌。

四娘先嚐了嚐烤全羊，金黃色的皮肉上面撒了各色香料，肉汁溢出，聞起來極香。

咬下一口後，四娘瞬間睜大了眼睛。肉質極嫩，沒有羶味，皮連帶著脂肪都已經烤化，入口不待細嚼，便已經滑入胃中。再飲一口醉春風，甘冽的酒香帶著燒灼般的暖意充斥著口腔，後味還有淡淡的桃花香氣。

四娘笑著說：「這酒的味道倒是妙，調和了花香，應該是酒麴裡加了當年的桃花發酵而成。」

「不愧是芳華的大東家，妳這鼻子絕了！一路上各個酒樓的招牌菜和酒，妳只要嚐一口便能把裡面都加了什麼香料猜得八九不離十！」李昭讚道。

「吃飯的本事罷了，也是練出來的。大哥不知榮婆婆為了訓練我的嗅覺，讓我聞了多少種東西，如今想起來我還心有餘悸。」

四人正吃得高興時，突然聽到樓下傳來一陣刀劍聲。

一個穿著黑色勁裝的男子與兩個看起來像是突厥人的漢子正在交鋒。那黑衣男子手中的劍舞得極快，兩個突厥漢子絲毫不占上風。

「大哥不是說如今城中幾乎沒有突厥人嗎？怎的這樣大剌剌地出現在大街上，還拿著兵器？」四娘問李昭。

李昭也不解，按說不應該啊！

只見那黑衣男子一劍刺向其中一個突厥人的心窩，那人頓時捂住胸口，倒地不起。

剩下的一個突厥人見此情形當即殺紅了眼，把手中的刀舞得虎虎生風。

圍觀的人群不停地往後退著，刀劍無眼，若是被誤傷了找誰去？

此時，一個小童在後退的人群中被撞倒，眼看那突厥男子的刀鋒快要掃到小童身上，黑衣男子倏地收了劍勢，一個飛撲便抱著小童滾到一旁去。

那孩子嚇得只會哇哇大哭，突厥人見黑衣男子顧不上他，便揚起長刀向黑衣男子後背砍去！

「張大哥！幫忙！」四娘急忙喊張鵬遠。

李昭來不及阻攔，一支飛鏢便從四海樓的窗口飛出，直直飛向那突厥漢子的脖頸。

一道血線飆出，突厥人倒地不起。

樓下的黑衣男子站起身來，把孩子交給已經嚇傻了的孩子爹娘，顧不上他們的連連道謝，上前檢查了兩個突厥人的屍身。

人是已經死透了，瞧著那被飛鏢劃出的傷口，黑衣男子的目光望向四海樓二樓的窗口。

四海樓燈光如畫，臨窗的四個人中，他一眼便瞧見了那穿著寶藍色衣襟的少年。

那少年臉上帶著暖暖的笑意，嘴角彎彎，一雙上挑的鳳眼裡映著燈光，彷彿裝著滿天星辰。眼角的紅痣似是一點硃砂，讓人能刻進心裡去。

少年動了動嘴，黑衣男子依稀從口型中分辨出是「不謝」二字，不由得失笑。

四海樓外，黑衣男子招手對著看熱鬧的小二說了幾句話，然後遙遙對著四娘幾人抱拳後，取了兩個死去的突厥人的腰牌，轉身離去。

李昭無奈地看向四娘。「妳也太冒失了，怎的就突然要幫忙？若是惹禍上身怎麼好？妳娘讓我看好妳，結果我連攔都沒能來得及。」

四娘飲下一口酒。「大哥息怒，那男子是大越人，突厥正和大越交戰，看那情況像是在追逃犯或者奸細，那種情形下，還為了護住個孩子而不顧自己安危，值得我一幫。」

李昭嘆口氣搖搖頭，四娘哪裡都好，就是不懂得明哲保身。如今她的身家在大越朝也是數得著的大商人了，竟一點也不記得君子不立於危牆之下。

小二此時來到桌前。「幾位客官，剛才樓下那位爺讓我給各位帶句話，他在追擊兩個逃走的突厥頭領，沒想到一路追進了歸綏城內。多謝各位剛剛的出手相幫，因急著趕回去覆命，改日若有機會再報答各位。」

鶯歌低頭嘟囔道：「說什麼改日報答，連上樓來當面說聲感謝都沒時間嗎？過幾日咱們便走了，報答個鬼啊！」

「看身形那人是軍中之人，或許真是急著回去覆命。再者，那人武功極好，若是我不出手，我想他也可以躲過那突厥人的一刀。」張鵬遠挾起一粒花生米放入口中。
「那你還甩飛鏢？」李昭問道。
「收了東家的錢，當然要聽東家的話。」張鵬遠想也不想地回答。
「……」李昭真是服了！

酒足飯飽後，四娘一行人要去夜市上轉轉。
歸綏的夜市極具特色，小攤上擺放著許多刻著繁瑣圖案的手工藝品。
四娘一個一個攤位慢慢閒逛，看上的便讓攤主包起來，不一會兒，鶯歌和李昭幾人手裡都捧得滿滿的。
周圍的小販看這位小公子粉雕玉砌一般的人兒，出手又大方，便更賣力地推銷自家的東西。
「公子，要不要看看我家的皮子？每一張都沒有損傷，都是箭法最好的獵人打的！歸綏的皮子可是一絕，又軟又厚實，風毛都出得極好！」
「公子瞧瞧，我這兒有上好的香料麝香，品相完整，這麼大的一塊可是少見呢！」
四娘在一眾熱鬧的叫喊聲中來到一個賣胭脂水粉的攤位，拿起攤子上的東西瞧了瞧。

鶯歌在一旁扯了扯四娘。「公子怎的還看這些？咱們自己有呢！」

四娘做了個噤聲的手勢，問攤主。「我看這些都很一般，有沒有更好一些的？」

攤主是個三十幾歲的婦人，瞧四娘一身富貴打扮，知道是個有錢的主。「公子可是要買給心上人的？這些上面擺的確實一般，都不是好貨。公子要是想要好的，我這裡有芳華的妝品，好不容易弄來的，公子要不要？」

四娘訝異地挑眉，芳華的產品從來只在指定的鋪子裡賣，因價格不便宜，四娘也沒打算要把貨鋪給小攤小販。若是這婦人手裡真有貨，那這貨是哪裡來的？沒想到，出來轉一轉還有意外收穫呢！

「喔？既然有好的，小爺怎麼還會要那些次的？都有些什麼？若是真貨，小爺我便多買一些！」四娘做出一副驚奇的樣子。

那婦人見生意來了，忙不迭地從攤子下面拿出一個用布蓋住的背簍。

「公子請看，我這裡什麼都有。您想必也知道芳華的東西有多難買，那些鋪子裡賣的東西都要提前預定呢，哪裡有多餘的存貨讓您隨時能買到。」

四娘拿起一盒妝粉，打開蓋子聞了聞，味道沒錯。她裝作不經意的樣子，對那婦人說：「既然這麼難拿，大娘怎麼拿到的貨呢？我若是買了假的，回去我那妹妹可不是要揪我的耳朵？」

那婦人湊近四娘耳邊，放低了聲音。「我有個外甥女，在歸綏的芳華閣做事，她能拿貨，保證全是真的，公子放心吧！」

四娘心裡有了答案，看來這件事果然有內情。「麻煩大娘，這些都給我包起來！我此次出來，正想著給我家女眷帶些什麼呢，這些可是不夠分的。不知道大娘還能不能拿到芳華的貨？有多少我要多少。」

那婦人聽到還有銀子可賺，咬了咬牙。「有是有，就是不知道能拿到多少。這樣吧，若是公子想要，我明天去問問我那外甥女。公子不知，那芳華閣的掌櫃把控得極嚴，為了避免芳華的東西外流，查得可緊了。公子明日晚上再來此處，我給公子答覆可好？」

「如此甚好，明日我再來。」四娘把那婦人包好的東西遞給李昭，幾人離開了。沒了逛下去的心思，四娘一行回到客棧。

燈光下，李昭和四娘相對而坐，鶯歌端上兩碗清茶。

四娘打開一瓶攤子上買來的妝品，把裡面的粉都倒出來，然後伸進一隻手指細細地觸摸，在瓶底處摸到兩個小小的凸起。

是芳華的東西無疑。

這個防偽的標幟當時四娘想了好久才想出來，只有她和榮婆婆、乾娘三人知道。

「那婦人說有親戚在芳華閣做事，想必是芳華閣內有人偷偷倒賣，這件事妳打算怎麼辦？」李昭飲了一口清茶問道。

四娘細細蹙了眉頭。「明日我便去芳華閣查帳，若只是簡單的倒賣，把她處置了便是。」

「妳的意思是，這裡面還有別的牽扯？」

「現在還不好說，明日先瞧瞧情況吧。」

第二日，又是個陽光晴好的天氣。

白天的歸綏熱得人恨不能躲在房裡不出門，然而芳華閣裡卻依舊熱鬧得緊。來來往往穿著制式工裝的侍女領著一位位夫人、小姐穿梭不停，室內擺了冰山，一進門便能感受到舒爽的涼氣。

四娘今日穿了女裝，拿面紗蒙了半張臉，鶯歌隨侍在後。

芳華閣的女掌櫃見到四娘穿戴不菲，趕緊迎上前。「不知小姐是要買東西還是做妝容或是護理？」

鶯歌從袖裡掏出一隻如小兒拳頭大小的碧色印章，在她面前一晃。

那女掌櫃瞬間換了一副恭敬的神色。「原來是東家到了，快請上樓！」

大越朝內，所有芳華閣的裝修風格和布局都是統一的，二樓有一間靜室做為辦公室。

四娘坐在寬大的紅木桌後，看了看面前厚厚一沓的帳本，隨意地拿起一本翻了幾頁。

「我記得歸綏芳華閣的掌櫃姓胡，我說得可對？」

胡掌櫃帶著一絲拘謹的笑答道：「東家好記性，在下正是姓胡。」

「歸綏的生意怎樣？有沒有被戰事影響？」

胡掌櫃微彎了腰。「回東家，咱們歸綏芳華閣開的時候兩國已經開始交戰了，歸綏百姓因為地處邊疆，民風彪悍，早就對戰事見怪不怪。再說，便是戰事緊張，也影響不了那些富貴人家。所以開業以來，生意一直不錯。」

四娘點了點頭。「很好，我在夷陵每個月盤帳的時候也有注意過歸綏的總帳。這一年多，歸綏雖不是眾多芳華閣中生意最好的，但也不錯了，胡掌櫃辛苦。」

「當不得東家誇讚，沒有給芳華丟臉就好。」胡掌櫃得了誇讚後，臉色瞬時放鬆不少。

「我想問一問胡掌櫃，咱們芳華從夷陵發來的產品都存放在哪裡？可有庫存單子？」四娘裝作不經意地問道。

「咱們芳華閣後面有個院子，有三、四間屋子，發來的產品都存放在那裡，每次需要取貨都有登記，明細都在這裡。」胡掌櫃從一沓帳本裡挑出一本冊子遞給四娘。

四娘打開冊子看了看，並無太大問題，只是寫在耗損一處的數字讓四娘微微瞇了瞇眼。

芳華的產品從夷陵發貨時都是走水路，用李氏商貿的商船運到各個城市最近的碼頭，再卸到馬車上，運至各個商鋪。

因產品的包裝都是瓷器，所以難免因碰撞而有些破損，可是這歸綏的帳本上，耗損也太大了些。

四娘問了胡掌櫃一句，這耗損為何比別處大一些？

胡掌櫃答道：「回東家，一則咱們歸綏離最近的港口還隔著一個城池，路上馬車要走大概一天，瓶子難免碰撞；二則您前面也說了，大越朝在和歸綏打仗，歸綏很多路都坑窪得很，朝廷也沒有派人修，有時會遇到大坑顛簸，所以才有這麼多耗損。」

胡掌櫃的回答合情合理，並沒有什麼問題。四娘於是提出要去倉庫看一看，胡掌櫃便領著四娘去了後面的院子。

胡掌櫃拿出腰間的一串鑰匙打開倉庫的門，每個房間的架子上都整整齊齊地擺放著各種產品。

「這倉庫平日是由誰負責？鑰匙除了妳還有誰有？」

「倉庫並沒有指定人負責，因為每日營業之前我都會把當天大概要賣的東西根據前一天的售賣情況點好數目，提前讓人搬出去，只多不少。若是真的不夠，我再來此處取。東家，可是有什麼不妥？」胡掌櫃見四娘對倉庫如此在意，隱約有點不安。

四娘看了一圈，芳華閣內並無問題，掌櫃的也很上心。

四娘從袖子裡拿出一盒胭脂遞給胡掌櫃。「胡掌櫃瞧瞧，這是不是咱們的東西？」

胡掌櫃打開蓋子，指腹沾上一點，在手背暈開，先對著光看了看顏色，又聞了聞味道。「這正是我們芳華的胭脂，東家這是何意？」

四娘便把昨日在歸綏夜市上是如何從小攤上買到芳華的東西，都給胡掌櫃講了一遍。

「那婦人還說，她外甥女在芳華閣工作，只要我掏得起錢，她還能從芳華閣拿到貨。」

胡掌櫃冷汗瞬間出了滿背，在她管理的芳華閣出了這種事情，她自身肯定是難辭其咎！「東家，此事我真是不知情！怪我管理不嚴，讓奸人鑽了空子。請東家給我幾天時間，我一定查明此事，給東家一個交代，到時東家要怎麼處罰我，我都領受。」

四娘接過鶯歌遞來的帕子，輕輕拭了拭額上熱出的汗，在院子裡一棵楊樹下的石凳坐下。「胡掌櫃，我相信此事與妳無關。若是妳想倒賣這些貨物，定不會放在小攤上去賣，妳有一百種方法把芳華的產品悄無聲息地賣到那些大戶人家去，再抹平帳目。」

胡掌櫃臉色發白，有些站立不穩。

四娘這句話也是在敲打胡掌櫃，別以為東家離得遠便能瞞天過海。這也是為什麼四娘一定要離開夷陵，巡視所有芳華閣的原因。店面鋪得太大，人心是最難掌控的。

「我今日來是想找到芳華閣裡到底是誰在做這樣吃裡扒外的事情，胡掌櫃不必緊張。咱們把這人揪出來，該怎麼處置怎麼處置就是了。東西雖流出去的不多，但若是有人在小攤子上買了咱們的產品，在裡面做了手腳、出了什麼事情，咱們芳華的聲譽必定受損。胡掌櫃說是不是？」

胡掌櫃連連點頭，還好東家明辨是非，沒有疑了自己。做為芳華閣的掌櫃，每月光月例都有二百兩銀子，更別提年底分紅的大紅包，若是經營得好，東家還另有獎賞。倘若因為此事丟了掌櫃的位置，那可真是恨死個人！

到底是誰做出這樣見不得人的事情？若是揪出來，定要讓她好看！

「我已經和那擺攤的婦人說好，今日我還去那裡找她，有沒有貨她會給我個答覆，我儘量讓她把她那外甥女叫出來和我見上一面，到時胡掌櫃在暗處瞧著，看看那人到底是誰？我今日查了所有的單子，若是出問題，也只能出在這些耗損上面。」四娘交代胡掌櫃。

「東家說得是，若是在耗損上面做手腳，便不是那人一人能做得了的事情，必定有人和她裡應外合。三天後還有一批貨到，借此機會，咱們在暗處跟著，不信不弄他個水落石出！」胡掌櫃此時腦子轉得極快。

四娘頷首。「沈住氣，莫要打草驚蛇，一切都等事情弄明白再說。」

芳華閣對面的茶樓，李昭和張鵬遠坐在二樓窗邊飲茶，見到四娘帶著鶯歌從芳華閣出來，衝她們招了招手。

四娘坐下取掉面紗，喝了一口涼茶。歸綏的日光強烈，曬得人頭昏腦脹。

張鵬遠是個粗人，雖也見過幾次四娘的女裝裝扮，但每次還是會被四娘的容貌晃了眼。「虧得東家在外直接做男子裝扮，若是女子裝扮，這一路上，可是要忙壞了我和一眾兄弟呢！」

李昭笑著拍拍張鵬遠的肩膀。「張大哥說得是，要不然她娘會出高價叫你們這些夷陵武藝最出眾的鏢師跟著？我這妹子出門在外也太招人眼了！」

如今的四娘容貌漸漸長開，早已不是以前那個頭髮枯黃、瘦弱不堪的小女孩。在涂婆婆與榮婆婆幾年的調理下，青絲如瀑，肌膚勝雪，身材高䠷。再加上那一雙勾魂攝魄的鳳眼，微微一挑便有無數風情，說一句閉月羞花也不為過。

涂婆婆護四娘跟老母雞護雞崽兒一樣，生怕四娘在外出什麼意外，因此千叮嚀、萬囑咐，如無必須情況，一定要做男裝打扮。這樣的容貌，若是被有心人盯上，不一定會出什麼意外，這也是為什麼榮婆婆特意給了四娘一瓶蒙汗藥的原因。

四娘白了李昭一眼。「怪不得都三年了，李大哥還沒給我娶個嫂子回來，有我這珠玉在前，李大哥怕是覺得沒有能入得你眼的女子了！」

李昭摸摸鼻子，一時語塞。

邱氏這幾年都快急得火上房了，小女兒眼看秋天便要嫁人，兒子卻跟斷了凡心一樣。說了幾戶人家的小姐，李昭只是各種藉口推辭，後來更是藉著生意忙的藉口各地跑去，氣得邱氏逮不到李昭便罵李青山「你年紀輕輕就把一攤子事都交給昭兒，我還等著抱孫子呢！你倒是舒坦地當你的甩手掌櫃，我都快愁死了！」，但李青山有什麼辦法？他也試過問兒子要不要先在房裡放兩個丫頭伺候著，李昭卻一一拒了，只說自己現在心思不在這上面，等自己把生意做好了，還怕娶不來媳婦？

又到了夜晚，四娘換了一身月白色男裝，特意在身上掛了些一眼瞧去就知道特別貴的玉珮飾品等。只帶著鶯歌，兩人往夜市走去。

夜市依舊熱鬧，叫喊售賣聲此起彼伏。

昨日那婦人早早就出了攤，四娘出現的一瞬間，那婦人便急急招手。

四娘打開摺扇一下一下不緊不慢地搧著風，慢慢踱著步子走過去。身後幾十公尺的巷子裡，胡掌櫃一身黑衣，躲在正好能瞧見那攤子的陰影裡。

「公子可來了，我可是早早便在這裡等著了！因為公子要的貨多，我把我那外甥女叫來了，要不然讓她親自跟您談？」那婦人拉過身後一個十五、六歲的少女。

那少女看著面前俊得不行的公子，一張臉偷偷的紅了。

四娘真是忍不住要笑出聲，真是得來全不費功夫啊！還想著找個法子把這姑娘叫出來呢，沒想到，她倒是自己撞上來了。

四娘哪裡知道，那擺攤的婦人昨夜回去便連夜找了外甥女，直說今日遇到一個神仙一樣的公子，看起來是大地方富貴人家出來的，有錢極了，且人家公子還想要更多芳華的貨，要外甥女想法子弄來。再者，那公子看起來只有十五、六歲，還沒成親的模樣，自己外甥女長得有幾分姿色，藉著拿貨的藉口看看能不能讓那公子瞧上？若是能跟著公子回家，哪怕做個小，這也是脫離了那個爛泥一樣的家，吸血鬼一般的爹，飛上枝頭了不是？

這姑娘想著昨夜姨母跟自己講的話，一邊又忍不住偷偷地抬頭看一眼四娘。這樣好看的公子，自己還從未遇到過，若是能……自己便是死了也值了！

四娘收起扇子，露出一個溫和的笑。「姑娘有禮了，不知姑娘如何稱呼？」

「我、我叫蕊兒。」蕊兒緊張地在心裡想著，自己今天穿得是否還得體？

「蕊兒姑娘，敝姓黃。此處太嘈雜，不如咱們去附近的茶攤上談如何？」

「蕊兒快跟著黃公子去那邊好好談，我在這裡看著攤子！」那婦人推著蕊兒，示意她跟著公子走。

即便是坐在簡陋的茶攤上，四娘依舊是一副泰然自若的樣子，並沒有露出什麼嫌棄的表情，彷彿這小小的茶攤也是個清雅無比的地方。

「聽說蕊兒姑娘在芳華閣做事，能在芳華閣做事姑娘也是極能幹了。」四娘倒了一杯茶，推到蕊兒面前。

蕊兒喝了口茶，儘量把聲音壓得嬌弱一些，聽起來嬌滴滴的。「蕊兒當不起黃公子的誇讚，只是家貧，無奈出來找個營生貼補家用罷了。」

「聽妳姨母說，妳能拿到芳華閣裡的貨？我因為家中姊妹眾多，所以想多買一些帶回家去，不知姑娘這裡能拿出多少？」四娘飲了一口茶問。

「我手裡也不多，不過再過三天便能有多的貨，不知道公子可否等一等？」

時間和芳華到貨的時間相符，看來這些貨就是藉著耗損的名目流出來的。

「我在歸綏還有些事情沒有辦完，估計也能多留個三天的樣子。不知道姑娘能給我多少貨物？」

蕊兒想了想。「妝品、護膚品還有日用品，所有的種類至少各三十套，可夠？」每種三十套，加起來可就是九十套貨，這些就值兩千多兩銀子了。此前四娘在歸綏芳華閣的帳本上看到，每次到貨最多的耗損也不超過二十套，可見這次她們都把四娘當成肥羊了，準備一次賺夠。

四娘不動聲色道：「夠的。不過我急著回家，要趕四日後漳州碼頭的船，還請姑娘能快一些。」

「公子放心，一拿到貨物我便會快快地交給公子。只是到時候要去哪裡找公子？」蕊兒問道。

四娘把所住客棧的名字告訴蕊兒，然後讓身後的鶯歌拿出一張五百兩的銀票交給蕊兒，直言這是訂金，剩下的等拿到貨再一次付清。

蕊兒接過銀子，心想姨母說得不錯，這真是個富貴人家的公子，五百兩銀子說拿便眼都不眨地拿出來了！

蕊兒自認長得不錯，只可惜生在那樣一個家裡，生母早逝，親爹又是個酒鬼，一天到晚喝多了便去賭場賭錢，自己賺的銀子還不夠他幾日敗壞。若是能跟了這公子離開歸綏，自己後半生豈不是有了依靠？

事情談好，蕊兒並沒有立刻起身的意思。

「敢問黃公子家鄉在何處？是來歸綏遊玩還是辦事？」

四娘眼裡閃過詫異，很快便對著蕊兒露出一個笑。「我自京城來，此趟是來巡視自家生意的。」這姑娘莫不是看上自己了，企圖攀個高枝？

蕊兒見黃公子和煦，便大著膽子說一些歸綏的風土人情，更是問四娘可有什麼想去遊玩的地方？若是對此地不熟悉，自己閒了也是可以帶著逛一逛的。

鶯歌在四娘身後直跺腳，這個蕊兒姑娘也太不要臉了些！見了個有錢的男子便恨不能撲上去，芳華閣是怎麼招人的？這樣品行的人也能在芳華閣做事嗎？

四娘隨意跟蕊兒閒聊了幾句，便起身告辭。鶯歌看著蕊兒對自家姑娘戀戀不捨的樣子，拿眼睛剜了蕊兒一眼。

誰知蕊兒在四娘看不到的地方，對鶯歌露出一個挑釁的笑容，心裡暗自冷哼：不過是黃公子身邊的一個丫鬟罷了，得意什麼？等我把黃公子勾到手，再好好拿捏妳這不知天高地厚的丫鬟！

四娘轉了個圈後，打了個手勢，讓隱在暗處的張鵬遠安排人跟著那蕊兒，自己又繞回到巷子裡和胡掌櫃會合。

「可瞧清楚了？那蕊兒是不是芳華閣的人？」四娘問道。

胡掌櫃咬牙道：「瞧得清楚極了，就是她！咱們芳華閣選人一向是優先選那些家貧的姑娘們，想著能幫扶一把，沒想到，倒是招來個白眼狼！」

鶯歌在一旁插嘴。「不只是白眼狼，我看她心大著呢！一雙眼睛直勾勾地瞧著姑娘，倒是不只想賺銀子，還想給自己找個相公！」

胡掌櫃了然地看了眼男裝打扮的東家，白天東家做女裝打扮，以面紗遮臉，此時男裝倒是把臉都露出來了，好一個翩翩富貴公子，怪不得那蕊兒起了心思。

四娘用摺扇虛敲了鶯歌一下。「好鶯歌，莫吃醋，公子只疼妳一個。能把這些倒賣芳華產品的人揪出來，本公子就是犧牲一下色相又如何？也少不了我一塊肉。」又正色對胡掌櫃道：「這幾日，我會提前安排人在漳州碼頭到歸綏的必經之路上準備著，那蕊兒也派人盯著她，我倒要看看他們是怎麼做手腳的？此事妳一定要給我捂好了，當作什麼都不知道，若是走漏風聲、打草驚蛇，我便唯妳是問。」

胡掌櫃趕緊點頭應下。若不是東家心細，還不知道芳華閣要損失多少銀子呢！

回到客棧後，四娘和李昭、張鵬遠商議了半晌。只等這兩日蕊兒與同夥聯絡，摸清楚他們是如何行事的，到時候抓個現行。

接下來這兩日，為了不讓蕊兒起疑心，四娘再沒有去過芳華閣，只是在歸綏城中隨意轉了轉，做足了一個紈袴子弟的模樣。

張鵬遠派去跟著蕊兒的是個輕功極好的兄弟，據他說，昨日夜裡蕊兒偷偷地出了城，去城郊的一個村子，跟一個年輕的獵戶說了些什麼，然後便回家了。

那家獵戶的底細張鵬遠也使人打聽了，彷彿跟突厥的一批馬賊有些什麼牽扯，只是不明白若是馬賊行事，為何芳華的貨物從未遭過劫，蕊兒他們還要大費周章地從耗損上動手腳，偷偷地拿那幾十套貨？

李昭沈吟半晌。「芳華的貨鋪到歸綏的時候兩國已經開戰，風聲極緊，他們便是想到我國境內下手也要思量思量。我看那蕊兒並不一定是直接跟馬賊有什麼牽扯，而是藉著那獵戶和馬賊的聯繫，使喚那獵戶做些什麼。」

「可知道蕊兒和獵戶是什麼關係？」四娘問張鵬遠。

張鵬遠看了眼四娘。「東家，聽說那獵戶極傾慕蕊兒，一直在想辦法攢錢娶蕊兒過門。蕊兒卻是一直不表態，只不上不下地吊著那獵戶幫她做事。」

「呸！真是叫人作嘔！怎麼還有這樣的女子？」鶯歌聽到此處，更是厭惡極了蕊兒。

「漳州碼頭到歸綏的路我已經走了一遍，方便他們下手的地方只有兩個，一處是在山坳裡，還有一處是在路上歇腳的茶寮。只要盯緊了這兩個地方，必有所獲。」張鵬遠說。

漳州碼頭，一艘極大的、掛著李氏商貿旗幟的商船緩慢靠岸。待商船平穩停靠，一批批貨物卸下來，歸綏芳華閣安排的拉貨車輛一字排開，足足裝了五車貨物。

車隊的領頭人正是張鵬遠喬裝打扮的，檢查完貨，綁好了繩子，一隊馬車便朝著歸綏的方向駛去。

漳州碼頭距歸綏有一天的路程，若是清晨從漳州碼頭出發，要到天黑時分才能到歸綏。若是路上慢了，城門便關了，所以一路上行程很是緊湊。

張鵬遠壓低了帽檐，朝車隊的人喊道：「大夥兒加把勁，辛苦一下，趁著天亮好趕路。東家說了，這批貨要得急，越快到歸綏越好，到時候少不了紅包給各位！」

天氣極熱，太陽炙烤著大地，連路邊的野草都是蔫嗒嗒的，押車的一眾人更是衣服乾了又濕，後背結了一片片的鹽花，但聽到領隊說還有紅包拿，都打起了精神、卯足了勁趕路。

過山坳的時候並沒有什麼動靜，張鵬遠猜想，那便只能是在距歸綏城五十里左右的那個茶寮了。一般車隊走到那裡已人困馬乏，定是要歇一歇腳的。

一隊人趕到茶寮時已經是傍晚時分，一輪碩大的殘陽掛在西方的天空，大片大片的橘色彩霞把天際染得彷彿要燒起來。

茶寮極是簡陋，四根柱子撐起來，上面鋪了乾草，只做歇腳用，一對夫妻在茶寮裡忙碌著。

四娘與李昭此時正坐在茶寮的一角喝茶閒聊，鶯歌站在一旁不住地張望著。

「公子，咱們的車隊到了！」鶯歌小聲提醒四娘。

四娘朝張鵬遠遞了個眼神，張鵬遠趁著吆喝店主上茶的機會，對四娘輕輕搖了搖頭。

這是還沒動手。四娘於是不動聲色地繼續喝茶。

車隊的人一人捧著一碗粗茶解渴，拉滿貨物的馬車就停在一旁。

此時，茶寮的掌櫃朝著後面喊了一聲。「貴子，快抱點草料餵一餵各位客官的馬！」

車隊裡的人經常走這條路，有與掌櫃相熟的便出聲問：「掌櫃的，生意好啊，又叫你姪子過來幫忙了？」

掌櫃笑著回道：「倒不是專門叫他來，今日他進山打獵，給我送點野味過來，這會兒人多忙不過來，便留下給我打個下手。」

就見一個瘦高的青年拖著一袋子草料，朝馬車走去。

張鵬遠裝作起身去小解，悄悄地去了旁邊隱蔽的樹林。

那叫貴子的男子一匹馬、一匹馬地餵過去，走到最後一輛馬車的時候，從裝草料的袋子裡拿出一把匕首，寒光一閃，撬開了最底部的一個箱子。

正當他準備拿出貨物的時候，一把冰冷的刀驀地架在他的脖子上！極熱的天氣，寒冷的刀鋒瞬間驚出了他一身冷汗。

四娘看著眼前被綁起來叫貴子的男子，還有那一對不知所措的茶寮老闆夫妻倆。

那裝馬料的袋子被抖了個乾淨，在袋子的最下面裝了一堆碎瓷片。鶯歌撿起一塊瓷片遞給四娘，正是芳華產品瓷瓶的碎片。

一塊小小的碎瓷片在四娘如玉的手指中來回的翻轉，四娘輕輕笑了一聲。「你們倒是聰明，蕊兒從芳華閣拿了這些用完的產品空瓷瓶砸碎了給你，你偷拿貨物的時候再把這些碎片放進去，待貨物拉回去之後，驗貨時看到這些碎瓷，也只能當作是路上顛簸耗損了。只是不知道這樣好的法子，是你還是蕊兒想出來的？」

貴子長著一雙極狹長的眼睛，聽到四娘提起蕊兒的名字，惡狠狠地抬頭看向四娘。

「不關蕊兒的事，都是我一個人的主意！要殺要剮，衝著我來！」

聽到「蕊兒」兩個字，茶寮老闆娘再也忍不住，衝過去對著貴子撕打。「好你個執迷不悟的小子，我就說你還對那狐狸精不死心！你爹娘早逝，我和你叔叔拉拔你長大，不說讓你回報我倆，一年下來打獵也能得不少銀子，我們要過你一分沒有？你都貼補了那狐狸精便算了，如今還為了她做出這樣犯法的事情來！她可有正眼瞧過你？不過把你當成一條狗，招招手你便搖著尾巴撲上去了，簡直是丟人！」

貴子的臉上不一會兒便多出幾道血痕。

四娘抬抬下巴，示意張鵬遠拉開那婦人。

「你倒是想把她撇清，可是這往外偷偷兜售芳華產品的便是她，這罪名，怕是你一人擔不下來。」

貴子低下了頭，一言不發。

「有一事我想不明白，你並不是個普通的獵戶，我知你與突厥的馬賊有聯繫，你為何不直接把芳華的貨物路線時間告知突厥馬賊，而是要自己上手費盡周折地去拿這幾十套貨呢？」四娘問。

貴子陰惻惻地看向面前坐著的那個如玉一般的公子，臉上露出一個古怪的笑，從牙縫裡擠出話來。「你怎知我沒有呢？本來我是不想引突厥馬賊來打劫我歸綏城內的商隊的，但是誰讓蕊兒告訴我，說她遇到了一個風度翩翩的貴公子，那公子或許能帶她去繁華富貴的地方，她從此再也不用在這邊疆守著了，哪怕是給那公子當個妾，她也甘願！我說黃公子，蕊兒知不知道你便是這芳華閣的幕後東家呢？」

張鵬遠飛起一腳，把貴子踢得在地上滑行出去幾公尺。

貴子伏在地上，一口鮮血吐出來。「已經來不及了，你們聽啊，他們來了！」

張鵬遠趴在地上側耳傾聽，果然地面傳來輕微的震動，聽這動靜，人數不少。

「東家，快走！果真有馬賊！」張鵬遠扯過四娘便要去牽馬。東家一個女子，若是落入突厥人手裡，那便全完了！

貴子瘋狂地笑著，嘶啞的聲音好似一條毒蛇。「我偏不告訴蕊兒她瞧上的公子是在詐她，我要你這富貴人家的公子被突厥馬賊砍殺了之後，把你的人頭捧給她看，讓她明白，只有我才是真心對她好的，只有我才能護住她！」

鶯歌被這突如其來的變故嚇傻了，嘴裡喃喃出聲。「瘋子，你可真是瘋子……」

李昭一把扯了鶯歌便走，他們必須趕緊離開！

然而，真的來不及了。一隊大約有二、三十人的馬賊打著呼哨飛快地馳來，把小小的茶寮圍作一團。

為首的是個臉上有一道刀疤的突厥男子，手裡一把長長的砍刀扛在肩上。

他瞅了眼趴在地上、被綁得結實的貴子問道：「這幾人便是你說的，你們大越朝有名的芳華的東家？」

貴子衝著四娘抬抬下巴。「那個便是芳華的東家了，不僅有錢，長得更是好極了。都兒大哥瞧瞧，是不是合你的口味？」

那叫都兒的突厥人像打量貨物一般地打量著四娘，餓狼般的眼神緊緊盯住她光滑的臉蛋。四娘突然生出了前所未有的危機感，那可是惡名昭彰的突厥馬賊，殺人不眨眼啊！對方二、三十個人，自己這邊只有一個張鵬遠會武功，要怎麼才能逃脫？

都兒下了馬，一步步朝著四娘走去。路過貴子的時候，刀尖一挑，便劃斷了他身上綁著的繩子。

「大越朝的山水果然養人，連個男子都養得比女子還好看，我倒是想嚐嚐看是什麼滋味！」

張鵬遠從袖口拿出一把匕首遞給四娘，這情況看來，一場惡戰怕是避免不了了。若是打起來，怕有疏忽，顧不上四娘，她拿著匕首，也能稍稍自保。

四娘把匕首緊緊握住，手心全是黏膩的冷汗。「突厥賊子，在大越朝的土地上還敢如此囂張，誰給你們的狗膽？我勸你們早早離去，否則等我大越朝的官兵來了，把你們一網打盡！」

都兒和身後的一幫馬賊頓時哈哈大笑。「老子憋屈了幾年了，好不容易抓到你這條大魚，如今你們的軍隊都在突厥打仗呢，哪裡管得了歸綏的事情？之前打得老子們四處奔逃，今日老子便要先拿你開刀！人我要，錢我也要！乖一點，我保准你不受苦，怎麼樣？」

都兒一步步走近，張鵬遠迎身上前。兩人都使刀，只那都兒的刀又長又沈，一刀砍來，張鵬遠覺得虎口都要裂開了。

又有幾個馬賊下馬逼近，張鵬遠再好的身手也不敵對方人多，只能咬牙硬扛，心裡後悔今日想著只是捉個偷東西的小賊，倒是大意了，沒把那一幫兄弟都帶來。

李昭把四娘和鶯歌護在身後。「我就說這歸綏不該來，流年不利，我要是把妳弄丟了，如何有臉回去面對妳爹娘？乾脆一頭撞死了算！」

鶯歌嚇得只會哭，之前最多也就是在李府的時候看一看打板子的場面，而今面對這樣真刀實槍會見血的場面，她簡直六神無主。

見張鵬遠被一眾人纏住，都兒抽身一步步向四娘逼近。

四娘往後慢慢退，直到退無可退的時候，四娘反而冷靜下來了。今日便是一死，也絕不能讓這突厥人占了便宜！

李昭咬牙向都兒衝去，但他根本不會武功，都兒一腳便把他踹出老遠，倒地不起。

越來越近了，四娘甚至能聞到那突厥人身上牛羊的膻腥味，讓人作嘔。

突然，四娘對著都兒露出一個笑，恍若夏日裡的一陣清風，如玉的面龐上，眼角那顆小痣鮮紅如血。

都兒一個愣怔間，四娘左手拎起身後滾燙的茶壺，朝都兒面龐上澆去！滾燙的茶水澆在臉上，又順著夏日單薄的衣襟濕透了上半身，都兒的慘叫還沒喊出來，四娘右手裡的匕首又狠狠地往都兒的心窩處插去！

都兒畢竟經歷過無數的場面，反應極快，一個轉身，匕首斜斜地錯開致命的位置，從都兒肋骨下方劃過。

四娘心裡暗罵，竟然失手了！

都兒的面龐上，此時幾個碩大水泡已經快速地漲起來了。他用手揩了一把，水泡破裂，鮮血和著黃色的液體從面上滴落，更加襯得他彷彿從地獄裡爬出來的惡鬼一般。

四娘的行動激怒了都兒，他鉗子般的大手抓住了四娘的手臂，四娘覺得胳膊都快要斷了，手上再也握不住東西，匕首掉落在地上。

沒有了武器，還有牙齒。

四娘扭過身，狠狠地咬住都兒的手臂，太過用力，四娘的牙床都是酸的，鹹腥的血液從口中溢出。

不遠處，和一群人打得難捨難分的張鵬遠，瞥見這一幕，簡直目眥欲裂，只稍一分神，腿上和背上便中了刀。

都兒使勁搖晃手臂，四娘被晃得七葷八素，只是死硬著不鬆口。

鶯歌此時緩過神來，從地上撿起四娘掉落的匕首，抖著扎向都兒。

只是都兒哪裡會讓她近身？一刀拍在鶯歌背上，當即把鶯歌打暈過去。

都兒有些不耐煩了，一個手無縛雞之力的弱男子而已，竟把他搞成這副狼狽的模樣？娘的，老子不想玩了！手中的刀高高揮起！

四娘的眼角餘光看到鋒利的刀鋒就快要砍到自己身上，心裡想著：今日便要命喪於此了！

——未完，待續，請看文創風901《何家好媳婦》2

2020年11月出版

莽夫求歡

文創風 899

【洞房不寧之一】

一個是天不怕地不怕的紈袴富二代，
一個是武力值滿點的江湖奇女子，
不打不相識，越打越有味，
像極了愛情……

新系列【洞房不寧】開張！
我愛你，你愛我，然後我們結婚了——
不不不，月老牽的紅線，哪有這麼簡單？
這款冤家是天定良緣命，好事注定要多磨……

天后執筆，高潮迭起／莫顏

宋心寧決定退出江湖，回家嫁人了！
雖說二十歲退出江湖太年輕，但論嫁人卻已是大齡剩女。
父親貪戀鄭家權勢，賣女求榮，將她嫁入狼窟，她不在乎；
公婆難搞、妯娌互鬥，親戚不好惹，她也不介意；
夫君花名在外、吃喝嫖賭，她更是無所謂，
她嫁人不是為了相夫教子，而是為了包吃包住，有人伺候。
提起鄭府，其他良家婦女簡直避之唯恐不及，可對她來說，
鄭府根本就是衣食無缺、遠離江湖是非、享受悠閒日子的神仙洞府！
可惜美中不足的是，那個嫌她老、嫌她不夠貌美、嫌她家世差的夫君，
突然要求她履行夫妻義務，拳打腳踢趕不走，用計使毒也不怕，
不但愈戰愈勇，還樂此不疲，簡直是惡鬼纏身！
「別以為我不敢殺你。」她陰惻惻地持刀威脅。
夫君滿臉是血，對她露出深情的笑，誠心建議——
「殺我太麻煩，會給宋家招禍，不如妳讓我上一次，我就不煩妳。」
宋心寧臉皮抽動，額冒青筋，她真的好想弄死這個神經病……

2020年10月出版

歪打正緣

文創風 893～895

她家相公看起來肩不能挑、手不能提的，還三天兩頭就生病臥床，
可抵不過他有張俊美好看的臉，而且又博學多聞、親切有禮，
就算擺著當飾品，她天天看著也覺得賞心悅目、開心舒坦啊，
但不知是不是她多心了，總覺得他彷彿瞞著她不少事，
而且，他似乎沒她想像中的文弱呢，這男人，該不會是扮豬吃老虎吧?!

良緣天賜 歪打正著／畫淺眉

因為皇帝表舅的一道口諭，馮纓千里迢迢地從戰事不斷的邊陲小鎮河西返京，
不就是嫁人嘛，沒事，她連穿書這麼大的事都能接受了，成親有何難？
之所以拖成現如今二十有五的大齡姑娘，不過是一直沒遇到合適的人罷了，
可她那二十年來都對她不聞不問的親爹竟已幫她找好了對象——
魏韞，簪纓世家魏家的長房長孫，人稱長公子，是太子好友兼皇帝跟前大紅人，
簡單來說，這男人不僅身家好，前途更好，長得又極好看，是最佳夫婿人選，
如此各方面條件都絕佳的男子，卻年近而立都未娶妻，身邊連個通房也無？
原來他體弱多病，連太醫都掛保證，說他的病對壽數有損，
這般病秧子，她親爹竟要她嫁去沖喜，到底是有多討厭她這個女兒啊？
不過轉念一想，嫁他倒也不是不行，畢竟她與長公子投緣，且她是顏控，
可偏偏有人不想讓她好過，婚後她才發覺，這魏府裡亂七八糟的事一堆，
最令她震驚加惱怒的，是一個偶然發現的秘密——
原來魏韞不是底子差，而是長年被府中人下毒，並且下手的還不只一人！
哼，這一個個的，看來是太平日子過久了，都忘了她馮纓是什麼人了吧？
想動她的男人？那也得先問問她肯不肯當寡婦！

文創風 900

何家好媳婦 1

國家圖書館出版品預行編目資料

何家好媳婦 / 不歸客著. --
初版. -- 臺北市 : 狗屋, 2020.11
冊 ; 公分. --（文創風）
ISBN 978-986-509-157-6（第1冊：平裝）. --

857.7　　　　109015072

著作者　不歸客
編輯　黃淑珍　李佩倫
校對　周貝桂
發行所　狗屋出版社有限公司
地址　台北市104中山區龍江路71巷15號1樓
電話　02-2776-5889～0
發行字號　局版台業字845號
法律顧問　蕭雄淋律師
總經銷　知遠文化事業有限公司
電話　02-2664-8800
初版　2020年11月
國際書碼　ISBN-13　978-986-509-157-6

定價260元
狗屋劃撥帳號：19001626
網址：love.doghouse.com.tw　E-mail：love@doghouse.com.tw